青少年经典散文读本

滕 浩 选编

当代世界出版社

图书在版编目（CIP）数据

青少年经典散文读本/滕浩选编．—北京：当代世界出版社，2015.1

（中国梦青少年读本）

ISBN 978-7-5090-0999-4

Ⅰ.①青…　Ⅱ.①滕…　Ⅲ.①散文－文学欣赏－中国－青少年读物　Ⅳ.①I207.6-49

中国版本图书馆CIP数据核字（2014）第237544号

出版发行：	当代世界出版社
地　　址：	北京市复兴路4号（100860）
网　　址：	http：//www.worldpress.org.cn
编务电话：	（010）83907332
发行电话：	（010）83908455
	（010）83908409
	（010）83908377
	（010）83908423（邮购）
	（010）83908410（传真）
经　　销：	全国新华书店
印　　刷：	北京欣睿虹彩印刷有限公司
开　　本：	700毫米×960毫米　1/16
印　　张：	16
字　　数：	255千字
版　　次：	2015年1月第1版
印　　次：	2015年1月第1次
书　　号：	ISBN 978-7-5090-0999-4
定　　价：	24.80元

如发现印装质量问题，请与承印厂联系调换。
版权所有，翻印必究，未经许可，不得转载！

目 录

傅斯年	"五四"二十五年	(1)
蔡元培	我在北京大学的经历	(4)
陈独秀	新教育之精神等三论	(11)
	孔子与中国	(21)
	《新青年》宣言	(31)
	人生的真义	(33)
辜鸿铭	东西文明异同论	(36)
	中国文明的历史发展	(43)
许地山	造成伟大民族的条件	(49)
	忆卢沟桥	(56)
	女子的服饰	(59)
	落花生	(63)
鲁 迅	未有天才之前	(64)
	读书杂谈	(67)
	世故三昧	(69)
	人生论	(71)
	人生百态	(77)
	从百草园到三味书屋	(82)
	最先与最后	(86)
	藤野先生	(87)
王国维	文学小言	(92)
	真理与自由	(97)

闻一多	五四断想	(99)
	红烛	(101)
朱自清	扬州的夏日	(103)
	初到清华记	(106)
	论青年	(108)
	桨声灯影里的秦淮河	(111)
	背影	(118)
	荷塘月色	(120)
	论自己	(122)
	论别人	(125)
	论诚意	(128)
	沉默	(131)
徐志摩	我所知道的康桥	(134)
	翡冷翠山居闲话	(143)
	想飞	(146)
郁达夫	江南的冬景	(148)
	钓台的春昼	(151)
	故都的秋	(157)
梁启超	学问之趣味	(160)
	为学与做人	(163)
	少年中国说	(167)
李大钊	"今"	(172)
	青年与人生	(175)
夏丏尊	白马湖之冬	(179)
	幽默的叫卖声	(181)
瞿秋白	一种云	(183)
邹韬奋	能与为	(185)
	自觉与自贱	(187)

目　录

	无所不专的专家	(188)
	有效率的乐观主义	(190)
	办事上需要的几个条件	(191)

王统照　"去"、"来"、"今" …………………………… (193)
　　　　　卢沟晓月 …………………………………………… (196)
　　　　　青岛素描 …………………………………………… (199)

郑振铎　向光明走去 …………………………………………… (208)
　　　　　海燕 ………………………………………………… (210)
　　　　　宴之趣 ……………………………………………… (212)

林觉民　与妻书 ………………………………………………… (216)

梁遇春　又是一年春草绿 ……………………………………… (218)
　　　　　"过去"的人生 ……………………………………… (221)
　　　　　途中 ………………………………………………… (223)
　　　　　天真与经验 ………………………………………… (227)
　　　　　无情的多情和多情的无情 ………………………… (230)

戴望舒　在一个边境的车站上 ………………………………… (232)
　　　　　山居杂缀 …………………………………………… (237)

林徽因　窗子以外 ……………………………………………… (240)
　　　　　一片阳光 …………………………………………… (246)

傅斯年

"五四"二十五年

今年的五月四日,是"五四"的第二十五年纪念。"五四"事件已经过去了一世纪的四分之一了。在这样变动剧烈的世界中,一世纪的四分之一,可以有无穷的大变化发生。即在中国,这变动也是空前的。所以若有人在今天依旧全称地、无择地讴歌"五四",自是犯了不知世界演进国家演进的愚蠢,其情可怜。然而若果"五四"的若干含义,在今日仍有教训性而并未实现,或者大势正与之相反演进,自然不必即是国家之福,其事可虑。

"五四"在当时本不是一个组织严密的运动,自然也不是一个全无计划的运动,不是一个单一的运动,自然也不是一个自身矛盾的运动。这个情形明显地表现于其整个运动的成就上,所以消极方面的成就比积极方面的多。这正是许多人贬责五四运动的根据。我以为"五四"纵有许多弱点,许多未成熟处,但这个消极的贡献,却是极可宝贵的,也还是今天甚可警醒的。

何以呢?中国的存在有几千年,自有其长处,即是说,有使他寿命如此长久的缘故。但是,这个几千年的存在,论对外呢,究竟光荣的年代不及屈辱的年代多;论内政呢,内政的真正清明,如四川冬天之见太阳,"生民多艰",古今一致。所以恢复民族的固有道德,诚为必要,这是不容怀疑的。然而涤荡传统的瑕秽,亦为必要,这也是不容怀疑的。假如我们必须头上肩上背上拖着一个四千年的垃圾箱,我们如何还有气力做一个抗敌劳动的近代国民?如何还有精神去对西洋文明"迎头赶上去"?试问明哲保身的哲学,"红老哲"(《红楼梦》、《老子》世故之极之哲学),虚文哲学,样子主义,面子主义,八股主义,官僚主义,封闭五官主义,这样一切一切的哲学和主义,哪一件不是建设近代国家的障碍物?在洗刷这些哲学和主义,自须对于传统的事物重新估价一番。这正如尼采所说，"重估一切的价值"。自然，发动这个重新估价，自有感情的策动，而感情策动之下，必有过分的批评；但激流之下，纵有漩涡，也是逻辑上必然的，从长看来，仍是大道运行的必经阶段。今人颇有以为"五四"当年的这样重新估价有伤民族的自信心；不错，民族的自信心是必须树立的，但是，与其自信过去，而造些未曾有的历史奇迹，以掩护着夸大狂，如何自信将来，而一步一步地作我们建国的努力？这就是说，与其寄托自信心于新石器时代或"北京人"时代，何如寄自信心于今后的一百年？……

我何以说"五四"的若干含义在今天仍有教训性呢，大凡时代的进展，总不免一正一反，一往一复。最近十五年，东西的若干强国——今日全是我们的敌人——各自闹其特殊的国粹运动，我们也有我们的国粹运动，我们的国粹运动自与他们的不同，这因为我们的"国粹"与他们的"国粹"不同。我们的国粹运动所以生于近来是很可了解的，在颇小限度内，有它的用处，然若无节制地发挥起来，只是妨碍我们国家民族的近代化，其流弊无穷。随便举青年一事作例说吧。不是大家都说今日的青年总是犯了消沉、逐利、走险三条路吗？要想纠正这些，绝不是用老药方所能济事的，无论这药方是汉学的威仪齐庄，或是宋学的明心见性，这个都打不动他的心坎，你说你的，他做他的。要想打动他的心坎，只有以行动启发其爱国心，启发其祈求社会公道心，为这些事，舍生取义是容易的事。总而言之，建设近代国家无取乎中世主义。日本在维新之初，除去积极地走向近代化以外，又弄一套"祭政一致"、"国体明徵"的神秘法门。日本之强，是他近代化之效，而把日本造成一个神道狂，因而把日本卷入这个自杀的战争中，便是这神秘法门的效用。难道这是可以效法的吗？所以中世纪主义也许可为某甲某乙以忽不勒汗的过程成其为呼图克图，而于全国家、全民族，是全无意义的。

"五四"的积极口号是"民主"与"科学"。在这口号中，检讨二十五年的成绩，真正可叹得很。"民主"在今天，已是世界大势所必趋，这篇短文中无法畅谈，只谈谈"科学"。注意科学不是"五四"的新发明，今天的自然科学家，很多立志就学远在"五四"以前的。不过，科学成了青年的一般口号，自"五四"始，这口号很发生了它的作用，集体的自觉总比个人的嗜好力量大。所以若干研究组织之成立，若干青年科学家之成就，不能不说受这个口号的刺激。在抗战的前夕，若干自然科学在中国已经站稳了脚，例如地质、物理、生理、生物化学，而人文社会科学之客观研究，也有很快的进展。若不是倭鬼来扰，则以抗战前五年的速度论，中国今天可以有几个科学中心，可以有几种科学很像个样子了。即是说，科学的一般基础算有了。恰恰暴雨狂风正来在开花的前一夕。受战事的打击，到了今天，工作室中徒有四壁，而人亦奄奄一息，这全是应该的，无可免的，无可怨的。一旦复员，要加倍努力赶上去。不过，今天的中国科学确有一个极大的危险，这就是，用与科学极其相反的精神以为提倡科学之动力是也。今日提倡科学之口号高唱入云，而为自然科学的建设不知在哪里？其结果只是些杂志宣传，而这些杂志中的文学，每每充满反科学性。大体说来，有狭隘的功利主义，这是使自然科学不能发达的。然若自然科学不能发达，应用科学又焉得立其根本？又有狂言之徒，一往夸大，他却不知科学的第一义是不扯谎的。全部科学史告诉我们，若没有所谓学院自由（Academic Freedom），科学的进步是不可能的。全部科学史告诉我们，近代科学是从教条、学院哲学（Scholasticism）、推测哲学（Speculative Philosophy）、社会成见中解放出来的，不是反过来向这些东西倒上去的。全部科学史又告诉我们，大科学家自然也有好人，有坏人，原来好坏本自难分，有好近名的，有好小利的，原来这也情有可原，但绝没有乱说谎话的，作夸大狂的，强不知以为知的。大科学家自然有一种共同性，这可在盖利律（伽利略）、牛顿、达尔文、巴斯德诸人传记中寻得之，这些人与徇禄的经生绝无任何质量的相同处。所以今日提倡科学的方法极简单，建设几个真正可以做工作的所在，就是说，有适宜设备的所在，而容纳真正可以做科学工作的若干人于其中就够了。此外，便只是科学家自己的事了。此外，更无任何妙法。工作的环境可以培植科学家，宣传与运动是制造不出科学家来的。

  我要提出一个"五四"的旧口号，这个口号是，"为科学而研究科学"，各位以为我这话迂腐么？只有这才是科学的清净法门！

蔡元培

我在北京大学的经历

北京大学的名称，是从民国元年起的；民元以前，名为京师大学堂；包有师范馆、仕学馆等，而译学馆亦为其一部；我在民元前六年，曾任译学馆教员讲授国文及西洋史，是为我在北大服务之第一次。

民国元年，我长教育部，对于大学有特别注意的几点：一、大学设法商等科的，必设文科；设医农工等科的，必设理科。二、大学应设大学院（即今研究院），为教授、留校的毕业生与高级学生研究的机关。三、暂定国立大学五所，于北京大学外，再筹办大学各一所于南京、汉口、四川、广州等处。（尔时想不到后来各省均有办大学的能力。）四、因各省的高等学堂，本仿日本制，为大学预备科，但程度不齐，于入大学时发生困难，乃废止高等学堂，于大学中设预科。（此点后来为胡适之先生等所非难，因各省既不设高等学堂，就没有一个荟萃较高学者的机关，文化不免落后；但自各省竞设大学后，就不必顾虑了。）

是年，政府任严幼陵君为北京大学校长；两年后，严君辞职。改任马相伯君，不久，马君又辞。改任何锡侯君，不久又辞。乃以工科学长胡次珊君代理。民国五年冬，我在法国，接教育部电，促回国，任北大校长。我回来，初到上海，友人中劝不必就职的颇多，说北大太腐败，进去了，若不能整顿，反于自己的声名有碍，这当然是出于爱我的意思。但也有少数的说，既然知道它腐败，更应进去整顿，就是失败，也算尽了心；这也是爱人以德的说法。我到底服从后说，进北京。

我到京后，先访医专校长汤尔和君，问北大情形。他说："文科预科的情形，可问沈尹默君；理工科的情形，可问夏浮筠君。"汤君又说："文科学长如未定,可请陈仲甫君;陈君现改名独秀,主编《新青年》杂志,确可为青年的指导者。"因取《新青年》十余本示我。我对于陈君,本来有一种不忘的印象,就是我与刘申叔君同在《警钟日报》服务时,刘君语我:"有一种在芜湖发行之白话报,发起的若干人,都因困苦及危险而散去了,陈仲甫一个人又支持了好几个月。"现在听汤君的话,又翻阅了《新青年》,决意聘他。从汤君处探知陈君寓在前门外一旅馆,我即往访,与之订定;于是陈君来北大任文科学长,而夏君原任理科学长,沈君亦原任教授,一仍旧贯;乃相与商定整顿北大的办法,次第执行。

我们第一要改革的,是学生的观念。我在译学馆的时候,就知道北京学生的习惯。他们平日对于学问上并没有什么兴趣,只要年限满后,可以得到一张毕业文凭。教员是自己不用功的,把第一次的讲义,照样印出来,按期分散给学生,在讲坛上读一遍,学生觉得没有趣味,或瞌睡,或看看杂书。下课时,把讲义带回去,堆在书架上。等到学期、学年或毕业的考试,教员认真的,学生就拼命地连夜阅读讲义,只要把考试对付过去,就永远不再去翻一翻了。要是教员通融一点,学生就先期要求教员告知他要出的题目,至少要求表示一个出题目的范围;教员为避免学生的怀恨与顾全自身的体面起见,往往把题目或范围告知他们了,于是他们不用功的习惯,得了一种保障了。尤其北京大学的学生,是从京师大学堂"老爷"式学生嬗继下来,(初办时所收学生,都是京官,所以学生都被称为老爷,而监督及教员都被称为中堂或大人。)他们的目的,不但在毕业,而尤注重在毕业以后的出路。所以专门研究学术的教员,他们不见得欢迎;要是点名时认真一点,考试时严格一点,他们就借个话头反对他,虽罢课也在所不惜。若是一位在政府有地位的人来兼课,虽时时请假,他们还是欢迎得很;因为毕业后可以有阔老师做靠山。这种科举时代遗留下来的劣根性,是于求学上很有妨碍的。所以我到校后第一次演说,就说明"大学学生,当以研究学术为天职,不当以大学为升官发财之阶梯"。然而要打破这些习惯,只有从聘请积学而热心的教员着手。

那时候因《新青年》上文学革命的鼓吹,而我们认识留美的胡适之君,他回国后,即请到北大任教授。胡君真是"旧学邃密"而且"新知深沉"的一个人,所以一方面与沈尹默、兼士兄弟,钱玄同,马幼渔,刘半农诸君以新方法整理国故,一方面整理英文系;因胡君之介绍而请到的好教员,颇不少。

我素信学术上的派别，是相对的，不是绝对的；所以每一种学科的教员，即使主张不同，若都是"言之成理持之有故"的，就让他们并存，令学生有自由选择的余地。最明白的，是胡适之君与钱玄同君等绝对地提倡白话文学，而刘申叔、黄季刚诸君仍极端维护文言的文学；那时候就让他们并存。我信为应用起见，白话文必要盛行，我也常常作白话文，也替白话文鼓吹；然而我也声明：作美术文，用白话也好，用文言也好。例如我们写字，为应用起见，自然要写行楷，若如江艮庭君的用篆隶写药方，当然不可；若是为人写斗方或屏联，作装饰品，即写篆隶章草，有何不可？

那时候各科都有几个外国教员，都是托中国驻外使馆或外国驻华使馆介绍的，学问未必都好，而来校既久，看了中国教员的阑珊，也跟了阑珊起来。我们斟酌了一番，辞退几人，都按着合同上的条件办的。有一法国教员要控告我；有一英国教习竟要求英国驻华公使朱尔典来同我谈判，我不答应。朱尔典出去后，说："蔡元培是不要再做校长的了。"我也一笑置之。

我从前在教育部时，为了各省高等学堂程度不齐，故改为各大学直接的预科；不意北大的预科，因历年校长的放任与预科学长的误会，竟演成独立的状态。那时候预科中受了教会学校的影响，完全偏重英语及体育两方面；其他学科比较的落后，毕业后若直升本科，发生困难。预科中竟自设了一个预科大学的名义，信笺上亦写此等字样。于是不能不加以改革，使预科直接受本科学长的管理，不再设预科学长。预科中主要的教课，均由本科教员兼任。

我没有本校与他校的界限，常为之通盘打算，求其合理化。是时北大设文理工法商五科，而北洋大学亦有工法两科；北京又有一工业专门学校，都是国立的。我以为无此重复的必要，主张以北大的工科并入北洋，而北洋之法科，刻期停办。得北洋大学校长同意及教育部核准，把土木工与矿冶工并到北洋去了。把工科省下来的经费，用在理科上。我本来想把法科与法专并成一科，专授法律，但是没有成功。我觉得那时候的商科，毫无设备，仅有一种普通商业学教课，于是并入法科，使已有的学生毕业后停止。

我那时候有一个理想，以为文理两科，是农工医药法商等应用科学的基础，而这些应用科学的研究时期，仍然要归到文理两科来。所以文理两科，必须设各种的研究所；而此两科的教员与毕业生必有若干人是终身在研究所工作，兼任教员，而不愿往别种机关去的。所以完全的大学，当然各科并设，有互相关联的便利。若无此能力，则不妨有一大学专办文理两科，名为本科，而其他应用各科，可办专科的高等学校，如德、法等国的成例，以表示学与术的区别。因为北大的校舍与经费，决没有兼办各种应用科学的可能，所以想把法律分出去，而编为本科大学；然没有达到目的。

那时候我又有一个理想，以为文理是不能分科的。例如文科的哲学，必植基于自然科学；而理科学者最后的假定，亦往往牵涉哲学。从前心理学附入哲学，而现在用实验法，应列入理科；教育学与美学，也渐用实验法，有同一趋势。地理学的人文方面，应属文科，而地质地文等方面属理科。历史学自有史以来，属文科，而推原于地质学的冰期与宇宙生成论，则属于理科。所以把北大的三科界限撤去而列为十四系，废学长，设系主任。

我素来不赞成董仲舒罢黜百家独尊孔氏的主张。清代教育宗旨有"尊孔"一款，已于民元在教育部宣布教育方针时说他不合用了。到北大后，凡是主张文学革命的人，没有不同时主张思想自由的；因而为外间守旧者所反对。适有赵体孟君以编印明遗老刘应秋先生遗集，贻我一函，后约梁任公、章太炎、林琴南诸君品题；我为分别发函后，林君复函，列举彼对于北大怀疑诸点，我复一函，与他辩。这两函颇可窥见那时候两种不同的见解。

这两函虽仅为文化一方面之攻击与辩护，然北大已成为众矢之的，是无可疑了。超四十余日，而有五四运动。我对于学生运动，素有一种成见：以为学生在学校里面，应以求学为最大目的，不应有何等政治的组织。其有年在二十岁以上，对于政治有特殊兴趣者，可以个人资格，参加政治团体，不必牵涉学校。所以民国七年夏间，北京各校学生，曾为外交问题，结队游行，向总统府请愿；当北大学生出发时，我曾力阻他们，他们一定要参与；我因此引咎辞职，经慰留而罢。到八年五月四日，学生又有不签字于巴黎和约与罢免亲日派曹、陆、章的主张，仍以结队游行为表示，我也就不去阻止他们了。他们因愤激的缘故，遂有焚曹汝霖住宅及撅殴章宗祥的事，学生被警厅逮捕者数十人。各校皆有，而北大学生居多数；我与各专门学校的校长向警厅力保，始释放。但被拘的虽已保释，而学生尚抱再接再厉的决心，政府亦且持不做不休的态度，都中宣传政府将明令免我职而以马其昶君任北大校长，我恐若因此增加学生对于政府的纠纷，我个人且将有运动学生保持地位的嫌疑,不可以不速去。乃一面呈政府,引咎辞职,一面秘密出京,时为五月九日。

那时候学生仍每日分队出去演讲,政府逐队逮捕,因人数太多,就把学生都监禁在北大第三院。北京学生受了这样大的压迫,于是引起全国学生的罢课,而且引起各大都会工商界的同情与公愤,将以罢工罢市为同样之要求。政府知势不可侮,乃释放被逮诸生,决定不签和约,罢免曹、陆、章,于是五四运动之目的完全达到了。

五四运动之目的既达,北京各校的秩序均恢复,独北大因校长辞职问题,又起了多少纠纷。政府曾一度任命胡次珊君继任,而为学生所反对,不能到校;各方面都要我复职。我离校时本预定决不回去;不但为校务的困难,实因校务以外,常常有许多不相干的缠绕,度一种劳而无功的生活,所以启事上有"杀君马者道旁儿;民亦劳止,汔可小休;我欲小休矣"等语。但是隔了几个月,校中的纠纷,仍在非我回校,不能解决的状态中,我不得已,乃允回校。回校以前,先发表一文,告北京大学学生及全国学生联合会,告以学生救国,重在专研学术,不可常为救国运动而牺牲。到校后,在全体学生欢迎会演说,说明德国大学学长校长均每年一换,由教授会公举;校长且由神学医学法学哲学四科之教授轮值;从未生过纠纷;完全是教授治校的成绩。北大此后亦当组成健全的教授会,使学校决不因校长一人的去留而起恐慌。

那时候蒋梦麟君已允来北大共事,请他通盘计划,设立教务总务两处;及聘任财务等委员会,均以教授为委员。请蒋君任总务长,而顾孟余君任教务长。

北大关于文学哲学等学系,本来有若干基本教员,自从胡适之君到校后,声应气求,又引进了多数的同志,所以兴会较高一点。预定的自然科学、社会科学、文学、国学四种研究所,只有国学研究所先办起来了。在自然科学与社会科学方面,比较地困难一点。自民国九年起,自然科学诸系,请到了丁巽甫、颜任光、李润章诸君主持物理系,李仲揆君主持地质系;在化学系本有王抚五、陈聘丞、丁庶为诸君,而这时候又增聘程寰西、石蘅青诸君。在生物学系本已有钟宪鬯君在东南西南各省搜罗动植物标本,有李石曾君讲授学理,而这时候又增聘谭仲逵君。于是整理各系的实验室与图书室,使学生在教员指导之下,切实用功;改造第二院礼堂与庭园,使合于讲演之用。

在社会科学方面，请到王雪艇、周鲠生、皮皓白诸君；一面诚意指导提起学生好学的精神，一面广购图书杂志，给学生以自由考索的工具。丁巽甫君以物理学教授兼预科主任，提高预科程度。于是北大始达到各系平均发展的境界。

我是素来主张男女平等的，九年，有女学生要求进校，以考期已过，姑录为旁听生。及暑假招考，就正式招收女生。有人问我："兼收女生是新法，为什么不先请教育部核准？"我说："教育部的大学令，并没有专收男生的规定；从前女生不来要求，所以没有女生；现在女生来要求，而程度又够得上，大学就没有拒绝的理。"这是男女同校的开始，后来各大学都兼收女生了。

我是佩服章实斋先生的，那时候国史馆附设在北大，我定了一个计划，分征集、纂辑两股；纂辑股又分通史、民国史两类；均从长编入手，并编历史辞典。聘屠敬山、张蔚西、薛阆仙、童亦韩、徐贻孙诸君分任征集编纂等务。后来政府忽又有国史相独立一案，别行组织。于是张君所编的民国史，薛、童、徐诸君所编的辞典，均因篇帙无多，视同废纸；只有屠君在馆中仍编他的蒙兀儿史，躬自保存，没有散失。

我本来很注意于美育的，北大有美学及美术史教课，除中国美术史由叶浩吾君讲授外，没有人肯讲美学，十年，我讲了十余次，因足疾进医院停止。至于美育的设备，曾设书法研究会，请沈尹默、马叔平诸君主持。设画法研究会，请贺履之、汤定之诸君教授国画；比国楷次君教授油画。设音乐研究会，请萧友梅君主持。均听学生自由选习。

我在爱国学社时，曾断发而习兵操，对于北大学生之愿受军事训练的，常特别助成；曾集这些学生，编成学生军，聘白雄远君任教练之责，亦请蒋百里、黄膺白诸君到场演讲。白君勤恳而有恒，历十年如一日，实为难得的军人。

我在九年的冬季，曾在欧美考察高等教育状况，历一年回来。这期间的校长任务，是由总务长蒋君代理的。回国以后，看北京政府的情形，日坏一日，我处在与政府常有接触的地位，日想脱离。十一年冬，财政总长罗钧任君忽以金佛郎问题被逮。释放后，又因教育总长彭允彝君提议，重复收禁。我对于彭君此举，在公议上，认为是蹂躏人权献媚军阀的勾当；在私情上，罗君是我在北大的同事，而且于考察教育时为最密切的同伴，他的操守，为我所深情，我不免大抱不平。与汤尔和、邵飘萍、蒋梦麟诸君会商，均认有表示的必要。我于是一面递辞呈，一面离京。隔了几个月，贿选总统的布置，渐渐地实现；而要求我回校的代表，还是不绝，我遂于十二年七月间重往欧洲，表示决心；至十五年，始回国。那时候，京津间适有战争，不能回校一看。十六年，国民政府成立，我在大学院，试行大学区制，以北大划入北平大学区范围，于是我的北京大学校长的名义，始得取消。

综计我居北京大学校长的名义，十年有半；而实际在校办事，不过五年有半，一经回忆，不胜惭悚。

陈独秀

新教育之精神等三论

一、教育缺点

　　今天所讲的，统合说起来，是教育上的缺点，也可说就是教育上的罪恶。并且这种缺点和罪恶，并不是腐败的学校所有的现象，却是在平日声誉很好的学校，都免不了的。真正腐败的学校，倒也赶不上这种缺点咧。我所说的教育上的缺点和罪恶，一种是犯主观主义，一种是犯形式主义。这两种主义，是牵连一起的。因为是主观的，所以有了形式的，因为有形式的，所以有主观的。这种弊病，在欧美各国亦不得免。在我国不但中等以上的学校是这样，就是小学教育，也都是这样两种主义。先把主观主义的缺点说出来。教师只知道他自己做本位教授的时候，不管学生能不能领受，一味照他意思灌输进去，这就是主观主义的现象。要知道好的教育，应该学生教先生，这句话说来很奇，怎样学生反而教起先生来呢？就是先生在教授时候，必定要拿学生做本位，细细考察这一班许多学生。因为一个学生，有一个学生的特性，一个学生，有一个学生的天才，用什么教材放进，便有什么反应发生，不是随便可以教授的，做教师的，应该从学生的个性里得到种种经验来。做教育的，依据我国现在教育，所以没有进步，坏在主观主义。这种主义，和以前教授经史百家的旧教育，有什么分别！不过拿经史百家的旧教材，改了史、地、理化等等新教材罢了。我们要知道新旧教育之不同，全在主观教育和客观教育上分别，不是在教材上的关系，是在活用教材方法的关系。我们所以反对旧教育，并不是说西洋来的教育都是好，中国的旧教育都是坏。不过在主观、客观的分别，旧教育的弊病，不问学生是否明了，用他主观的眼光，随便灌输学生。什么伦理科、历史科、地理科，所授教材，全凭讲演，不切实用，就像伦理重在实践，不是说空话便算了事，在理应该把这科取消。历史科，排列了许多不相干的古事，崇拜偶像的说话，教给学生记忆，有什么用处？地理科，在乎简单明了，并不是罗列许多无用的地名，硬要学生牢记，这样教法和以前的旧教育的，教学生念"大学之道，在明明德"，有什么分别呢？不说旁的，就是北京很有名的某学校，教职员的思想，也算很新的了，不过他们所授的教科，糊涂得很，陈列的文字，学生大都不懂。这也是中了主观主义的害处。欧美各国无论哪种学校，每礼拜至多不过二十多个钟头，分了许多科目，好使学生欢喜哪种就学习哪种，倒是事半功倍，很有效验。总之，无论什么学校的功课，倘使和学生个性适应的尽管教他，不是这样，尽管定了许多课程，教了许多材料，但是于学生实际上丝毫没有影响。那是何苦呢！吾觉得现在国内学校，往往不肯细细考察个性，随便教育，就是大学也免不了这种弊病咧。

讲到形式主义的流弊和罪恶，不在主观主义之下。很多的学校，只重外面好看，装潢华丽，气象焕然，就是茅厕的门面，都有种种装饰，某地方还有一种牢不可破的样子，校门总是做来很高，建筑必求新式，而于内容反一点不讲。实际上这样，教育到底有什么益处？推原其故，因为教育部平时只在形式上考求。所以上行下效，弄得教育一点没有实际。最可笑的，称了工业学校，没有工厂，农业学校没有农场，不但使学生进了这种学校，如入五里雾中，一些没有领会，就是教的人自己也莫名其妙咧。我有一种感想，要使教育发达，先应该废除教育部。你想他们住在京里，社会生活程度、人情风俗习惯，一点不懂，定了什么许多章程法令，硬要人家遵守。不依照它，它就要驳它不合部令，依照了它，事实上又是不能做到，这明明是叫人家进于虚伪的境界。照教育部的意思，定要把全国的学校统一起来。其实中国这样的大，风俗人情各处不同，怎样可以统一呢！譬如做了一件衣服，说是不管那一个人的身体长短大小，都要照这件衣服的尺寸，那岂不是笑话吗？简直说一句话，教育部存在一天，中国的教育，一定办不好一天。还有考试一件事，完全是形式主义的产物。这种弊病，很多很大。因为有了考试，就有什么毕业问题、文凭问题，引起了学生的虚荣心。教师学生平常多都不注意，临到考试时候，在这一二礼拜以内拼死用功，不但临场时夹带枪替，于道德上很有影响，并且废食忘眠，在身体上大有妨害。到了考试完毕，把所有临时强记的完全忘掉了。有人说学生求学的目的，一种是要增加学问，一种是为社会进步、生活改良。像现在学生的求学，专为考试，这不过是为了毕业问题，希望早一天毕业，那文凭可早一天到手。所以种种罪恶，都从考试发生，道德上、身体上、思想上都没有好处。

你看欧美的大学问家，尽有在学校里考试时候，屡次落第，到了后来，偏享盛名。日本教育大家某博士，在学生时代，每逢考试总是不利。后来他在大学校里当了教员，很反对考试。其实考试及格不足为荣，考试落第不足为辱。考试得利的不定是槃槃大才，考试失利的不全是庸劣无能。有人主张考试的，说一朝废去了考试，那学生的学业，不能够看出他进步不进步。这句话实在是差误的。照他说没有了考试，不能知道学业的进步，那么以前私塾先生惯用扑责，警诫学生，现在废掉了扑责，难道学生就不及从前吗？总之，学生的学业，并不因考试提进的。并且做了教师，平日里不能知道自己学生品行学业的好歹，偏要凭着考试方才知道，这样漫不经心的教员，他平日的教育成绩也可想而知了。吾们要望学生道德上学业上进步，不在乎考试。另有好的方法，譬如作文、英文等科，只要平常多方练习，自然能够进步。地理只要注重实地观察，化学注重在实验室里试验，那才可以得着好的效果。何必定要形式考试来贻误青年呢？所以我敢说，现在教育的流弊，不出这两种主义——主观主义、形式主义。这两种主义不破，中国的教育绝不会有进步的希望。自从杜威氏来吾国，到处演讲教育，他竭力攻击的就是这以上所说的两种主义。他说不但中国犯这种弊病，就是美国也未尝没有。日本更比中国不如，所以杜威到中国来最精要的讲演，却不在伦理学，也不在社会学，是在教育学。可惜我国人对于他所讲最精要的教育，不十分注意。现在我们教育界应注意这点。因为这是教育上一个很重大的问题。我们所见教育上种种不好现象，归纳起来，不出这两个主义。

二、近代西洋教育

今日之中国，各种事业败坏已极，承贵校诸君招来演说，鄙人心中想说的话极多，但是从何处说起呢？诸君毕业后，或当教习，或到他校求学，大约不离教育界。现在就着教育事业，略说一二。

吾人提起"教育"二字，往往心中发生二种疑问：第一是吾人何以必须教育？第二是教育何以必须取法西洋？

第一种疑问，就是西洋也有一派学者，主张人之善恶智愚，乃天性生成，教育无效的。但是此种偏见，多数学者均不承认，以为人之善恶智愚，生来本性的力量诚然不小，后来教育的力量又何尝全然无效？譬如木材的好丑和用处大小，虽然是生来不同，但必经工匠的斧斤雕凿，良材方成栋梁和美术的器具，就是粗恶材料，也有相当的用处。教育的作用，亦复如此。未受教育的人，好像生材；已受教育的人，好像做成的器具。人类美点，可由教育完全发展；人类差点，也可由教育略为减少。请看世界万国，那教育发达的和那教育不发达的人民，智愚贤否迥然不同，这就是吾人必须教育的铁证人。

第二种疑问，乃是中国人普通见解，以为西洋各国不过此时国富兵强，至于文物制度，学问思想，未必事事都比中国优胜。简单说起来，就是不信服西洋文明驾乎中国之上，所以不信服中国教育必须取法欧美。方才贵校校长张先生说："此时西洋各国学术思想潮流，居世界之大部分，吾国不过居一小部分，只合一小部分随从大部分，不能够强教大部分随从一小部分，所以我们中国必须舍旧维新。"鄙人觉得张校长这话犹是对那没有知识比较中西文明优劣的人说法。其实吾国文明若果在西洋之上，西洋各国部分虽大，吾人亦不肯盲从，舍长取短。正因西洋文明远在中国之上，就是中国居世界之大部分，西洋各国居世界之最小一部分，这大部分的人也应当取法这一小部分。所以鄙人之意，我们中国教育必须取法西洋的缘故，不是势力的大小问题，正是道理的是非问题。秋桐先生方才说道："西洋种种的文明制度，都非中国所及。单就经济能力而言，我们中国人此时万万赶不上。倘不急起直追，真是无法可以救亡。"鄙人以为秋桐先生此言，可谓探本之论。

吾人的教育，既然必须取法西洋，吾人就应该晓得近代西洋教育的真相真精神是什么，然后所办的教育才真是教育，不是科举，才真是西洋教育，不是中国教育。不然，像我们中国模仿西洋创办学校已经数十年，而成效毫无。学校处数固属过少，不能普及，就是已成的学校，所教的无非是中国腐旧的经史文学，就是死读几本外国文和理科教科书，也是去近代西洋教育真相真精神尚远。此等教育，有不如无。因为教的人和受教的人，都不懂得教育是什么，不过把学校毕业当做出身地步，这和从前科举有何分别呢？所以我希望我们中国大兴教育，同时我又希望我们中国教育家，要明白读几本历史洋文，学一点理化博物，算不得是真正的近代西洋教育。我们教育若想取法西洋，要晓得真正的近代西洋教育，有几种大方针：

第一，是自动的而非被动的，是启发的而非灌输的。

我国教育和西洋古代教育，多半是用被动主义、灌输主义，一心只要学生读书万卷，做大学者。古人的著书，先生的教训，都是神圣不可非议。照此依样葫芦，便是成功的妙诀。所谓儿童心理，所谓人类性灵，一概抹杀，无人理会。至于西洋近代教育，则大不相同了，自幼稚园以至大学，无一不取启发的教授法，处处体贴学生心理作用，用种种方法启发他的性灵，养成他的自动能力，好叫人类固有的智能得以自由发展，不像那被动主义、灌输主义的教育，不顾学生的心理状态，只管拼命教去，教出来的人物，好像人做的模型，能言的鹦鹉一般，依人作解，自家决没有真实见地，自动能力。此时意大利国蒙得梭利（Moria Montessori）女士的教授法，轰动了全世界。她的教授法是怎样呢？就是主张极端的自动启发主义，用种种游戏法，启发儿童的性灵，养成儿童的自动能力；教师立于旁观地位，除恶劣害人的事以外，无不一任儿童完全的自动自由。此种教授法，现在已经通行欧美各国，而我们中国的教育，还是守着从前被动的灌输的老法子，教师盲教，学生盲从。启发儿童的图画等功课，毫不注意。拼命地读那和学生毫无关系的历史（小学生决不懂得自己与历史有什么关系），毫无用处的外国文，以为这就是取法西洋的新教育了。哈哈！实在是坑死人也！

第二，是世俗的而非神圣的，是直观的而非幻想的。

孔特分人类进化为三时代：第一曰宗教迷信时代，第二曰玄学幻想时代，第三曰科学实证时代。欧美的文化，自18世纪起，渐渐地从第二时代进步到第三时代，一切政治、道德、教育、文学，无一不含着科学实证的精神。近来一元哲学，自然文学，日渐发达，一切宗教的迷信、虚幻的理想，更是抛在九霄云外；所以欧美各国教育，都注重职业。所教功课，无非是日常生活的知识和技能。此时学校教育以外，又盛兴童子 Boy-Scout 的教育，一切煮饭、烧茶、洗衣、缝衣、救火、救溺、驾车、驶船等事，无一不实地练习。不像东方人连吃饭、穿衣、走路的知识本领也没有，专门天天想做大学者、大书箱、大圣贤、大仙、大佛。西洋教育所重的是世俗日用的知识，东方教育所重的是神圣无用的幻想；西洋学者重在直观自然界的现象，东方学者重在记忆先贤先圣的遗文。我们中国教育，若真要取法西洋，应该弃神而重人，弃神圣的经典与幻想而重自然科学的知识和日常生活的技能。

第三，是全身的，而非单独脑部的。

谭嗣同有言曰："观中国人之体貌，亦有劫象焉。"试拟以西人则见其委靡，见其猥鄙，见其粗俗，见其野悍，或瘠而黄，或肥而弛，或萎而伛偻，其光明秀伟有威仪者，千万不得一二！这是什么缘故呢？就是中国教育大部分重在后脑的记忆，小部分重在前脑的思索，训练全身的教育，从来不大讲究。所以未受教育的人，身体还壮实一点，唯有那班书呆子，一天只知道咿咿唔唔摇头摆脑地读书，走到人前，痴痴呆呆地歪着头，弓着背，勾着腰，斜着肩膀，面孔又黄又瘦，耳目手脚，无一件灵动中用。这种人虽有手脚耳目，却和那跛聋盲哑残废无用的人，好得多少呢？西洋教育，全身皆有训练，不单独注重脑部。既有体操发展全身的力量，又有图画和各种游戏，练习耳目手脚的活动能力。所以他们无论男女老幼，做起事来，走起路来，莫不精神夺人，仪表堂堂。教他们眼里如何能看得起我们可厌的中国人呢？

中国教育，不合西洋近代教育的地方甚多。以上三样，乃是最重要的。诸君毕业后，或教育他人，或是自己教自己，请在这三样上十分注意。

三、新教育之精神

我并没有什么学问，不过蒙海内同胞推奖，年来奔走四方，唤醒民气，也不过稍尽一点国民责任而已，实在抱歉得很。

今日承诸君之请，来此讲演，仓促之间，我也没有充分的准备；但诸君现在是读书师范学校，为教育界之重要分子，将来出身办事，主要是教育界上，又如社会上的中坚人物，而教育为国家的命脉所依托，故诸君的责任，实在非轻。我今天演说之题目，也就是新教育之精神。我对于新教育一项，素少研究，而在座诸君，尽是研究教育的，想平日对于教育一项特有心得，以不知教育的人，而对研究教育之人讲教育，岂不班门弄斧吗？

我所谓新，非绝对除去一切经史诗书考据，……之谓，更在知其所以新之道耳。譬如研究经史，而能知其新之法则，则昔日读圣经，考训诂，讲道学，仍然是新。若不然，哪怕日日读 ABCD，习数学，习理化，还不能够算得新，甚至比较旧的，还要差些呢！

今就以教育一方面讲，要怎样才算得新呢？我们中国的学校教书，是最腐败的，你看现在各省的学校，有些因经费都被外人拨扣，以致陷于无教育之地步，那是一不消说了！还有一些办得最热闹的，校舍固然好看，是"巍巍峨峨"的洋房，内面学生的教科如何？教员的教授法如何？以后学生的勤奋如何？一切都不管问；只顾外面好看——这是中国人的特性，非独办教育的如此，即凡百举动，亦莫不然。譬如架个茅厕一样，外面只用白灰粉粉饰，内面是屎是尿，臭不可闻，那都不管了。你看现在的学校，哪一个不是如此，都是以空相尚，讲究形式。学校的大权，掌在教长及少数教职员的手中，学生的困苦，全然不顾。教职员程度有不好的，学生不能非论，如有违着的，就拿那些诽谤师长、侮辱职员的条例来压迫学生，把学生当做机械的、被动的。学生只能在书桌子上做自己的功课，于外面社会上的实况，一点都不知道。学校是学校，社会是社会，出了学校，更不能在社会上立足，那还能望他改造社会吗？似这种学校，不过造出几个书呆子出来罢了！于国家没有一点益处，故今日要学新教育有几个要点。

1. 宜注意社会方面；
2. 当以学生为主体；
3. 打破形式的教育，以实际为主。

第一，怎样要注重社会方面呢？因为社会是我们人类组成的，我们人原是社会的成分，假如我们没有社会，那么，我们以一人，能够供给自己的要求吗？例如日常的用品，寝室的器具，断不是一个人可以做得到的。又如外界的侵袭——洪水猛兽之类，又不是一人可以防御得住的，故必定聚而为社会，顾我们人类同情协力之自然趋势。此自古各大学者所承认的，是以我们人类，是决不可与社会分离的人。教育是教养人类，使有社会生活能力的人，故第一要注意社会方面，譬如教授小学的地理，若开口就讲巴黎、纽约如何繁荣，如何重要，他知道巴黎、纽约在哪块儿呢？我的意思以为教地理应先从本讲堂讲起，然后教本校的校址，以及本城市、本县、本省，实地考察，庶几学得有益处。若讲到历史一项，小学的历史教授只好取消，何故？要晓得小学生，本无学问可讲，他的教育宗旨，原是启导他的智能和开发他的思想。你若对他讲什么唐虞三代，五霸七雄，他的耳未曾听过，目未曾见过，他知道是什么？如此教授，不唯更差，适足以惑其思想，乱其脑力，故不如不要为好。又如教授理科，更用不着书本子了，顶好将本地方所产生的动、植、矿物的活标本，实地考察，还得益较多。其他如修身、农业、商业、图画等科，更好就社会的实在情况研究，使儿童能应用于社会上，得实在的效果。

第二，怎样要以学生做主体呢？从来我们中国的学校，都是把校长、教职员做主体，学生反放在客位，当作被动的和机械的。教员在讲堂上教授，只知把自己的学问和知识，装入学生的脑子内去，殊不知学生固有他的知识和学问，不得要拿先生的来装入进去；如先生的能够引导他们所能做的，启发他们所同有的，和学生自动的本能就是了。故现今大教育家杜威博士，他说："在当时，是先生教学生，若在今日，更是学生教先生了。"实在不错，怎么说？在当时先生教学生，只晓得把书本子装入学生的脑子里去，那更不消说了。若在今日小学教育，学生正当少年时代，恰如春天的草木一样，正是萌芽时期，他的脑髓，优园美满，思想力、记忆力，一切都比先生强得多。年幼的儿童的心理，还足以先生研究。若在教授时间，有些事情先生想不到的，而学生反而想得到，先生不能说明的，学生反能充分了解，并能提出许多疑问事情来，能启发先生的思想和脑力，这岂不是学生教先生吗？又如学生在校求学，于校中一切事情，知得明了。而现今学校的事情，专靠着校长和少数教职员掌办，开口就说他们是研究教育有经验的人，先前他也做过学生过来，办学校一定是好的。殊不知，天下无百年不变的法则，没有一定的规矩，即我们中国的孔夫子，和西洋的亚里士多德，在当时，他的学说，是"质诸鬼神而无疑，俟诸百世而不惑"的，然至今日，又"时移事实"，那就不行了。要知教育的事业，是与世界一起变化的，若说"往日是先生教学生"为正理，今日是学生教先生为不正。专只就古时的理论，而不考察今日的事实，那就不可以了。学校的事情，学生所知的比较多，怎么说呢？学生在校内求学，所谓亲莅其境了。对于学校的事件，要如何改良？如何配置？如何办法？何者有益于学校？对于学生有不便利处，更要废除。何者学校缺乏，对于学生有益，更要兴办，学生一一透底明白。故学校若以学生为主体，遵学生提议办去，没有办得不好的。若靠着几个教职员，我恐怕办去，只有退步，那还能够与时俱进吗？系看现今的学校，哪一个不是以学生做客体，拿他当被动的机械的，学校的事情，学生不唯不能参与，反而动辄拿那些通则规例，来压迫学生，终日如此，教育又怎能与世界一齐进步呢？又何怪每一个学生，进了一个学校，至毕业后，若是压得背驼足软，了无生气呢？如此学校教育，只能造成一班奴隶性质的国民，只知道服从，那还能够自动吗？哪还敢望他来出力为国家和改造社会呢？

　　第三，何以打破形式的教育，以实质为重呢？我们中国人，是最爱讲形式，不顾实际的，我听闻北京清华学校，建筑图书馆，费了三十几万，仅仅买了二万元银元的书，这又何苦要讲这种形式；若要不讲形式，多买些书，供众人阅览，岂不好吗？现今各省的学校，无一不是讲究形式，如外面的校舍、学生的制服，都是讲形式的，至内面学生的科学、教员的授法，却一切都不管同，这是什么缘故？因为我们中国的教育制度，自教育部起，至国民学校，都是讲究形式的。当真说起来，要打破形式教育，必先取消教育部人员起，因为他们是最好讲形式的，取消了他们，然后注重实际的教育，庶几较易。

　　还有最奇怪的，就是一般的农业学校，外面挂了某某农业专门学校的招牌，学生和教员，坐在学校内讲农业，外面田间的事情，不独不能耕种，简直一点都不知道。这种学校，我倒不晓得办了有什么益处？此外，尚有好多的学校，常常逼迫学生进校的时候缴纳制服费，学生无论在校内校外，一年四季，都是要穿制服，这又何苦要讲这种形式？甚至学生家里贫寒的，连学膳费钱都没有，哪有钱来缴制服费呢？并且学生在校，读书就读书，穿什么皮鞋，戴什么制服帽，若是穿便衣便帽，岂不是好么？再进一层讲，若留了些经费，把学生买书，岂不是更好吗？所以我劝诸君，此后出钱办事，不必讲形式，多注意实效就好了。那么，学校经费多，就多开办几班，学校经费少，就少办几班。把学生的科学，认真教，提高学生的自身必需的本能，切莫压迫他。至外面的校舍，那更可以不问——茅屋亦可以做学校，不必一定要洋房，没有桌凳，坐在地上亦可以讲学，只要认真教授，形式尽可以不管它。

　　以上三个意见，更是新教育之精神，我望诸君此后在教育界上办事，是最要注重的。第一，就是要注重社会方面，教学生，宜就社会上一般的事情，为儿童所时常知道的；或亲自看见的；那就自然易于了解，没有"莫名其妙"的弊处了。第二，学校当以学生为本位，教育以启发儿童的本能，引起儿童的兴味，不可压制他。第三，更宜实事求是，不可虚张形式，讲尽外观。今天时间太仓促，自知没有十分准备好，有负诸君之雅意，还望诸君原谅，原谅吧！

孔子与中国

尼采说得对："经评定价值始有价值；不评定价值，则此生存之有壳果，将空无所有。"所有绝对的或相当的崇拜孔子的人们，倘若不愿孔子成为空无所有的东西，便不应该反对我们对孔子重新评定价值。

在现代知识的评定之下，孔子有没有价值？我敢肯定地说有。

孔子的第一价值是非宗教迷信的态度：自上古以至东周，先民宗教神话之传说，见之战国诸子及纬书者，多至不可殚述，孔子一概摈弃之，其设教唯德行、言语、政事、文学四科（见《论语·先进》），又"子以四教：文、行、忠、信"（见《论语·述而》）。其对于天道鬼神的态度，见诸《论语》者：

子贡曰："夫子之文章，可得而闻也；夫子之言性与天道，不可得而闻也。"（《公冶长》）

季路问事鬼神。子曰："未能事人，焉能事鬼？"曰："敢问死。"曰："未知生，焉知死？"（《先进》）

"子不语怪、力、乱、神。"（《述而》）

"非其鬼而祭之，谄也。"（《为政》）

"祭如在，祭神如神在。"（《八佾》）

"获罪于天，无所祷也。"（《八佾》）

"务民之义，敬鬼神而远之，可谓知矣。"（《雍也》）

重人事而远鬼神。此孔墨之不同也，孔子之言鬼神，义在以祭享。为治天下之本，故《祭义》说："建国之神位，右社稷而左宗庙。"《祭统》说："凡治人之道，莫急于礼；礼有五经，莫重于祭。"至于鬼神之果有或无，则视为不可知之事，而非所深究；孔子之言天命，乃悬拟一道德上至高无上之鹄的，以制躬行，至于天地之始万物之母，则非所容心，此孔子之异于道家也。不但孔子如此，在儒道未混合以前，孔子的嫡派大儒如孟子如荀子，亦力唱仁义礼乐而不言天鬼。至战国之末，不知何人，糅合儒道二家之说，作《中庸》，《中庸》言华岳，又说："生乎今之世，反古之道；如此者，灾及其身者也。"又说："今天下车同轨，书同文。"这明明是和李斯辈同时代人的口气，决非孟子之前东鲁子思所作。始盛称鬼神之德与天道，于是孔子之面目一变；汉初传《周易》者，取阴阳家《系辞》归之孔子，大谈其阴阳不测之谓神，大谈其幽明之故、死生之说，大谈其精气游魂鬼神之情状，大谈其极数知来，极深研几，探赜索隐，钩深致远，《中庸》犹说："素隐行怪，后世有述焉，吾弗为之矣。"犹说："道不远人，人之为道而远人，不可以为道。"大谈其河出图，洛出书。《论语》"凤鸟不至，河不出图"之说，大约亦此时窜入，崔述已辨此非孔子之言。《春秋纬》有"龙负河图，龟具洛书"之说，可证为阴阳家言。于是孔子之面目乃再变，董仲舒号为西汉大儒，实是方士，成、哀以后，谶纬大兴，刘氏父子著书，皆兼采儒与阴阳二家之说，班固、许慎承其谬，于是孔子之面目乃三变；东汉清帝，笃信谶纬，无耻儒生，靡然从之，白虎观讲议诸人，都是桓谭、王充所讥的俗儒，班固所纂集的《白虎通德论》，广引纬书，侈言三纲、六纪、五行、灾变，可说是集儒道糟粕之大成，然而桓谭还公言反谶，几以非圣无法的罪名见诛于光武，郑兴亦不善谶，乃以逊辞仅免。王充著《论衡》力辟神怪，贱儒贾逵以附和谶纬取媚民贼，亦尚言"五经家皆无证图谶明刘氏为尧后者"。到郑玄，他早年师事第五元，本是习京氏《易》、公羊《春秋》的，故晚年笃信谶纬，博采纬书神怪之言以注《毛诗》、《周礼》、《论语》、《孝经》、《礼记》、《尚书大传》等。至此孔子之面目乃四变，而与阴阳家正式联宗矣。从此贾逵、郑玄之学日显，桓谭、王充之说日微，影响于中国之学术思想不为小也。

孔子的第二价值是建立君、父、夫三权一体的礼教。这一价值，在两千年后的今天固然一文不值，并且在历史上造过无穷的罪恶，然而在孔子立教的当时，也有它相当的价值。中国的社会到了春秋时代，君权、父权、夫权虽早已确定，但并不像孔子特别提倡礼教以后的后世那样尊严，特别是君权更不像后世那样神圣不可侵犯；而三权一体的礼教，虽有它的连环性，尊君却是主要目的。这是因为自周平王东迁以后，王室渐陵夷，各诸侯国中的商业都日渐发达，景王之前，已行用金属货币（见《周语》及《汉书·食货志》)。郑桓公东迁新郑，与商人立"无强贾"、"毋匄夺"的盟誓（见昭十六年《左传》。齐擅鱼盐之利，"人物归之，襁至而辐凑，故齐冠带衣履天下"（见《史记·货殖传》）。"管仲相桓公，通轻重之权，曰：岁有凶穰，故谷有贵贱；令有缓急，故物有轻重。人君不理，则畜贾游于市，乘民之不给，百倍其本矣。故万乘之国必有万金之贾，千乘之国必有千金之贾者，利有所共也。"（见《汉书·食货志》）"桓公曰：四郊之民贫，商贾之民富，寡人欲杀商贾之民以益四郊之民，为之奈何？"（见《管子·轻重篇》）"及周室衰，……士庶人莫不离制而弃本，稼穑之民少，商旅之民多，谷不足而货有余。"（见《汉书·货殖传》）由此可见当时的商业，已经动摇了闭关自给的封建农业经济之基础，由经济的兼并，开始了政治的兼并，为封建制度掘下了坟墓，为统一政权开辟了道路，同时也产生了孔子的政治思想。春秋之末，商旅之势益盛，即孔门的子贡亦"废著（《汉书》作'发贮'）鬻财于曹鲁之间，……结驷连骑，束帛之币以聘享诸侯。所至国君无不分庭与之抗礼"（见《史记·货殖传》）。是为战国白圭、计然、猗顿之先驱，这便是司马迁所谓"无秩禄之奉，爵邑之入，而乐与之比者，命曰'素封'"，"素封"势力愈盛，封建制度愈动摇，遂至诸侯亦日渐陵夷，大夫陪臣挟"素封"之势力，政权乃以次下移。孔子生当此时，已预见封建颓势将无可挽救，当时的社会又无由封建走向民主之可能，（欧洲的中世纪之末，封建陵夷以后，亦非直接走向民主，中间曾经过王政复兴君主专制的时代，Machiavelli 的君主大权主义，正是这一时代的产物。）于是乃在封建的躯壳中抽出它的精髓，即所谓尊卑长幼之节，以为君臣之义、父子之恩、夫妇之别普遍而简单的礼教，来代替那"王臣公、公臣大夫、大夫臣士、士臣皂、皂臣舆、舆臣隶、隶臣僚、僚臣仆、仆臣台"（见昭七年《左传》的十等制），冀图在"礼"的大帽子之下，不但在朝廷有君臣之礼，并且在整个社会复父子、夫妻等尊卑之礼，拿这样的连环法宝，来束缚压倒那封建诸侯大夫以致陪臣，使他们认识到君臣之义，无所逃于天地之间，以维持那日就离析分崩的社会。所以孔门的礼教即孔门的政治思想，其内容是：

孔子曰："天下有道，则礼乐征伐自天子出；天下无道，则礼乐征伐自诸侯出。自诸侯出，盖十世希不失矣；自大夫出，五世希不失矣；陪臣执国命，三世希不失矣。天下有道，则政不在大夫；天下有道，则庶人不议。"（《论

语·季氏》）

孔子曰："如有用我者，吾其为东周乎！"（《论语·阳货》）

齐景公问政于孔子，孔子对曰："君君、臣臣、父父、子子。"（《论语·颜渊》）

子曰："《书》云：'孝乎唯孝，友于兄弟'。施于有政，是亦为政，奚其为为政？"（《论语·为政》）

有子曰："其为人也孝悌，而好犯上者，鲜矣；不好犯上，而好作乱者，未之有也。"（《论语·学而》）

子路曰："不仕无义。长幼之节不可废也，君臣之义知之何其可废也，欲洁其身而乱大伦。君子之仕也，行其义也。"（《论语·微子》）

孔子曰："安土治民，莫善于礼。……故朝觐之礼所以明君臣之义也，聘问之礼所以使诸侯相尊敬也，丧祭之礼所以明臣子之恩也，乡饮酒之礼所以明长幼之序也，婚姻之礼所以明男女之别也，夫礼禁乱之所由生，犹坊止水之所自来也。……故婚姻之礼废，则夫妇之道苦，而淫辟之罪多矣，……聘觐之礼废，则君臣之位失，诸侯之行恶，而倍畔侵陵之败起矣。"（《礼记·经解》）

子云："天无二日，土无二王，家无二主，尊无二上，示民有君臣之别也。"（《礼记·坊记》）

君臣、上下、父子、兄弟，非礼不定。（《礼记·曲礼》）

"是故礼者，君之大柄也，……所以治政安君也。故政不正则君位危，君位危则大臣倍，小臣窃，刑肃而俗敝。……故唯圣人为知礼之不可以已也，故坏国、丧家、亡人，必先去其礼。"（《礼记·礼运》）

哀公问于孔子曰："大礼何如，君子之言礼何其尊也？……"孔子曰："丘闻之，民之所由生，礼为大，非礼无以节事天地之神也，非礼无以辨君臣上下长幼之位也，非礼无以别男女父子兄弟之亲婚姻疏数之交也。"（《礼记·哀公问》）

公曰："敢问为政如之何？"孔子对曰："夫妇别，父子亲，君臣严，三者正则庶物从之矣。"（《礼记·哀公问》，《大戴礼·哀公问》"庶物"作"庶民"。）

"是故君子之教也，外则教之以尊其君长，内则教之以孝于其亲，是故明

君在上则诸臣服从,崇事宗庙社稷则子孙顺孝,尽其道,端其义,而教生焉。"(《礼记·祭统》)

曾子曰:"忠者,其孝之本与!"(《大戴礼·曾子本孝》)

曾子曰:"君子立孝,其忠之用,礼之贵。……君子之孝也,忠爱以敬,反是乱也。"(《大戴礼·曾子立孝》)

"天无二日,国无二君,家无二尊,以治之也。"(《大戴礼·本命》)

"女子者,言如男子之教而长其义理者也,故谓之妇人,妇人伏于人也,是故无专制之义,有三从之道,在家从父,适人从夫,夫死从子,无所敢自遂也。"(《大戴礼·本命》)

"出乎大门而先,男帅女,女从男,夫妇之义由此始也;妇人,从人者也,幼从父兄,嫁从夫,夫死从子。"(《礼记·郊特牲》)

"男先于女,刚柔之义也,天先乎地,君先乎臣,其义一也。"(《礼记·郊特牲》)

仲尼曰:"父子、君臣、长幼之道得,而国治。……父子、君臣、长幼之道合,德音之致,礼之大者也。"(《礼记·文王世子》)

不但孔子自己及他的及门弟子是这样,孔子之后,孔子的嫡派大儒孟子、荀子,他们的思想,无论对于天鬼,对于礼教,都是孔子的继承者。

齐宣王问曰:"齐桓、晋文之事可得闻乎?孟子对曰:仲尼之徒无道桓文之事者,是以后世无传焉,臣未之闻也。无已,则王乎?"(《孟子·梁惠王》)

"学则三代共之,皆所以明人伦也。人伦明于上,小民亲于下。有王者起,必来取法,是为王者师也。"(《孟子·滕文公》)

"当尧之时,……使契为后徒,教以人伦,——父子有亲,君臣有义,夫妇有别,长幼有序,朋友有信。"(《孟子·滕文公》)

"子未学礼乎?丈夫之冠也,父命之,女子之嫁也,母命之,往送之门,戒之曰:'往之女家,必敬必戒,无违夫子!'以顺为正者,妾妇之道也。"(同上)

"世衰道微,邪说暴行有作,臣弑其君者有之,子弑其父者有之。孔子惧,作《春秋》,《春秋》,天子之事也。……杨氏为我,是无君也;墨氏兼爱,是无父也。无父无君,是禽兽也。……昔者禹抑洪水而天下平,周公兼夷狄,驱猛兽而百姓宁,孔子成《春秋》而乱臣贼子惧。"(《孟子·滕文公》)

"君仁，莫不仁；君义，莫不义；君正，莫不正。一正君而国定矣。"（《孟子·离娄》）

"礼有三本：天地者，生之本也；先祖者，类之本也；君师者，治之本也。无天地，恶生？无先祖，恶出？无君师，恶治？三者偏亡，焉无安人。"（《荀子·礼论篇》，《大戴礼·礼三本》，"生之本"作"性之本"，"恶"作"焉"。"无安人"作"无安之人"，后世天地君亲师并祀，即始于此。）

"君之丧所以取三年，何也？曰：君者，治辨之主也。……彼君子者（依俞樾说'君'下删'子'字），固有为民父母之说焉。父能生之，不能养之；母能食之，不能教诲之；君者，已能食之矣，又善教诲之者也，三年毕矣哉！"（《荀子·礼论篇》）

"上无君师，下无父子，夫是之谓至乱。君臣父子兄弟夫妇，始则终，终则始，与天地同理，与万世同久，夫是之谓大本。"（《荀子·王制篇》）

"故人道莫不有辩，辨莫大于分，分莫大于礼，礼莫大于圣王。……欲观圣王之迹，则于其粲然者矣，后王是也。彼后王者，天下之君也。舍后王而道上古，譬之是犹舍己之君而事人之君也。"（《荀子·非相篇》）

"故古者圣人以人之性恶，以为偏险而不正，悖乱而不治，故为之立君上之执以临之，明礼义以化之，起法正以治之，重刑罚以禁之，使天下皆出于治，合于善也；……今当试去君上之执，无礼义之化，去法正之治，无刑罚之禁，倚而观天下民人之相与也；若是，则夫强者害弱而夺之，众者暴寡而哗之，天下之悖乱而相亡不待顷矣。"（《荀子·性恶篇》）

"天子无妻，告人无匹也。（杨注云：告，言也；妻者，齐也；天子尊无与二，故无匹也。）四海之内无客礼，告无适也。（杨注云：适读为敌。《礼记》曰：天子无客礼，莫敢为主焉。）……圣王在上，分义行乎下，则上大夫无流淫之行，百吏官人无怠慢之事，众庶百姓无奸怪之俗，无盗贼之罪，莫敢犯上之禁。"（《荀子·君子篇》）

这一君尊臣卑、父尊子卑、男尊女卑三权一体的礼教，创始者是孔子，实行者是韩非、李斯。（韩非、李斯都是荀子的及门弟子，法家本是儒家的支流，法家的法即儒家的礼，名虽不同，其君尊臣卑、父尊子卑、男尊女卑之义则同，故荀子说："礼者，法之大分，类之纲纪也。"司马迁谓韩非"归本于黄老"，真是牛头不对马嘴地胡说，这是由于他不懂得尊礼法与反礼法乃是儒法与黄老根本不同的中心点。）孔子是中国的 Machiavelli，也就是韩非、李斯的先驱，世人尊孔子而薄韩非、李斯，真是两千年来一大冤案。历代民贼每每轻视儒者（例如汉朝的高祖和宣帝），然而仍旧要尊奉孔子，正是因为孔子尊君的礼教是有利于他们的东西，孔子之所以称为万世师表，其原因亦正在此。近世有人见尊君等又尊夫之弊，而欲为孔子固护者，妄谓"三纲"之说盛倡于宋儒，非孔子之教，而不知董仲舒作《春秋繁露》、班固纂《白虎通德论》、马融注《论语》，都有"三纲"之说，岂可独罪宋儒，孔子、孟子、荀子虽然未说"三纲"这一名词，而其立教的实质，不是"三纲"是什么呢？在孔子积极的教义中，若除去"三纲"的礼教，剩下来的只是些仁、恕、忠、信等美德，那么，孔子和历代一班笃行好学的君子，有什么不同呢？他积极建立起来他所独有的伦理政治学说之体系是什么呢？周末封建动摇，社会的飓风将至，故百家立说，于治世之术都有积极的独特主张，小国寡民，无为而治，这是黄老的主张；兼爱、非攻、明鬼、非命，这是墨家的主张，尚好、好作，这是慎到田骈的主张；不法先王，不是礼义，这是惠施、邓析的主张；并耕、尽地力，这是农家的主张；儒家的独特主张是什么呢？除去三纲的礼教，他没有任何主张，孔子只不过是一个笃行好学的君子而已，人们凭什么奉他为万世师表呢？我向来反对拿两千年前孔子的礼教，来支配现代人的思想行为，却从来不曾认为孔子的伦理政治学说在他的时代也没有价值；人们倘若因为孔子的学说在现代无价值，遂极力掩蔽孔子的本来面目，力将孔子的教义现代化，甚至称孔教为"共和国魂"，这种诬罔孔子的孔子之徒，较之康有为更糊涂百倍。

《周礼·天官大宰》：师以贤得民，儒以道得民，吏以治得民。郑玄注云：师，诸侯师氏，有德行以教民者；儒，诸侯保氏，有六艺以教民者；吏，小吏在乡邑者；《地官大司徒》：联师儒。郑玄注云：师儒，乡里教以道艺者。是周之儒者，其地位与乡邑小吏同，其专职是礼、乐、射、御、书、数的六艺，贤属师，治属吏，非儒者之事，儒者所教的礼，当然说不上吉、凶、宾、军、嘉全部的礼，不过士民所需凶礼中的丧吊，嘉礼中的昏冠之礼节仪文而已，更说不上治术；若有人把孔门的礼教和孔子以前儒者所教六艺的礼并为一谈，便是天大的错误？孔子说："礼云礼云，玉帛云乎哉？""礼之所尊，尊其义也，失其义，陈其数，祝史之事也。"（《礼记·郊特牲》）孔子对子夏说：

"汝为君子儒,毋为小人儒。"(此所谓君子小人,与"小人哉樊须也"之小人同义,彼谓稼圃为小道末艺,非治国平天下的大道,此谓小人儒为习于礼、乐、射、御、书、数的小儒,非以礼教治国安民的君子儒。)这正是说礼之义不在礼节仪文之末,君子儒不以六艺多能为贵,所以孔子以后的利和儒,都有特殊的意义,儒是以礼治国的人,礼是君权、父权、夫权三纲一体的治国之道,而不是礼节仪文之末。不懂得这个,便不懂得孔子。

科学与民主,是人类社会进步之两大主要动力,孔子不言神怪,是近于科学的。孔子的礼教,是反民主的,人们把不言神怪的孔子打入了冷宫,把建立礼教的孔子尊为万世师表,中国人活该倒霉!

请看近数十年的历史,每逢民主运动失败一次,反动潮流便高涨一次;同时孔子便被人高抬一次,这是何等自然的逻辑!帝制虽然两次倒台,然而袁世凯和徐世昌的走狗,却先后昌言民国的大总统就是君,忠于大总统就是忠于君;善哉,善哉!原来中国的共和,是实君共和,还没有做到虚君共和!民国初年,女权运动的人们,竟认为夫妻平等,无伤于君父二纲;美哉,美哉!原来孔子三纲一体的礼教,是可以肢解的!这些新发明,真是中国人特有的天才。

孔子的礼教,真能够支配现代人的思想行为吗?就是一班主张尊孔的人们,也未必能作肯定的答复吧!礼教明明告诉我们:君臣大伦不可废,无君便是禽兽;然而许多主张尊孔的人,居然两次推翻帝制,把皇帝赶出皇宫,律以礼教,这当然是犯上作乱;一面犯上作乱,一面又力倡祀孔,这是何等滑稽的事!礼教明明告诉我们:天下有道则庶人不议;然而许多主张尊孔的人,居然身为议员,在国会中大议而特议!礼教明明告诉我们:"妇人,从人者也,幼从父兄,嫁从夫,夫死从子;"然而许多主张尊孔的人,居然大倡其女权,大倡其男女平等;这不是反了吗!礼教明明告诉我们:"信,妇德也,一与之齐,终身不改,故夫死不嫁。"(《礼记·郊特牲》)然而有些主张尊孔的人,自己意和寡妇结婚。礼教明明告诉我们:"生,事之以礼,死,葬之以礼,祭之以礼。"(《论语·为政》)"父母在,朝夕恒食,子妇佐馂,既食恒馂。""非馂莫之敢饮食"。"子事父母,鸡初鸣,……妇事舅姑,如事父母,鸡初鸣。……以适父母舅姑之所,及所,下气怡声,问衣、燠、寒、疾、痛、苛、痒,而敬抑搔之,……枣栗饴蜜以甘之,堇、荁、枌、榆、免、薨、滫瀡以滑之，脂膏以膏之，父母舅姑必尝之而后退。"（《礼记·内则》）然而主张尊孔的人，都这样孝敬父母吗？非父母舅姑之馂余不敢饮食吗？有此还要离开父母舅姑组织小家庭哩！礼教明明告诉我们："男不言内，女不言外，""内言不出，外言不入。""女子出门，必拥蔽其面，""七年，男女不同席，不共食。"（《内则》）"男女非有行媒不相知名，""男女不杂坐。"（《曲礼》）然而尊孔的人，能够愿意千百万女工一齐离开工厂，回到家庭，使之内言不出吗？能禁止男女同学吗？他们宴会时不邀请女客同席杂坐共食吗？他们岂不常常和女朋友互换名片，社交公开吗？不但女子出门不蔽面，大家还要恭维学习美人鱼哩！礼教明明告诉我们："男女授受不亲。"（《孟子》，《礼记》）"非祭非丧，不相授器，其相接，则女受以篚，其无篚，则皆坐奠之而后取之。"（《礼记·内则》）然而尊孔的人，不但男女授受可亲，而且以握手为礼，搂腰跳舞，而且男子生病会请女医诊脉，女子产儿会请男医收生，孔子若活到现在，看见这些现象，岂不要气炸了肺吗？这班尊孔的人们，大约嘴里虽不说，心里却也明白两千年前的孔子礼教，已经不能支配现代人的思想行为了，所以只好通融办理；独至一件与他们权威有碍的事，还是不能通融，还得仰仗孔子的威灵，来压服一班犯上作乱的禽兽，至于他们自己曾否犯上作乱，这本糊涂账，一时也就难算了。孔子的三纲礼教所教训我们的三件事：一是"事君，可贵、可贱、可富、可贫、可生、可杀，而不可使为乱"（《礼记·表记》）；一是"父母怒，不悦而挞之流血，不敢疾怨，起敬起孝"（《礼记·内则》）；一是"寡妇不夜哭（郑注云：嫌思人道），妇人疾，问之不问其疾"（郑注云：嫌媚。略之也，问增损而已）；"寡妇之子，不有见焉，则弗友也"（均见《礼记·坊记》）。分之尊孔者，对于第二第三教训，未必接受，对于第一个教训，倒有点正合孤意了，他们之所以尊孔，中心问题即在此；汉之高帝宣帝以及历朝民贼，并不重视儒生，而祀孔典礼，则历久而愈隆，其中心问题亦即在此；孔子立教之本身，其中心问题亦即在此。此孔子之所以被尊为万世师表也。如果孔子永久是万世师表，中国民族将不免万世倒霉，将一直倒霉到孔子之徒都公认外国统监就是君，忠于统监就是忠于君，那时万世师表的孔子，仍旧是万世师表，"三月无君则皇皇如也"的孔子之徒，只要能过事君的瘾，盗贼夷狄都无所择，冯道、姚枢、许衡、李光地、曾国藩、郑孝胥、罗振玉等，正是他们的典型人物。

人类社会之进步，虽不幸而有一时的曲折，甚至于一时的倒退，然而只要不是过于近视的人，便不能否认历史的大流，终于是沿着人权民主运动的总方向前进的。如果我们不甘永远落后，便不应该乘着法西斯特的一时逆流，大开其倒车，使中国的进步再延迟数十年呀！不幸得很，中国经过了两次民主革命，而进步党人所号召的"贤人政治"、"东方文化"，袁世凯、徐世昌所提倡的"特别国情"、"固有道德"，还成为有力的主张。所谓"贤人政治"，所谓"东方文化"，所谓"特别国情"，所谓"固有道德"，哪一样不是孔子的礼教在作祟呢？哪一样不是和人权民主背道而驰呢？

人们如果定要尊孔，也应该在孔子不言神怪的方面加以发挥，不可再提倡阻害人权民主运动，助长官僚气焰的礼教了！

不塞不流，不止不行，孔子的礼教不废，人权民主自然不能不是犯上作乱的邪说；人权民主运动不高涨，束手束足意气消沉安分守己的奴才，哪会有万众一心反抗强邻的朝气。在这样的政治环境之下，只能够产生冯道、姚枢、许衡、李光地、曾国藩、郑孝胥、罗振玉，而不能够产生马拉、丹东、罗伯斯庇尔。幸运的是万世师表的孔子，倒霉的是全中国人民！

《新青年》宣言

　　本志具体的主张，从来未曾完全发表。社员各人持论，也往往不能尽同。读者诸君或不免怀疑，社会上颇因此发生误会。现当第七卷开始，敢将全体社员的共同意见，明白宣布。就是后来加入的社员，也共同担负此次宣言的责任。但"读者言论"一栏，乃为容纳社外异议而设，不在此例。

　　我们相信世界上的军国主义和金力主义，已经造了无穷罪恶，现在是应该抛弃了。

　　我们相信世界各国政治上、道德上、经济上因袭的旧观念中，有许多阻碍进化而且不合情理的部分。我们想求社会进化，不得不打破"天经地义"、"自古如斯"的成见；决计一面抛弃此等旧观念，一面综合前代贤哲当代贤哲和我们自己所想的，创造政治上、道德上、经济上的新观念，树立新时代的精神，适应新社会的环境。

　　我们理想的新时代新社会，是诚实的、进步的、积极的、自由的、平等的、创造的、美的、善的、和平的、相爱互助的、劳动而愉快的、全社会幸福的。希望那虚伪的、保守的、消极的、束缚的、阶级的、因袭的、丑的、恶的、战争的、轧轹不安的、懒惰而烦闷的、少数幸福的现象，渐渐减少，至于消灭。

　　我们新社会的新青年，当然尊重劳动；但应该随个人的才能兴趣，把劳动放在自由愉快艺术美化的地位，不应该把一件神圣的东西当作维持衣食的条件。

　　我们相信人类道德的进步，应该扩张到本能（即侵略性及占有心）以上的生活；所以对于世界上各种民族，都应该表示友爱互助的情谊。但是对于侵略主义、占有主义的军阀、财阀，不得不以敌意招待。

　　我们主张的是民众运动社会改造，和过去及现在各摄政党，绝对断绝关系。

我们虽不迷信政治万能，但承认政治是一种重要的公共生活；而且相信真的民主政治，必会把政权分配到人民全体，就是有限制，也是拿有无职业做标准，不拿有无财产做标准；这种政治，确是造成新时代一种必经的过程，发展新社会一种有用的工具。至于政党，我们也承认它是运用政治应有的方法；但对于一切拥护少数人私利或一阶级利益，眼中没有全社会幸福的政党，永远不忍加入。

我们相信政治、道德、科学、艺术、宗教、教育，都应该以现在及将来社会生活进步的实际需要为中心。

我们因为要创造新时代新社会生活进步所需要的文学道德，便不得不抛弃因袭的文学道德中不适用的部分。

我们相信尊重自然科学实验哲学，破除迷信妄想，是我们现在社会进化的必要条件。

我们相信尊重女子的人格和权利，已经是现在社会生活进步的实际需要；并且希望他们个人自己对于社会责任有彻底的觉悟。

我们因为要实验我们的主张，森严我们的壁垒，宁欢迎有意识有信仰的反对，不欢迎无意识无信仰的随声附和。但反对的方面没有充分理由说服我们以前，我们理当大胆宣传我们的主张，出于决断的态度；不取乡愿的、紊乱是非的、助长惰性的、阻碍进化的、没有自己立脚地的调和论调；不取虚无的、不着边际的、没有信仰的、没有主张的、超实际的、无结果的绝对怀疑主义。

人生的真义

　　人生在世，究竟为的什么？究竟应该怎样？这两句话实在难得回答得很，我们若是不能回答这两句话，糊糊涂涂过了一生，岂不是太无意识吗？自古以来，说明这个道理的人也算不少，大概有数种：第一是宗教家，像那佛教家说：世界本来是个幻象，人生本来无生；"真如"本性为"无明"所迷，才现出一切生灭幻象；一旦"无明"灭，一切生灭幻象都没有了，还有什么世界，还有什么人生呢？又像那耶稣教说：人类本是上帝用土造成的，死后仍旧变为泥土；那生在世上信从上帝的，灵魂升天；不信上帝的，便魂归地狱，永无超生的希望。第二是哲学家，像那孔、孟一流人物，专以正心、修身、齐家、治国、平天下，做一大道德家、大政治家，为人生最大的目的。又像那老、庄的意见，以为万事万物都应当顺应自然；人生知足，便可常乐，万万不可强求。又像那墨翟主张牺牲自己，利益他人为人生义务。又像那杨朱主张尊重自己的意志，不必对他人讲什么道德。又像那德国人尼采也是主张尊重个人的意志，发挥个人的天才，成功一个大艺术家、大事业家、叫做寻常人以上的"超人"，才算是人生目的；什么仁义道德，都是骗人的说话。第三是科学家。科学家说人类也是自然界一种物质，没有什么灵魂；生存的时候，一切苦乐善恶，都为物质界自然法则所支配；死后物质分散，另变一种作用，没有连续的记忆和知觉。

　　这些人所说的道理，各个不同。人生在世，究竟为的什么，应该怎样呢？我想佛教家所说的话，未免太迂阔。个人的生灭，虽然是幻象，世界人生之全体，能说不是真实存在吗？人生"真如"性中，何以忽然有"无明"呢？既然有了"无明"，众生的"无明"，何以忽然都能灭尽呢？"无明"既然不灭，一切生灭现象，何以能免呢？一切生灭现象既不能免，吾人人生在世，便要想想究竟为的什么，应该怎样才是。耶教所说，更是凭空捏造，不能证实的了。上帝能造人类，上帝是何物所造呢？上帝有无，既不能证实；那耶教的人生观，便完全不足相信了。孔、孟所说的正心、修身、齐家、治国、平天下，只算是人生一种行为和事业，不能包括人生全体的真义。吾人若是专门牺牲自己，利益他人，乃是为他人而生，不是为自己而生，绝非个人生存的根本理由，墨子的思想，也未免太偏了。杨朱和尼采的主张，虽然说破了人生的真相，但照此极端做去，这组织复杂的文明社会，又如何行得过去呢？人生一世，安命知足，事事听其自然，不去强求，自然是快活得很。但是这种快活的幸福，高等动物反不如下等动物，文明社会反不如野蛮社会；我们中国人受了老、庄的教训，所以退化到这等地步。科学家说人死没有灵魂，生时一切苦乐善恶，都为物质界自然法则所支配，这几句话倒难以驳他。但是我们个人虽是必死的，全民族是不容易死的，全人类更是不容易死的了。全民族全人类所创的文明事业，留在世界上，写在历史上，传到后代，这不是我们死后连续的记忆和知觉吗？

照这样看起来，我们现在时代的人所见人生真义，可以明白了。今略举如下：

（一）人生在世，个人是生灭无常的，社会是真实存在的。

（二）社会的文明幸福，是个人造成的，也是个人应该享受的。

（三）社会是个人集成的，除去个人，便没有社会；所以个人的意志和快乐，是应该尊重的。

（四）社会是个人的总寿命，社会解散，个人死后便没有连续的记忆和知觉；所以社会的组织和秩序，是应该尊重的。

（五）执行意志，满足欲望（自食色以至道德的名誉，都是欲望），是个人生存的根本理由，始终不变的（此处可以说"天不变，道亦不变"）。

（六）一切宗教、法律、道德、政治，不过是维持社会不得已的方法，非个人所以乐生的原意，可以随着时势变更的。

（七）人生幸福，是人生自身出力造成的，非是上帝所赐，也不是听其自然所能成就的。若是上帝所赐，何以厚于今人而薄于古人？若是听其自然所能成就，何以世界各民族的幸福不能够一样呢？

（八）个人之在社会，好像细胞之在人身，生灭无常，新陈代谢，本是理所当然，丝毫不足恐怖。

（九）要享幸福，莫怕痛苦。现在个人的痛苦，有时可以造成未来个人的幸福。譬如有主义的战争所流的血，往往洗去人类或民族的污点。极大的瘟疫，往往促成科学的发达。

总而言之，人生在世，究竟为的什么？究竟应该怎样？我敢说道："个人生存的时候，当努力造成幸福，享受幸福；并且留在社会上，后来的个人也能够享受。递相授受，以至无穷。"

辜鸿铭

东西文明异同论

我应大东文化协会的邀请来到日本时，只准备了三个演讲题目。因此，一直到两三天前，关于今晚的讲演，还没有想好要讲什么。好容易想到了"东西异同论"这个题目，遗憾的是已没有充足的时间准备了。因此，我所作的讲话中可能有些零乱不系统，如果这样，希望诸位不要予我以苛责。

有名的英国诗人吉卜林（Kipling）曾说："东就是东，西就是西，二者永远不会有融合的时候。"这句话在某种意义上说有它的合理处。东西方之间确实存在着很多差异。但是我深信，东西方的差别必定会消失并走向融合的，而且这个时刻即将来临。虽然，双方在细小的方面存有许多不同，但在更大的方面、更大的目标上，双方必定要走向一起的。

因此，所有有教养的人，都应为此而努力，为此而作出贡献，而且这也是有教养人们的义务。

不久前，一个德国友人定居在广东，他非常关心东洋文明，他死的时候，我给他做了墓志铭："你最大的祝愿，是实现东西方优良方面的结合，从而消除东西畛域。"

因为常常批评西洋文明，所以有人说我是个攘夷论者，其实，我既不是攘夷论者，也不是那种排外思想家。我是希望东西方的长处结合在一起，从而消除东西界限，并以此作为今后最大的奋斗目标的人。因此，今晚我给大家讲讲东西文化之间有哪些差异。

东西文明有差异是理所当然的。从根本上说，东洋文明就像已经建成了的屋子那样，基础巩固，是成熟了的文明；而西洋文明则还是一个正在建筑当中而未成形的屋子，它是一种基础尚不牢固的文明。

一般说来，欧洲文明根源于罗马文明，而罗马文明又像诸位所知道的那样根源于古希腊文明。在罗马帝国灭亡后，欧洲人民就创造了一种新的文明——巴罗克文明，也就是欧洲中世纪文明。那时的欧洲虽然处在野蛮时代，但是随着基督教的兴起，蛮人逐渐进步，从而开始创造文明，而后，众所周知，文艺复兴时代到来。

恰巧与之相对应的是中国六朝的文艺复兴时代。众所周知，此时正是五胡乱华，而罗马人的古典文明也是被五个蛮族集团消灭的。从此欧洲人就以基督教和圣经为蓝本（基础），创造了新的巴罗克文明。

然而，随着欧洲人知识的进步，过去的宗教文化就不能适应了，如同中国在唐代兴起文艺复兴一样，在欧洲，有了意大利文艺复兴，进而有马丁·路德的宗教改革。为此，欧洲经历了四十多年的战争，终于成功地实现了改革，后来到了法国大革命，它是以改变政治结构为主要目的的。但社会自身却并未有所变化。因此，经历了上次的欧洲大战之后，欧洲人所面临的问题是改造社会，因此社会主义、过激主义四处兴起，过激主义的目的是彻底破坏旧的东西而制造新的东西。这种"破坏性"的主义，也是欧洲社会中必然产生的结果。所以，欧洲文明，实如同一个正在改造、构筑、建设当中的屋子。

而我们东洋的文明，则不仅已构成了屋子，而且已经住上了人。东西文明的差别就由此而生。有"文以载道"这样一句话，"文"即"文学"，在中国，文学可以说是教给人们正确的人生法则的东西，西洋人长时间内为了寻找这真正的人生道路，作出了很大的努力，但至今未果。而中国人依据四书五经，就可以明"道"。很遗憾，欧洲没有这样的东西。欧洲有的是基督教。基督教教人们怎样去做一个好人。而孔子学说则教人怎样成为一个良好的国民，努力做一个好人当然是好事，但这并不是一件什么难事。比如登山拜神即可成为一个好人，而想做好一个良民，则须知"五伦"，这却是一件相当难的事。

为寻找正确的人生之道，欧洲学者提出了多种主张，如斯宾塞、卢梭等等。他们的主张从某个方面看是正确的，但是作为一个整体来看，它是不完善的，不是那种真理性的东西。诸君如果以为它们完全正确而予以汲取，那是非常危险的。

下面，我想分五条，讲一讲东西方的差异之处。第一，个人生活；第二，教育问题；第三，社会问题；第四，政治问题；第五，文明。以上五个问题，无论哪个范围都很广，非一晚所能尽述，故今晚我只拣重要的说一说。

首先，我们考察一下个人生活。

作为个人，我们必须首先考虑的是人的生活目的。换言之，即人应该做些什么，什么是人。对此，英国思想家弗劳德说："我们欧洲人，从来没有思考过人是什么。"也就是说，作为一个人，是当一个财主好呢，还是去做一个灵巧的人好呢。关于这个问题，欧洲人没有成形的看法，由此可见，说欧洲人没有正当的人生目标，不是我一个人，欧洲第一流的思想家也持与我同样的意见。

相反，我们东洋人则早已全然领会了人生的目的，那就是"入则孝，出则悌"。即在家为孝子，在国为良民。这就是孔子展示给我们的人生观，也就是对于长者即真正的权威人士必须予以尊敬，并听从他的指挥。"孝悌仁之本"，是中国人的人生观，也是东洋人的人生观。

关于人生观方面，再一个差别就是，欧洲人认为人生的目的在于运动，而我们东洋人认为人生的目的在于生活。西洋人为运动而生活，东洋人则为生活而运动，他们是为赚钱而活着，我们则是为享受人生而创造财富，我们不把金钱本身作为人生的目标，而是为了幸福而活动。孔子说："仁者以财发身，不仁以身发财。"那意思就是好人为了生活而创造钱财，而恶人则是舍身去赚钱一样。西洋人，尤其是美国人，为了赚钱连命都不要，这就是东西方人的差异之处。也就是说，西洋人贪得无厌不知足，而东洋人则是知足者常乐。为了东西方能真正地走到一起，他们西洋人必须改变自己的做法，而采取我们的办法。

下面谈一下教育。

欧洲的教育目的，在于怎样做一个成功的人，怎样做一个能适应社会的人。常常有西洋友人对我说：我们是生活在二十世纪，而你们则由于还在接受十九世纪的教育，所以就无法成功。实际上，我们东洋的教育，不仅能使我们的子弟适应现代社会的生活，而且还能促使现代世界向着更美好的方向发展。孔子说：教育的目的在于称作"大学"的根本之上。那就是"大学之道，在明明德"，也就是发现人们所固有的辨别道德的能力，这就是教育的目的。必须成为一个为社会所推崇的人，成为一个聪慧的人，也就是说，教育的目的，在于为了明德，在于为了创造一个新的更好的社会而培养人才。《大学》中的"作新民"之"民"不是指人民，而是指社会，创造新的更好的社会是高等教育的目的，这才是孔子的本意。诸位，共同努力为创造一个新的世界、新的社会而奋斗，努力做一个更好的法学家，良好的工程师，共同创造出一个美好的社会。

下面再谈谈东西洋教育方法的差异。

在中国，初等教育和高等教育有一个清楚的画线：在初等教育阶段，主要是教孩子们使用他们的记忆力，而不注意让他们使用判断能力。首先让他们通晓祖先留下来的东西，而在西洋，从孩提时代起，就对他们灌输艰深的哲学知识。在中国则是在高等教育阶段方才对学生讲授深奥学问的。我认为这是难能可贵的办法，把像哲学那样深奥玄虚的东西讲给孩子们听是不合适的。尤其是对女孩子，还是不教为好。

还在爱丁堡做学生的时候，我们曾组织了一个七八人互相钻研、共同进步的学习小组，互相学着写论文。有一回，其中一个人说，这样好的论文是否可以发表？另外一个人反对说，这样的东西不能出版。大家于是就根据这个人的主张，约定四十岁以前不出东西，因为我们必须对我们的问世之作有确切的把握才可，而这在四十岁前是办不到的。

孔子说："四十而不惑。"我是坚决地遵守着这个约定的。我第一部书出版时正值四十一岁。虽然现在日本连中学生都可以出杂志，但我觉得还是禁止为好。

第三，谈一谈东西社会的差异。

东洋的社会，立足于道德基础之上，而西洋则不同，他们的社会是建筑在金钱之上的。换言之，在东洋，人与人之间关系是道德关系，而在西洋则是金钱关系。在东洋，我们注重的是名分。

试想一下，在封建时代，当领主对家臣说"你必须服从我"，而家臣反问"为什么"的时候的情形。那时，领主会很简单地回答道："根据名分，我是你的主人。"如果家臣又问："是什么样的名分？"领主又会回答："是大义名分。"

然而在现在的日本，暴发户对下人说："你必须服从我！"如果工人反问：

"为什么?"那时暴发户将回答:"是依据名分。"可如果工人再追问:"根据什么名分?"暴发户将回答:"是金钱名分。"(指金钱关系、财产等级所导致的人与人之间的关系)这不是大义名分。可是在美国,名分完全以金钱为基础。在东洋,人与人之间的关系,实在是神圣的道德关系,夫妻、父子、君臣都是天伦关系。而在美国,人与人之间只是利害关系,人们之间的关系建筑在金钱的基础之上。

而东洋社会则建立在"亲亲、尊尊"这样的两个基础之上,也就是社会亲情和英雄崇拜(Affection and Hero-Worship)。我们热爱父母双亲,所以我们服从他们,而我们所以服从比我们杰出的人,是因为他在人格、智德等方面值得我们尊敬。

如果金钱成为社会的基础,那么,社会就有堕落到这种状态的危险。

《中庸》上说:"仁者人也,亲亲为大。义者宜也,尊贤为大。"如同上面所讲的那样,我们服从父母是因为我们热爱父母;我们服从贤者,是因为我们尊敬贤者,这就是东洋社会的基础。诸位来听我的这个讲演,是因为诸位有尊贤之心,尽管我实在没有这样的资格。

下面谈谈政治。

关于政治,我以为可以分为三阶段。政治的构成是以保护人民的安宁为目的的,在它的初期,文化尚不发达,人民愚昧无知,同小孩相似。那时候为了保证社会的秩序和安宁,换言之,就是针对少数人做坏事该采取怎样的措施。为此统治者说:"你们不得做坏事,如果做坏事,就要受到神的惩罚。"在中国,这种政治方式被叫做"神道设教"。这便是初期的政治。

帝政时期的欧洲是通过基督教来统治人民的。但是,随着文艺复兴运动的兴起,人民日渐觉醒,不再信神了,相应的也就不怕神灵的惩罚了。因此,欧洲的统治阶级,尤其是普鲁士国王,便实行警察统治,依靠警察来保障社会的安宁和秩序。也就是说,文艺复兴之后的欧洲,所行的是强权政治。最近的欧洲大战,就是这种强权政治的结果。这并不是我个人的意见,英国伟大的思想家卡莱尔就说"欧洲社会是混乱加上警察"(即警察统治的无政府社会),他的意思就是说,欧洲政治如果放弃强权,第二天就会乱作一团。

因此,怎样摆脱强权政治,就是战后欧洲所面临的重大问题。

然而,在我们东洋,我们既没有那样的对神的恐惧,也没有对警察的恐惧。那么我们怕什么呢？因为怕什么才维持了我们社会的秩序呢？那就是良心！那就是廉耻和道德观念！正因为忌讳这个，我们才不干非礼之事。在中国，归还借的钱，并非因为怕律师，也不是怕法院的追究，不还所借的钱，对自己来说是一种耻辱，是因此而还钱而非为别的。我服从中国的天子并非出于害怕，而是出于尊敬。也就是说，我们遵守的是三纲五常，一旦有了这个，就不用警察了。当然，在中国也并非满街圣人、人人君子，坏人还是有的，所以警察也还是要的。我只是说，一般的纠纷，依据礼义廉耻就可以解决，所以警察用不着那么多。在这一点上，是值得欧洲人好好学习的，而我们则没有向他们学习的必要。

最后，也就是第五，讲讲东西文明的差异。

关于这个，我们得首先考虑一下文明的意思。所谓文明，就是美和聪慧。然而欧洲文明是把制作更好的机器作为自己的目的，而东洋则把教育出更好的人作为自己的目的，这就是东洋文明和西洋文明的差别。常有人说，欧洲文明是物质文明，其实欧洲文明是比物质文明还要次的机械文明。虽然，罗马时代的文明是物质文明，但现在的欧洲文明则是纯粹的机械文明，而没有精神的东西。

举个例子说明一下，比如写东西，西洋人使用打字机，这样，我们所有的表现美的手法，就难以发挥出来。

再一个就是在西洋，连招呼自己家的佣人都用电铃。而在东洋，则这样做（打一个手势）马上就可以叫来佣人，而这样做要好得多。在日本，现在也开始采用西洋的机械文明了，要想从明天开始就校正它是困难的，但是应该考虑到他们的文明是错误的，我们有必要在一边采用他们的文明的同时，一边加以修改。如果说，现在无法排除已经从他们那儿学来的机械文明，那么，就不要再增加了。

最后，为了在东京向诸位道别，我还想再说一两句。我在日本所作的讲演中，对日本颇加赞扬，这是我的真正公正的评价，但是一些外国论者歪曲说是对日本人的讨好。实际上我根本没讲讨好日本人的话，如果说讨好，也没有必要讨好日本人，要讨好毋宁讨好中国人，应该拍袁世凯、曹锟的马屁，那样的话，至今我不是大总统也是总理大臣了。因此说我讨好日本人纯粹是诬蔑。我赞扬了日本，因为赞扬也就相应地希望诸位把日本建设得更好。我常说日本人实在是了不起的国民，对于这样赞誉，诸君应该了解到诸位的责任更加重大。

在孔子的书里有这样一句话，叫"责备贤者"。它的意思就是高尚的人，领导社会的人，站在社会前列的人，应负有更大的责任。诸位是社会的指导者，因此诸位不要忘记你们身负有比一般人更重大的责任。

一般的人，即使做了坏事也没什么大害，而有教养的人，引人注目的人，也就是像诸位这样的人，如果做了坏事，那就将给社会带来非常恶劣的影响。我留了这样的辫子，不是出于个人的喜好，而是出于对满洲朝廷的忠节而保留的。切望诸君不要有负于我对日本的称赞，做一个高尚的人。

中国文明的历史发展

以前,我们只知道我们东方的文明。但现在,一种新的文明来到了我们面前,这就是欧洲文明。

要想理解欧洲文明,首先必须充分了解摆在我们面前的各种文明,必须对其进行深刻的探究。在对各种文明的研究上面,我曾花了很长的时间。我在研究了中国固有的文明和西方文明之后,得出了一个结论,即这两种文明在发展形式上是一样的。我听说的欧洲文明不是现在我们所见到的欧洲文明,不是这种不健康的文明,而是真正的欧罗巴文明。常有人说,东方文明比欧洲文明古老得多,东方文明在产生时间上也比西方文明要早。但是,我认为欧洲文明同东方文明同样经历了漫长的岁月。东方文明在周朝时代走向成熟,而欧洲文明的高峰是在伯里克利时代。周朝同伯里克利时代差不多在同一时间。在相当于古希腊苏格拉底的孔子去世之后,不过一年的时间,苏格拉底也离开了人世。但是,东西方文明也有一点区别,那就是东洋文明有连续性,而西洋文明则常因为外在文明的入侵而出现波折。

若想知道中国文明的进化,就必须了解中国历史。因此,下面我想谈一谈中国文化和中国历史。中国文明真正的起点是在夏代,以后经历了商代、周代。在西方,与中国夏文明对应的是古埃及文明,与中国商朝相对应的是犹太文明,在中国周朝的文化达到最高潮的时候,欧洲也相应盛开了古希腊文明之花。中国文明开始于夏代,发展于商代,全盛于周代。据我的研究,中国的夏代,像西方的古埃及一样,是物质文明发展的时期。在夏代,正如我们大家都知道的,出了一个名叫禹的皇帝,他在兴修水利上获得成功,由此可以看出,当时有着相当发达的物质文明。在这时的埃及,则修建了金字塔和运河。再看看那个时代的绘画,就可以更加明了那个时代物质文明发达的程度。那以后,在商代,中国文明在道德以及心的方面,在形而上学的方面得到了相当的发展。周朝主要发展知的方面。与此相同的是，在西方，犹太文明也在道德上得到发展，耶稣的《圣经》就是这个时代的产物。这本经典主要谈道德问题而很少论及智的问题，待到古希腊文明时代，智的文化得到相当的发展。巧合的是，在中国此时的周朝，智的方面的发展也完成了第一阶段。为了搞清周代的文明同古希腊灿烂的文明是一致的，我下面引用孔子的一段话，"周监于二代，郁郁乎文哉，吾从周"。这表明，周文化同古希腊文明是对应的。我以前曾说，现代欧洲文明所以庸俗丑陋，是因为荒废了古希腊文化的修养。

按这样的顺序，中国文明在进化的第一阶段——周代走向了完备，但这时的文明就像花朵那样，开蕾之后，就逐渐枯萎了。周代文明凋落的征兆就在于特别重视知的方面。通俗的说法就是重脑而不重视心，就是人们只注重知事而忽视行事。如果拿现代中国和日本相比较的话，中国人只是口头饶舌，而懒得去做，日本人是口头上不怎么说，但却认真地付诸行动。因此诸君不仅要知，而且还要去行动。日本人不仅口头上讲武士道，在实际行动上，也行武士道。

中国文明之花的凋落就从过于重视知的时候开始。以后，中国文明就朝着两个方向发展，一方面是老、庄学说的兴起，另一方面是礼仪的进步。即便现在的中国也是这样，学者称不上真正的学者，而是读诗文的艺人，一个劲地吵嚷不休。所谓"礼"就是艺术，它不仅仅限于西方人通常所理解的艺术只包括绘画、雕刻一类，还包括行为的艺术、活动的艺术。在这里，我想对日本的财主进一言，希望他们在去中国的时候，不要把钱花在购买什么骨制古董、周代遗留下来的破败不堪的桌椅、雕刻之类。与其这样，还不如把这些钱花在真正继承了日本古代艺术的妇人之上。用在日本妇女身上，才真正体现了日本传统的美德。

孔子就刚才述说的两个流弊曾告诫他的弟子："攻乎异端，斯害也已。"所谓异端，指的就是像老庄哲学这类的学说。对像卡恩多·海因格尔、塔戈尔·拉茨萨尔等异端邪说不加攻击，对保全完整的人格，是有害的。像这些异端学说，诸如老庄之类，把其作为药剂来使用还是可以的，但如果当饭来吃就有弊无利。像拉茨萨尔这样的思想对欧洲社会是必要的，因为欧洲社会是个不健康的社会，它需要这样的药剂，他的这种思想对于一个健康的社会、人格健全的国度是没有什么必要的。我们东洋人，无论是中国还是日本都未患什么病，所以，也就不需要这种思想。孔子批评只注重礼乐形式的流弊时说："礼云礼云，玉帛云乎哉？"很对不起，听说日本政府打算在上海建一座博物馆，我认为其中拟议陈列的骨制古董不是真正的艺术品，在我看来，与其把钱花费到建筑博物馆之上，不如给贫穷的日本妇女一些帮助更好。

为了校正中国文明过于向知和礼仪方面发展的偏向，为了挽救中国文明，孔子想了不少办法，但都没有能成功。就如同住了不知多少代的破旧的、即将倾覆的房子一样，无论怎样修补也无济于事。处在这种场合的时候，诸位打算怎么办呢？若在西洋，会赶紧给这房屋设立保险，但遗憾的是，孔子的时代，保险公司还不知道在哪儿呢！因而，孔子只留下了一幅建设一个文明大厦的蓝图，那就是《六经》。因为有这《六经》，我们就可以按原来的式样，重建文明的家园。但是，目前在这方面，我们有负于孔子的重托。我不仅希望中日两国人民不要丢弃这幅宝贵的蓝图，而且我对专门研究按这设计图重建文明的方法为目的的大东文化协会十分欣赏，我希望在座诸位能给予一些帮助。

由于人们注意的重点转到智的方面，因而就出现了很多学者，由于这些人没有什么教养，所以可以称之为"乱道之儒"。经这些乱道之儒、政治贩子、说客等辈的捣乱，最终毁灭了中国文明。最先认识到这些人是国家大害的人是秦始皇。秦始皇在看到他们的危害之后，就断然实行"焚书坑儒"。不过，我如果生活在那个时代，或许也是被坑的一个。秦始皇认为，当时的社会既不需要文化，也不需要学者，它需要的是法律。因此，他重用法家，但依靠法律维持的文明并没有持续多久。因为秦始皇以官吏取代学者，就使他的事业归于失败，因此秦朝的统治不过二世就垮台了。有意思的是，秦始皇使分崩离析的中国合而为一，而恰好此时，欧洲兴起的马其顿帝国将分裂混乱的希腊统一起来，但这个马其顿帝国也只经历了腓力二世和亚历山大一世，不过两代人就灭亡了。

继秦而起的是汉朝，汉朝的第一个皇帝是中国历史上最初的平民君主，也就是"布衣天子"。在汉朝以前的封建制时代，居统治地位的人们是以自己的身份地位来让民众服从，但随着秦朝的灭亡，封建制瓦解，到汉朝以后，贵族再也不能依靠身份进入统治者的行列了，统治者若不依靠强权就不能服众。汉朝的皇帝是依靠"汗马功劳"才得到皇位的。前文曾说过,袁世凯当皇帝不是依靠"汗马功劳"而是依靠电台、报纸等宣传力量,因此我们不服从他。

真对不起,我说的尽是中国的事,我在中国被人称作"神经有毛病"的辜鸿铭。由于上述原因,在现代中国,我是个不受重用的人,然而日本人却颇能理解我的心境。我至今仍留着发辫也是基于上述原因。

汉高祖以武力征服了天下,尔后又想用武力来治理天下,但是,当时的一位大学者谏议他说,治理这样一个大帝国,必须借助道德的力量,也就是文化。皇帝听从并实施了这位学者的建议,从而使一度在中国大地上消失的文明又重新回到中国,苟延残喘到汉初的学者又把孔子留下的蓝图重新进行整理。由此,我认为汉代的中国可以同欧洲罗马时代相提并论,与欧洲罗马帝国分为东西罗马的同时,中国的汉代也分为东汉、西汉两个时代。在西汉时代,虽然开始了对孔子留下的蓝图的研究,但当时还仅仅停留在研究阶段,因而对孔子的学说尚未有充分的理解。实质上,政府还是在以武力去治理天下。这个时代最为兴盛的学问是"黄老学派",同西方此时的斯多噶学派相对应。这派思想有一个缺陷,那就是它是教人们"无为"的,而不是教人们应该怎样做事。所以如此,主要还是由于时人未能真正理解孔子思想的缘故。于是就导致儒者和侠士的大量出现。这种情况在司马迁的《史记》里得到了反映。后世把这些儒者称为"乱道之儒"。以后,又兴起了一支叫"新学"的流派,这"新学"导致人们思想的迷惘。再后来,就出现了恰同现代袁世凯的王莽。可以说"新学"一出现,所谓"大义名分"就走向消亡了。中国每在混乱的时刻都有这样的正邪之争,我现在就在为捍卫大义名分而奋斗。中国现在就是混乱的时代。王莽被贼众灭亡之后,建立东汉王朝的是光武帝,他虽不是什么伟大学者,但他具备伟人的优秀品质,他能够区分什么是真正的学问,什么是假的丑恶的思想,由于他的努力,真正的中国文明又回复过来,以孔子的学说作为国教的就是此人。如果说在西汉,孔子的教义还只是一种哲学的话,到东汉则完全变成了国教。而且,光武帝还在孔子庙里建了一所学校,这所学校有些像法国苏伦坡大学那样,是供伟人演讲的场所。我希望日本的大东文化协会成为日本的苏伦坡大学。那时,皇帝偶尔也会出现在这种场合,聆听学者的讲论。

如上所述，中国文明之花盛开于周代，灭亡于秦始皇之世。到东汉时代又出现了中国文明的复兴，孔子的思想成为中国的国教。因此，最完美的人格象征是在东汉出现的，这个时代还产生了两本优秀著作：《孝经》、《女诫》。但东汉王朝并未存在多久，因为它有一个缺陷，即只注重"心"的方面。在周代，人们对"知"的方面倾注了过分的热心，但到东汉时代，一切都反过来了，人们对"知"的东西是不闻不问，却在"心"的方面下了很多功夫。为了弥补这个缺陷，便有了佛教哲学的兴起，因为佛教恰恰就在此时传入了中国。佛教所带来的"知"的东西，同孔子思想中"仁"的方面相结合，形成了一种新的思想，它使得中国进入了一个浪漫的时代，即三国时代。佛教给中国文明增添了不少色彩，但同时也招致了混乱。中国社会的政治就因此走向了堕落，从而为少数民族入侵提供了机会，以后就有了"五胡乱华"。这同现代中国被五个大国欺凌是同样的。而欧洲的古罗马也是被五个蛮族集团灭亡的。很有意思，历史竟如此地相似。那以后，五胡统治中国长达二百多年的时间，我希望今日五大国的统治不要太长。

五胡统治结束后，随之而来的是六朝，之后又是唐朝，这个时代的情景类似西欧文艺复兴时代，中国出现了文化的繁荣。由此，我认为，现代中国在五大国的统治结束后，我们的文艺复兴时代将会再度到来。唐代的文化是相当美丽、纤巧的。但也由于它太美丽、稚弱，所以它容易染上虫子，而这些虫子就开始了毁灭它的过程。那虫子就是"文弱之病"。它导致社会的堕落，尤其在男女关系方面非常混乱，甚至宫廷内出现了很多丑闻。以美人而闻名的杨贵妃就是这个时代的产物。因为这个杨贵妃，中国历史就进入了暂时的分裂时期。

为挽救流于文弱的中国文明，出现了推崇真正的孔子学说法的学派，即"宋代儒学"，同欧洲相比，汉代儒学相当于古罗马的旧教，而宋代儒学则类似新教。众所周知，在欧洲出现了马丁·路德，经他的手创立了新教派，在中国起路德作用的是韩愈。由他发起了"新儒学"运动。韩愈虽然生在唐代，但从他的行为思想来考察，他应是宋代人。宋代的学者弥补了唐代文化的缺陷，努力地使中国文化趋于完美。为此，他们吸收了不少佛教的东西。大家都知道，佛教是个有严密体系、有深刻内涵的宗教，它像药引一样可以治疗唐代社会的疾病。因此当中国社会出现不正常时，人们就皈依佛教，因而，到宋代时，由于佛教势力的扩张，中国文化就显得过于狭隘了。现代中国文明也同这时一样，同样地陷入了困境。那个时候，中国文明停滞主要由于佛教思想加入了中国的思想领域。因此，前不久，泰戈尔先生打算将印度的哲学传给中国时，我是表示反对的。

宋代若同欧洲比较，是个清教派兴起的时代。中国出现了朱子学派，朱子是一个伟大的学者，可以说是韩愈以后的大儒。

朱子试图改变宋代儒学眼光狭窄的现状，使其能宽容万物，精深博大。后来，明代的王阳明也有这个想法，不过，朱子主张必须完全地按孔子所说的办，有些近于盲目地教人服从孔子的学说。王阳明不然，他主张依"良知"即常识去确定自己的行动，尔后去遵从孔子的教义。听说日本学者不像中国学者那样固执，我觉得很了不起。朱子的学说是"学而不思"，而王阳明的则是"思而不学"，日本的年轻人最好是先学而后思，既不要遵从王阳明的思想，也不要听信朱子的学说，中国现在面临的问题是怎样从儒学的束缚中走出来。我认为可以依靠同西方文明的交流来解决这个问题。这倒是东西方文明互相接触所带来的一大好处。仅仅靠学讲外国话，住帝国旅馆，跳跳舞是无法领会西方文明的。诸君不要只学其表面的东西，而要领会它的本质，想真正地登入文化的殿堂是相当不易的，而且不存在捷径。我个人或许知识浅陋，没有资格这样说，但我还是衷心希望诸君能继续我的事业，加深拓宽自己的学问，为世界文明的发展作出贡献。

许地山

造成伟大民族的条件

有一天，我到天桥去，看那班"活广告"在那里夸赞自己的货色。最感动我的是有一家剃刀铺的徒弟在嚷着"你瞧，你瞧，这是真钢！常言道：要买真钢一条线，不买废铁一大片"。真钢一条线强过废铁一大片，这话使我联想到民族的问题。民族的伟大与渺小是在质，而不在量。人多，若都像废铁，打也打不得、铸也铸不得，不成材，不成器，那有什么用呢？反之，人少，哪怕个个像一线的钢丝，分有分的用处，合有合的用处。但是真钢和废铁在本质上本来没有多少区别，真钢若不磨硬锻炼也可以变为废铁。废铁若经过改造也可以变为真钢。若是连一点也炼不出来，那只可称为锈，连名叫废铁也有点够不上。一个民族的存在，也像铁一样，不怕锈，只怕锈到底。锈到底的民族是没有希望的。可是要怎样才能使一个民族的铁不锈，或者进一步说，怎能使它永远有用，永远犀利呢？民族的存在，也像"逆水行舟，不进则退"，退到极点，便是灭亡。所以这是个民族生存的问题。

民族，可以分为两种，就是自然民族与文化民族。自然民族是"不识不知，顺帝之则"的。这种民族像蕴藏在矿床里的自然铁，无所谓成钢，也无所谓生锈。若不与外界接触，也许可以永远保存着原形。文化民族是离开矿床的铁，和族外有不断的交通。在这种情形底下，可以走向两条极端的道路。若是能够依民族自己的生活的理想与经验来保持他的生命，又能采取他民族的长处来改进他的生活，那就是有作为、能向上的。这样的民族的特点是自觉的，自给的，自卫的。若不这样，一与他民族接触，便把自己的一切毁灭掉，忘掉自己，轻侮自己，结果便会走到灭亡的命运。我们知道自古到今，可以够得上称为文化民族的有十个。

第一，苏摩亚甲民族（Sumerian Akkadian）。这民族文化发展的最高点是从西纪前 3200 年到 1800 年。

第二，埃及民族（Egyptian）。发展的顶点是从西纪前 2800 年到 1200 年。

第三，赫代亚述民族（Hitthite-Assyrian）。起自小亚细亚中部，最后造成大利乌王（Darius）的伊兰帝国。发展的顶点是从西纪前 1800 年到 800 年。

第四，中华民族。发展的顶点是从周到汉，就是西纪前 1126 年到西纪 220 年。

第五，印度民族。发展的时代也和中华民族差不多，但是降落得早一点。

第六，希腊罗马民族。这两民族文化是一线相连的，所以可以当做一个文化集团看。发展的顶点是从西纪前约 1200 年起于爱琴海岸直到罗马帝国的末运，西纪 295 年。

第七，犹太天方民族。这民族的文化从西纪前 600 年起于犹太直到回教建立以后几百年间。

第八，摩耶民族（Maya）。发生于美洲中部，时间或者在西纪前 600 年，到新大陆被发现后，西班牙人把这民族和文化一齐毁灭掉。

第九，西欧民族。包括日耳曼、高卢、盎格鲁撒逊诸民族。发展的顶点从西纪 900 年直到现在。

第十，斯拉夫民族。这民族的文化以俄罗斯为主，产生于欧战后，时间离现在太近，还不能定出发展的倾向来。

我们看这十个文化民族，有些已经消灭，有些正在衰落，有些在苟延残喘，有些还可以勉强支持，有些正在发生。在这十个民族以外，当然还有文化民族，像日本民族、斯干地那维安民族、北美民族等都是。但严格地说起来，维新以前的日本文化不过是中华文化的附庸，维新后又是属于西欧的。所以大和的文化或者还在孕育的时期吧。同样，北美和北欧的民族也是承受西欧的统系，还没有建立为特殊的文化；美利坚虽然也在创造新文化的行程上走，但时间仍是太短，未能如斯拉夫民族那么积极和显明。此地并不是要讨论谁是文化民族和谁不是，只是要指出所举的民族文化发荣时期好像都在一千几百年间，他们的兴衰好像都有一定的条件。若合乎兴盛的条件，那民族便可以保存，不然，便渐次趋到衰灭。所以一种文化能被维持得越久长，传播越广远就够得上称为伟大。伟大的和优越的文化存于伟大的民族中间。

所谓伟大是能够包容一切美善的事物的意思。所谓优越是凡事有进步，不落后的意思。包容的范围有广狭，进步的程度有迟速，在这里，文化民族间的优劣就显出来了。进步得慢，包容得狭，还可以维持，怕的不能包容而且事事停顿。停顿就是退步，就容易被高文化的民族，甚至于野蛮民族所征服。然则要怎样才能使文化不停顿呢？不停顿的文化是造成伟大民族的要素。所以我们可以换一句话来问，要具什么条件才能造成伟大的民族？现在且分列在下面。

一、凡伟大的民族必拥有永久性的典籍和艺术

典籍与艺术是连续文化的线。线有脆韧，这两样也有久暂。所谓永久性是说在一个民族里，从它的世界观与人生观所产出的典籍多寓"恒久之至道，不刊之鸿教"（《文心雕龙·宗经》）；艺术作品无论在什么时代都能"奋至德之光，动四气之和，以著万物之理"，乃至能使人间"耳目聪明，血气和平，移风易俗，天下皆宁"（《礼记·乐记》）。典籍和艺术虽然本身含有永久性，也得依赖民族自己的信仰、了解和爱护才能留存。古往今来，多少民族丢了他们宝贵的文化产品，都由于不知爱惜，轻易舍弃。我们知道一个民族的礼教和风俗是从自有的典籍和艺术的田地发育而成的。外来的理想和信仰只可当作辅成的材料，切不可轻易地舍己随人。民族灭亡的一个内因，是先舍弃自己的典籍和艺术，由此，自己的礼俗也随着丧失。这样一代一代自行摧残，民族的特性与特色也逐渐消灭，至终连自己的生存也陷入危险的境地，所以永久性是相对的，一个民族当先有民族意识然后能保持他的文化的遗产。

二、凡伟大的民族必不断地有重要的发明与发见

学者每说"需要是发明之母"，但是人间也有很需要而发明不出来的事实。好像汽力和电力、飞天和遁地的器具，在各民族间不能说没需要。汽力和电力所以代身体的劳力，既然会用牛马，便知人有寻求代劳事物的需要，但人间有了很久的生活经验，却不会很早地梦想到利用它们。飞天和遁地的玄想早已存在，却要到晚近才实现。可见在需要之外，应当还有别的条件。

我权且说这是"求知欲"与"求全欲"。人对于宇宙间的物与则当先有欲知的意志；由知而后求透彻的理解，由理解而后求完全的利用。要如此发明与发见才可以办到。凡能利用物与则去创物，既创成又能时刻改进，到完美地步都是求知与求全的欲望所驱使的。中华民族的发明与发见能力并不微弱，只是短少了求全的欲望，因此对于所创的物，所说的物，每每为盲目的自满自足。一样物品或一条道理被知道以后，再也没有进前往深追究的人。乃至凡有所说，都是推磨式的，转来转去，还是回到原来那一点上。血液循环的原理在中国早已被发见。但"运行血气"的看法于医学上和解剖学上没有多少贡献。木鸢飞天和飞车行空的事情，自古有其说，最多只能被认为世界最初会放风筝的民族，我们却没有发展到飞机的制造。木牛流马没有发展到铁轨车，火药没用来开山流河，种种等等，并非不需要，乃因想不到。想不到便是求知与求全的欲望不具备的结果。想不到便是不能继续地发明与发见的原因。

然则，要怎样才能想得到呢？现代的发见与发明，我想是多用手的缘故。人之所以为人，能用手是主要的条件之一。由手与脑连络便产生实际的知识。古代文明与现代文明的区分，只是偏重脑与偏重手的关系。古人以手作为贱役，所以说劳力者是役于人的。他们所注重的是思想，偏重于为人间立法立道，使人有文有礼，故此哲学文学艺术都有相当的成就。现代人不以手作劳动为贱役，他们一面用手，一面用心，心手相应的结果便产出纯正的科学。不用手去着实做，只用脑来空想，绝不会产生近代的科学。没有科学，发明与发见也就难有了。我们可以说旧文化是属于劳心不劳力的有闲者所产，而新文化是属心手俱劳的劳动者的。而在两者当中，偶一不慎便会落到一个也不忙，也不闲，庸庸碌碌，混混沌沌的窠臼里。在这样的境地里，人做什么他便跟着做什么；人说什么他便随着说什么。我们没有好名称送给这样的民族文化，只可说是"嘴唇文化"、"傀儡文化"或"鹦鹉禅的文化"。有这样文化的民族，虽然可以享受别人所创的事物，归到根底，他便会萎靡不振，乃至于灭亡，岂但弱小而已！

三、凡伟大的民族必具有充足的能力足以自卫卫人

一个伟大的民族是强健的，威武的。为维持正义与和平当具有充足的能力。民族的能力最浅显而具体的是武备，所以说，"兵者，国之大事，死生之地，存亡之道。不可不察也。"（《孙子·始计》）伟大民族的武备并不是率禽兽食人或损人肥己的设施。吴起说兵的名有五种："一曰义兵，二曰强兵，三曰刚兵，四曰暴兵，五曰逆兵。禁暴救乱曰义；恃众以伐曰强；因怒兴师曰刚；弃礼贪利曰暴；国乱人疲，举事动众曰逆。"（《吴子·图国》）战争是人类还没离禽兽生活的行为，但在距离大同时代这样道阻且长的情形底下，人不能不戒备，所以兵是不可少的。禁暴救乱是伟大民族的义务。他不能容忍人类受任何非理的摧残，无论族内族外，对于刚强暴逆诸兵，不恤舍弃自己去救护。要达到这个地步，民族自己的修养是不可缺乏的。他要先能了解自己，教训自己，使自己的立脚处稳固，明白自己所负的责任，知道排难解纷并不是由于恚怒和贪欲，乃是为正义上的利人利己。我们可以借佛家的教训来说明自护护他的意义。"若自护者，即是护他；若护他者，便成自护。云何自护即是护他？自能修习。多修习故，有所证悟。由斯自护，即是护他。云何护他便成自护？不恼不恚，无怨害心，常起慈悲，愍念于物。是名护他变成自护。"（《有部毗奈耶下十八》）能具有这种精神才配有武备。兵可以为义战而备，但不一定要战，能够按兵不动，用道理来折服人，乃是最高的理想。孙子说："百战百胜，非善之善者也；不战而屈人之兵，善之善者也。"（《谋攻》）这话可以重新地解说。我们生在这有武力才能讲道义的时代，更当建立较高的理想，但要能够自护才可以进前做。如果自己失掉卫护自己的能力那就完了。摩耶民族的文化被人毁灭，未必是因为当时的欧洲人的道德高尚或理想优越，主要原因还是自卫的能力低微罢了。

四、凡伟大的民族须有多量的生活必需品

物质生活是生物绝对的需要。所以天产的丰啬，与民族生产力的强弱，也是决定民族命运的权衡。我们可以说凡伟大的民族都是自给的，不但自给，

并且可以供给别人。反过来说，如果事事物物仰给于人，那民族就像笼中鸟，池里鱼，连生命都受统治，还配讲什么伟大？假如天赐的土地不十分肥沃，能进取的民族必要用心手去创造，不达到补天开物的功效不肯罢休。就拿粮食来说吧，"民以食为天"，没得粮食是变乱和战争的一个根源。若是粮食不足，老向外族求来，那是最危险不过的事。正当的办法是尽地力，尽天工，尽人事。能使土地生产量增加是尽地力。能发见和改善无用的植物使它们成为农作物是尽天工。能在工厂里用方法使一块黏土在很短的期间变成像面粉一样可以吃得的东西是尽人事。中华古代的社会政策在物质生活方面最主要的是足食主义。"国无九年之蓄曰不足；无六年之蓄曰急；无三年之蓄曰国非其国也。"（《礼记·王制》）无三年之蓄即不能成国，何况连一日之蓄都没有呢？在理想上，应有九年之蓄，然后可以将生产品去供给别人，不然，便会陷入困难的境地，民族的发展力也就减少了。

五、凡伟大的民族必有生活向上的正当理想，不耽于物质的享受

物质生活虽然重要，但不能无节制地享用。沉湎于物质享受的民族是不会有高尚的理想的。一衣一食，只求其充足和有益，爱惜物力，守护性情，深思远虑，才能体会他和宇宙的关系。人类的命运是被限定的，但在这被限定的范围里当有向上的意志。所谓向上是求全知全能的意向，能否得到且不管它，只是人应当努力去追求。为有利于人群，而不教自己或他人堕落与颓废的物质享受是可以有的。我们也可说伟大的民族没有无益的嗜好，时时能以天地之心为心。古人所谓"明明德，止至善"，便是这个意思。我信人可以做到与天同体、与地合德的地步，那只会享受不乐思维的民族对于这事却不配梦想。

六、凡伟大的民族必能保持人生的康乐

人生的目的在人人能够得到安居乐业。人对于他的事业有兴趣才会进步。强迫的劳作或为衣食而生活是民族还没达到伟大的境地以前所有的事情。所

谓康乐并不是感官的愉快，乃是性情的满足，由勤劳而感到生活的兴趣。能这样才是真幸福。在这样的社会里，虽然免不了情感上的与理智上的痛苦，而体质上的缺陷却很少见。到这境地人们的情感丰富，理智清晰，生无责求，死无怨怼，他们没有像池边的鹭鸶或街旁的瘦狗那样的生活。

以上六条便是造成伟大民族的条件。现存的民族能够全备这些条件的，恐怕还没有。可是这理想已经存在各文化民族意识里，所以应有具备的一天。我们也不能落后，应当常存着像《礼记·杂记》中所记的"三患"和"五耻"的心，使我们的文化不致失坠。更应当从精神上与体质上求健全，并且要用犀利的眼、警觉的心去提防克服别人所给的障碍。如果你觉得受人欺负而一时没力量做什么，便大声疾呼要"卧薪尝胆"，你得提防敌人也会在你所卧的薪上放火，在所尝的胆里下毒药。所以要达到伟大的地步，先得时刻警醒，不要把精力闲用掉，那就有希望了。

忆卢沟桥

　　记得离北平以前,最后到卢沟桥,是在二十二年的春天。我与同事刘兆蕙先生在一个清早由广安门顺着大道步行,经过大井村,已是十点多钟。参拜了义井庵的千手观音,就在大悲阁外少憩。那菩萨像有三丈多高,是金铜铸成的,体相还好,不过屋宇倾颓,香烟零落,也许是因为求愿的人们发生了求财赔本求子丧妻的事情吧。这次的山游本是为访求另一尊铜佛而来的。我听见从宛平城来的人告诉我那城附近有所古庙塌了,其中许多金铜佛像,年代都是很古的。为知识上的兴趣,不得不去采访一下。大井村的千手观音是有著录的,所以也顺便去看看。

　　出大井村,在官道上,巍然立着一座牌坊,是乾隆四十年建的。坊东面额书"经环同轨",西面是"荡平归极"。建坊的原意不得而知,将来能够用来做凯旋门那就最合宜不过了。

　　春天的燕郊,若没有大风,就很可以使人流连。树干上或土墙边蜗牛在画着银色的涎路。它们慢慢移动,像不知道它们的小介壳以外还有什么宇宙似的。柳塘边的雏鸭披着淡黄色的氄毛,映着嫩绿的新叶;游泳时,微波随蹼翻起,泛成一弯一弯动着的曲纹,这都是生趣的示现。走乏了,且在路边的墓园少住一回。刘先生站在一座很美丽的窣堵坡上,要我给他拍照。在榆树荫覆之下,我们没感到路上太阳的酷烈。寂静的墓园里,虽没有什么名花,野卉倒也长得顶得意。忙碌的蜜蜂,两只小腿粘着些少花粉,还在采集着。蚂蚁力争一条烂残的蚱蜢腿,在枯藤的根本上争斗着。落网的小蝶,一片翅膀已失掉效用,还在挣扎着。这也是生趣的示现,不过意味有点不同罢了。

　　闲谈着,已见日丽中天,前面宛平城也在域之内了。宛平城在卢沟桥北,建于明崇祯十年,名叫"拱北城",周围不及二里,只有两个城门,北门是顺治门,南门外便是永昌门。清改拱北为拱极,永昌门为威严门。南门外便是卢沟桥。拱北城本来不是县城，前几年因为北平改市，县衙才移到那里去，所以规模极其简陋。从前它是个卫城，有武官常驻镇守着，一直到现在，还是一个很重要的军事地点。我们随着骆驼队进了顺治门，在前面不远，便见了永昌门。大街一条，两边多是荒地。我们到预定的地点去探访，果见一个庞大的铜佛像头和些铜像残体横陈在县立学校里的地上。拱北城内原有观音庵与兴隆寺，兴隆寺内还有许多已无可考的广慈寺的遗物，那些铜究竟是属于哪寺的也无从知道。我们摩挲了一回，才到卢沟桥头的一家饭店午膳。

自从宛平县署移到拱北城，卢沟桥便成为县城的繁要街市。桥北的商店民居很多，还保存着从前中原数省入京孔道的规模。桥上的碑亭虽然朽坏，还矗立着。自从历年的内战，卢沟桥更成为戎马往来的要冲，加上长辛店战役的印象，使附近的居民都知道近代战争的大概情形，连小孩也知道飞机、大炮、机关枪都是做什么用的。到处墙上虽然有标语贴着的痕迹，而在色与量上可不能与卖药的广告相比。推开窗户，看着永定河的浊水穿过疏林，向东南流去，想起陈高的诗："卢沟桥西车马多，山头白日照清波。毡卢亦有江南妇，愁听金人出塞歌。"清波不见，浑水成潮，是记述与事实的相差，抑昔日与今时的不同，就不得而知了。但想象当日桥下雅集亭的风景，以及金人所掠江南妇女，经过此地的情形，感慨便不能不触发了。

从卢沟桥上经过的可悲可恨可歌可泣的事迹，岂止被金人所掠的江南妇女一件？可惜桥栏上蹲着的石狮子个个只会张牙咧眦结舌无言，以致许多可以稍留印迹的史实，若不随蹄尘飞散，也教轮辐压碎了。我又想着天下最有功德的是桥梁。它把天然的阻隔联络起来，它从这岸度引人们到那岸。在桥上走过的是好是歹，于它本来无关，何况在上面走的不过是长途中的一小段，它哪能知道何者是可悲可恨可泣呢？它不必记历史，反而是历史记着它。卢沟桥本名广利桥，是金大定二十七年始建，至明昌二年（公元1189—1192）修成的。它拥有世界的声名是因为曾入马哥博罗的记述。马哥博罗记作"曾利桑乾"，而欧洲人都称它作"马哥博罗桥"，倒失掉记者赞叹桑乾河上一道大桥的原意了。中国人是善于修造石桥的，在建筑上只有桥与塔可以保留得较为长久。中国的大石桥每能使人叹为鬼役神工，卢沟桥的伟大与那有名的泉州洛阳桥和漳州虎渡桥有点不同。论工程，它没有这两道桥的宏伟，然而在史迹上，它是多次系着民族安危。纵使你把桥拆掉，卢沟桥的神影是永不会被中国人忘记的。这个在七七事件发生以后，更使人觉得是如此。当时我只想着日军许会从古北口入北平，由北平越过这道名桥侵入中原，决想不到火头就会在我那时所站的地方发出来。

在饭店里，随便吃些烧饼，就出来，在桥上张望。铁路桥在远处平行地架着。驮煤的骆驼队随着铃铛的音节整齐地在桥上迈步。小商人与农民在雕栏下作交易上很礼貌地计较。妇女们在桥下浣衣，乐融融地交谈。人们虽不理会国势的严重，可是从军队里宣传员口里也知道强敌已在门口。我们本不为做间谍去的，因为在桥上向路人多问了些话，便教警官注意起来，我们也自好笑。我是为当事官吏的注意而高兴，觉得他们时刻在提防着，警备着。过了桥，便望见实柘山，苍翠的山色，指示着日斜多了几度，在砾原上流连片时，暂觉晚风拂衣，若不回转，就得住店了。"卢沟晓月"是有名的。为领略这美景，到店里住一宿，本来也值得，不过我对于晓风残月一类的景物素来不大喜爱。我爱月在黑夜里所显的光明。晓月只有垂死的光，想来是很凄凉的，还是回家吧。

我们不从原路去，就在拱北城外分道。刘先生沿着旧河床，向北回海甸去。我捡了几块石头，向着八里庄那条路走。进到阜成门，望见北海的白塔已经成为一个剪影贴在洒银的暗蓝纸上。

女子的服饰

人类说是最会求进步的动物，然而对于某种事体发生一个新意见的时候，必定要经过许久的怀疑，或是一番的痛苦，才能够把它实现出来。甚至明知旧模样旧方法的缺点，还不敢"斩钉截铁"地把它改过来咧。好像男女的服饰，本来可以随意改换的。但是有一度的改换，也必费了好些唇舌在理论上做功夫，才肯羞羞缩缩地去试行。所以现在男女的服饰，从形式上看去，却比古时好；如果从实质上看呢？那就和原人的装束差不多了。

服饰的改换，大概先从男子起首。古时男女的装束是一样的，后来男女有了分工的趋向，服饰就自然而然地随着换啦。男子的事业越多，他的服饰越复杂，而且改换得快。女子的工作只在家庭里面，而且所做的事与服饰没有直接的关系，所以它的改换也就慢了。我们细细看来，女子的服饰，到底离原人很近。

现时女子的服饰，从生理方面看去，不合适的地方很多。她们所谓之改换的，都是从美观上着想。殊不知美要出于自然才有价值，若故意弄成一种不自然的美，那缠脚娘走路的婀娜模样也可以在美学上占位置了。我以为现时女子的事业比往时宽广得多，若还不想去改换她们的服饰，就恐怕不能和事业适应了。

事业与服饰有直接的关系，从哪里可以看得出来呢？比如欧洲在大战以前，女子的服饰差不多没有什么改变。到战事发生以后，好些男子的事业都要请女子帮忙。她们对于某种事业必定不能穿裙去做的，就换穿裤子了；对于某种事业必定不能带长头发去做的，也就剪短了。欧洲的女子在事业上感受了许多不方便，方才把服饰渐渐地改变一点，这也是证明人类对于改换的意见是很不激进的。新社会的男女对于种种事情，都要求一个最合适的方法去改换它。既然知道别人因为受了痛苦才去改换，我们何不先把它改换来避去等等痛苦呢？

在现在的世界里头，男女的服饰是应当一样的。这里头的益处很大，我们先从女子的服饰批评一下，再提那改换的益处吧。我不是说过女子的服饰和原人差不多吗？这是由哪里看出来的呢？

第一样是穿裙。古时的男女没有不穿裙的。现在的女子也少有不穿裙的。穿裙的缘故有两种说法：（甲）因为古时没有想出缝裤的方法，只用树叶或是兽皮往身上一团；到发明纺织的时候，还是照老样子做上。（乙）是因为礼仪的束缚。怎么说呢？我们对于过去的事物，很容易把它当作神圣。所以常常将古人平日的行为，拿来当仪式的举动；将古人平日的装饰，拿来当仪式的衣冠。女子平日穿裤子是服装进步的一个现象。偏偏在礼节上就要加上一条裙，那岂不是很无谓吗？

第二样是饰品。女子所用的手镯脚钏指环耳环等等物件，现在的人都想那是美术的安置；其实从历史上看来，这些东西都是以女子当奴隶的大记号，是新女子应当弃绝的。古时希伯来人的风俗，凡奴隶服役到期满以后不愿离开主人的，主人就可以在家神面前把那奴隶的耳朵穿了，为的是表明他已经永久服从那一家。希伯来语 Ne-zem 有耳环鼻环两个意思。人类有时也用鼻环，然而平常都是兽类用的。可见穿耳穿鼻绝不是美术的要求，不过是表明一个永久的奴隶的记号便了，至于手镯脚钏更是明而易见的，可以不必说了。有人要问耳环手镯等物既然是奴隶用的，为什么从古以来这些东西都是用很实的材料去做呢？这可怪不得。人的装束有一分美的要求是不必说的，"披毛戴角编贝文身"，就是美的要求，和手镯耳环绝不相同的。用贵重的材料去做这些东西大概是在略婚时代以后。那时的女子虽说是由父母择配，然而父母的财产一点也不能带去，父母因为爱子的缘故，只得将贵重的材料去做这些装饰品，一来可以留住那服从的记号，二来可以教子女间接地承受产业。现在的印度人还有类乎这样的举动。印度女子也是不能承受父母的产业的，到要出嫁的时候，父母就用金镑或是银钱给她做装饰。将金钱连起来当饰品，也就没有人敢说那是父母的财产了。印度的新妇满身用"金镑链子"围住，也是和用贵重的材料去做装饰一样。不过印度人的方法妥当而且直接，不像用金银去打首饰的周折便了。

第三样是留发。头上的饰品自然是因为留长头发才有的，如果没有长头发,首饰也就无所附着了。古时的人类和现在的蛮族,男女留发的很多,断发的倒是很少。我想在古时候,男女留长头发是必需的,因为头发和他们的事业有直接的关系。人类起首学扛东西的方法,就是用头颅去顶的(现在好些古国还有这样的光景),他们必要借着头发做垫子。全身的毫毛唯独头发格外地长,也许是由于这个缘故发达而来的。至于当头发做装饰品,还是以后的事。装饰头发的模样非常之多,都是女子被男子征服以后,女子在家里没事做的时节,就多在身体的装饰上用功夫。那些形形色色的髻子辫子都是女子在无聊生活中所结下来的果子。现在有好些爱装饰的女子,梳一个头就要费了大半天的工夫,可不是因为她们的工夫太富裕吗？

由以上三种事情看来,女子要在新社会里头活动,必定先要把她们的服饰改换改换,才能够配得上。不然,必要生出许多障碍来。要改换女子的服饰,先要选定三种要素——

(甲)要合乎生理。缠脚束腰结胸穿耳自然是不合生理的。然而现在还有许多人不曾想到留发也是不合生理的事情。我们想想头颅是何等贵重的东西,岂忍得教它"纳垢藏污"吗？要清洁,短的头发倒是很方便,若是长的呢？那就非常费了。因为头发积垢,就用油去调整它；油用得越多,越容易收纳尘土。尘土多了,自然会变成"霉菌客栈",百病的传布也要从那里发生了。

(乙)要便于操作。女子穿裙和留发是很不便于操作的。人越忙越觉得时间短少,现在的女子忙的时候快到了,如果还是一天用了半天的工夫去装饰身体,那么女子的工作可就不能和男子平等了。这又是给反对妇女社会活动的人做口实了。

(丙)要不诱起肉欲。现在女子的服饰常常和色情有直接的关系。有好些女子故意把她们的装束弄得非常妖冶,那还离不开当自己做玩具的倾向。最好就是废除等等有害的文饰,教凡身上的一丝一毫都有真美的价值,绝不是一种"卖淫性的美"就可以咧。

要合乎这三种要素,非得先和男子的服装一样不可,男子的服饰因为职业的缘故,自然是很复杂。若是女子能够做某种事业,就当和做那事业的男子的服饰一样。平常的女子也就可以和平常的男子一样。这种益处：一来可以泯灭性的区别；二来可以除掉等级服从的记号；三来可以节省许多无益的费用；四来可以得着许多有用的光阴。其余的益处还多，我就不往下再说了。总之，女子的服饰是有改换的必要的，要改换非得先和男子一样不可。

男子对于女子改装的怀疑，就是怕女子显出不斯文的模样来。女子自己的怀疑，就是怕难于结婚。其实这两种观念都是因为少人敢放胆去做才能发生的。若是说女子"断发男服"起来就不斯文，请问个个男子都不斯文吗？若说在男子就斯文，在女子就不斯文，那是武断的话，可以不必辩了。至于结婚的问题是很容易解决的。从前鼓励放脚的时候，也是有许多人怀着"大脚就没人要"的鬼胎，现在又怎样啦？若是个个人都要娶改装的女子，那就不怕女子不改装；若是女子都改装，也不怕没人要。

落 花 生

我们屋后有半亩隙地。母亲说:"让它荒芜着怪可惜,既然你们那么爱吃花生,就辟来做花生园罢。"我们几姊弟和几个小丫头都很喜欢——买种的买种,动土的动土,灌园的灌园;过不了几个月,居然收获了!

妈妈说:"今晚我们可以做一个收获节,也请你们爹爹来尝尝我们的新花生,如何?"我们都答应了。母亲把花生做成好几样的食品,还吩咐这节期要在园里的茅亭举行。

那晚上的天色不大好,可是爹爹也到来,实在很难得!爹爹说:"你们爱吃花生么?"

我们都争着答应:"爱!"

"谁能把花生的好处说出来?"

姊姊说:"花生的气味很美。"

哥哥说:"花生可以制油。"

我说:"无论何等人都可以用贱价买它来吃;都喜欢吃它。这就是它的好处。"

爹爹说:"花生的用处固然很多;但有一样是很可贵的。这小小的豆不像那好看的苹果、桃子、石榴,把它们的果实悬在枝上,鲜红嫩绿的颜色,令人一望而发生羡慕的心。它只把果子埋在地底,等到成熟,才容人把它挖出来。你们偶然看见一棵花生瑟缩地长在地上,不能立刻辨出它有没有果实,非得等到你接触它才能知道。"

我们都说:"是的。"母亲也点点头。爹爹接下去说:"所以你们要像花生,因为它是有用的,不是伟大、好看的东西。"我说:"那么,人要做有用的人,不要做伟大、体面的人了。"爹爹说:"这是我对于你们的希望。"

我们谈到夜阑才散,所有花生食品虽然没有了,然而父亲的话现在还印在我心版上。

鲁　迅

未有天才之前

　　我自己觉得我的讲话不能使诸君有益或者有趣，因为我实在不知道什么事，但推托拖延得太久了，所以终于不能不到这里来说几句。

　　我看现在许多人对于文艺界的要求的呼声之中，要求天才的产生也可算是很大的了，这显然可以反证两件事：一是中国现在没有一个天才，二是大家对于现在艺术的厌薄。天才究竟有没有？也许有着吧，然而我们和别人都没有见。倘使据了见闻，就可以说没有；不但天才，还有使天才得以生长的民众。

　　天才并不是自生自长在深林荒野里的怪物，是由可以使天才生长的民众产生、长育出来的，所以没有这种民众，就没有天才。有一回拿破仑过 Alps 山说，"我比 Apls 山还要高！"这何等英伟，然而不要忘记他后面跟着许多兵；倘没有兵，那只有被山那面的敌人捉住或者赶回，他的举动、言语，都离了英雄的界线，要归入疯子一类了。所以我想，在要求天才的产生之前，应该先要求可以使天才生长的民众。——譬如想有乔木，想看好花，一定要有好土；没有土，便没有花木了，所以土实在较花木还重要。花木非有土不可，正同拿破仑非有好兵不可一样。

　　然而现在社会上的论调和趋势，一面固然要求天才，一面却要他灭亡，连预备的土也想扫尽。举出几样来说：

　　其一就是"整理国故"。自从新思潮来到中国以后，其实何尝有力，而一群老头子，还有少年，却已丧魂失魄地来讲国故了，他们说："中国自有许多好东西，都不整理保存，倒去求新，正如放弃祖宗遗产一样不肖。"抬出祖宗来说法，那自然是极威严的，然而我总不信在旧马褂未曾洗净叠好之前，便不能做一件新马褂。就现状而言，做事本来还随各人的自便，老先生要整理国故，当然不妨去埋在南窗下读死书；至于青年，却自有他们的活学问和新艺术，各干各事，还没有大妨害的，但若拿了这面旗子来号召，那就是要中国永远与世界隔绝了。倘以为大家非此不可，那更是荒谬绝伦！我们和古董商人谈天，他自然总称赞他的古董如何好，然而他决不痛骂画家、农夫、工匠等类，说是忘记了祖宗；他实在比许多国学家聪明得远。

其一是"崇拜创作"。从表面上看来，似乎这和要求天才的步调很相合，其实不然。那精神中，很含有排斥外来思想、异域情调的分子，所以也可以使中国和世界潮流隔绝的。许多人对托尔斯泰、都介涅夫、陀思妥夫斯奇的名字，已经厌听了，然而他们的著作，有什么译到中国来？眼光囚在一国里，听谈彼得和约翰就生厌，定须张三李四才行，于是创作家出来了，从实说，好的也离不了刺取点外国作品的技术和神情，文笔或者漂亮，思想往往赶不上翻译品，甚者还要加上些传统思想，使它适合于中国人的老脾气，而读者却已为它所牢笼了，于是眼界便渐渐地狭小，几乎要缩进旧圈套里去。作者和读者互相为因果，排斥异流，抬上国粹，哪里会有天才产生？即使产生了，也是活不下去的。

这样的风气的民众是灰尘，不是泥土，在他这里长不出好花和乔木来！

还有一样是恶意的批评。大家的要求批评家的出现，也由来已久了，到目下就出了许多批评家。可惜他们之中很有不少是不平家，不像批评家，作品才到面前，便恨恨地磨墨，立刻写出很高明的结论道："唉，幼稚得很。中国要天才！"到后来，连并非批评家也这样叫咕了，他是听来的。其实即使天才，在生来的时候的第一声啼哭，也和平常的儿童的一样，决不会就是一首好诗。因为幼稚，当头加以戕贼，也可以萎死的。我亲见几个作者，都被他们骂得寒噤了。那些作者大约自然不是天才，然而我的希望是便是常人也留着。

恶意的批评家在嫩苗的地上驰马，那当然是十分快意的事；然而遭殃的是嫩苗——平常的苗和天才的苗。幼稚对于老成，有如孩子对于老人，决没有什么耻辱；作品也一样，起初幼稚，不算耻辱的。因为倘不遭了戕贼，他就会生长、成熟、老成；独有老衰和腐败，倒是无药可救的事！我以为幼稚的人，或者老大的人，如有幼稚的心，就说幼稚的话，只为自己要说而说，说出之后，至多到印出之后，自己的事就完了，对于无论打着什么旗子的批评，都可以置之不理的！

就是在座的诸君，料来也十之九愿有天才的产生吧，然而情形是这样，不但产生天才难，单是有培养天才的泥土也难。我想天才大半是天赋的；独有这培养天才的泥土，似乎大家都可以做。做土的功效，比要求天才还切近；否则，纵有成千成百的天才，也因为没有泥土，不能发达，要像一碟子绿豆芽。

做土要扩大了，那精神，就是收纳新潮，脱离旧套，能够容纳，了解那将来产生的天才；又要不怕做小事业，就是能创作的自然是创作，否则翻译、介绍、欣赏、读、消闲都可以。以文艺来消闲，说来似乎有些可笑，但究竟较胜于戕贼它。

泥土和天才比，当然是不足齿数的，然而不是坚苦卓绝者，也怕不容易做；不过事在人为，比空等天赋的天才有把握。这一点，是泥土的伟大的地方，也是反有大希望的地方。而且也有报酬，譬如好花从泥土里出来，看的人固然欣然地赏鉴，泥土也可以欣然地赏鉴，正不必花卉自身，这才心旷神怡的——假如当作泥土也有灵魂的说。

读书杂谈

　　说到读书，似乎是很明白的事，只要拿书来读就是了，但是并不这样简单。至少，就有两种：一是职业的读书，一是嗜好的读书。所谓职业的读书者，譬如学生因为升学，教员因为要讲功课，不翻翻书，就有些危险的就是。我想在座诸君之中一定有些这样的经验，有的不喜欢算学，有的不喜欢博物，然而不得不学，否则，不能毕业，不能升学，和将来的生计便有妨碍了。我自己也这样，因为做教员，有时即非看不喜欢看的书不可，要不这样，怕不久便会于饭碗有妨。我们习惯了，一说起读书，就觉得是高尚的事情，其实这样的读书，和木匠的磨斧头、裁缝的理针线并没有什么分别，并不见得高尚，有时还很苦痛，很可怜。你爱做的事，偏不给你做，你不爱做的，倒非做不可。这是由于职业和嗜好不能合一而来的。倘能够大家去做爱做的事，而仍然各有饭吃，那是多么幸福。便现在的社会上还做不到，所以读书的人们的最大部分，大概是勉勉强强的，带着苦痛的为职业的读书。

　　现在再讲嗜好的读书吧。那是出于自愿，全不勉强，离开了利害关系的。——我想，嗜好的读书，该和爱打牌的一样，天天打，夜夜打，连续地去打，有时被公安局捉去了，放出来之后还是打。诸君要知道真打牌的人目的并不在赢钱，而在有趣。牌有怎样的有趣呢，我是外行，不大明白。便听得爱赌的人说，它妙在一张一张地摸起来，永远变化无穷。我想，凡嗜好的读书，能够手不释卷的原因也就是这样。他在每一页每一页里，都得着深厚的趣味。自然，也可以扩大精神，增加知识的，但这些倒都不计及，一计及，便等于意在赢钱的博徒了，这在博徒之中，也算是下品。

　　不过我的意思，并非说诸君应该都退了学，去看自己喜欢看的书去，这样的时候还没有到来；也许终于不会到，至多，将来可以设法使人们对于非做不可的事发生较多的兴味罢了。我现在是说，爱看书的青年，大可以看看本分以外的书，即课外的书，不要只将课内的书抱住。但请不要误解，我并非说，譬如在国文讲堂上，应该在抽屉里暗看《红楼梦》之类；乃是说，应做的功课已完而有余暇，大可以看看各样的书，即使和本业毫不相干的，也要泛览。譬如学理科的，偏看看文学书，学文学的，偏看看科学书，看看别个在那里研究的，究竟是怎么一回事。这样子，对于别人、别事，可以有更深的了解。现在中国有一个大毛病，就是人们大概以为自己所学的一门是最好、最妙、最要紧的学问，而别的都无用，都不足道的，弄这些不足道的东西的人，将来该当饿死。其实是，世界还没有如此简单，学问都各有用处，要定什么是头等还很难。也幸而有各式各样的人，假如世界上全是文学家，到处所讲的不是"文学的分类"便是"诗之构造"，那倒反而无聊得很了。

　　不过以上所说的，是附带而得的效果，嗜好的读书，本人自然并不计及那些，就如游公园似的，随随便便去，因为随随便便，所以不吃力，因为不吃力，所以会觉得有趣。如果一本书拿到手，就满心想道，"我在读书了！""我在用功了！"那就容易疲劳，因而减掉兴味，或者变成苦事了。

世故三昧

人世间真是难处的地方,说一个人"不通世故",固然不是好话,但说他"深于世故"也不是好话。"世故"似乎也像"革命之不可不革,而亦不可太革"一样,不可不通,而亦不可太通的。

然而据我的经验,得到"深于世故"的恶谥者,却还是因为"不通世故"的缘故。

现在我假设以这样的话,来劝导青年人——

"如果你遇见社会上有不平事,万不可挺身而出,讲公道话,否则,事情倒会移到你头上来,甚至于会被指作反动分子的。如果你遇见有人被冤枉、被诬陷的,即使明知道他是好人,也万不可挺身而出,去给他解释或分辩,否则,你就会被人说是他的亲戚,或得了他的贿赂;倘使那是女人,就要被疑为她的情人的;如果他较有名,那便是党羽。例如我自己吧,给一个毫不相干的女士做了一篇信札集的序,人们就说她是我的小姨;介绍一点科学的文艺理论,人们就说得了苏联的卢布。亲戚和金钱,在目下的中国,关系也真是大,事实给予了教训,人们看惯了,以为人人都脱不了这关系,原也无足深怪的。

"然而,有些人其实也并不真相信,只是说着玩玩,有趣有趣的。即使有人为谣言,弄得凌迟碎剐,像明末的郑鄤那样了,和自己也并不相干,总不如有趣的紧要。这时你如果去辨正,那就是使大家扫兴,结果还是你自己倒霉。我也有一个经验。那是十多年前,我在教育部里做'官僚',常听得同事说,某女学校的学生,是可以叫出来嫖的,连机关的地址门牌,也说得明明白白。有一回我偶然走过这条街,一个人对于坏事情,是记性好一点的,我记起来了,便留心着那门牌,但这一号,却是一块小空地,有一口大井,一间很破烂的小屋,是几个山东人住着卖水的地方,决计做不了别用。待到他们又在谈着这事的时候,我便说出我的所见来,而不料大家竟笑容尽敛,不欢而散了,此后不和我谈天者两三月。我事后才悟到打断了他们的兴致,是不应该的。

"所以,你最好是莫问是非曲直,一味附和着大家;但更好是不开口;而在更好之上的是连脸上也不显出心里的是非的模样来……"

这是处世法的精义,只要黄河不流到脚下,炸弹不落在身边,可以保管一世没有挫折的。但我恐怕青年人未必以我的话为然;便是中年、老年人,也许要以为我是在教坏了他们的子弟。呜呼,那么,一片苦心,竟是白费了。

然而倘说中国现在正如唐虞盛世,却又未免是"世故"之谈。耳闻目睹的不算,单是看看报章,也就可以知道社会上有多少不平,人们有多少冤抑。但对于这些事,除了有时或有同业、同乡、同族的人们来说几句呼吁的话之外,利害无关的人的义愤的声音,我们是很少听到的。这很分明,是大家不开口;或者以为和自己不相干;或者连"以为和自己不相干"的意思也全没有。"世故"深到不自觉其"深于世故",这才真是"深于世故"的了。这是中国处世法的精义中的精义。

而且,对于看了我的劝导青年人的话,心以为非的人物,我还有一下反攻在这里。他是以我为狡猾的。但是,我的话里,一面固然显示着我的狡猾,而且无能,但一面也显示着社会的黑暗。他单责个人,正是最稳妥的办法,倘使兼责社会,可就得站出去战斗了。责人的"深于世故"而避开了"世"不谈,这是更"深于世故"的玩意,倘若自己不觉得,那就更深更深了,离三昧境盖不远矣。

不过凡事一说,即落言筌,不再能得三昧。说"世故三昧"者,即非"世故三昧"。三昧真谛,在行而不言;我现在一说"行而不言",却又失了真谛,离三昧境盖益远矣。

一切善知识,心知其意可也,唵!

人 生 论

  人生最苦痛的是梦醒了无路可以走。做梦的人是幸福的；倘没有看出可走的路，最要紧的是不要去惊醒他。你看，唐朝的诗人李贺，不是困顿了一世的么？而他临死的时候，却对他的母亲说："阿妈，上帝造成了白玉楼，叫我做文章落成去了。"这岂非明明是一个诳，一个梦？然而一个小的和一个老的，一个死的和一个活的，死的高兴地死去，活的放心地活着。说诳和做梦，在这些时候便见得伟大。所以我想，假使寻不出路，我们所要的倒是梦。

  但是，万不可做将来的梦。阿尔志跋绥夫曾经借了他所做的小说，质问过梦想将来的黄金世界的理想家，因为要造那世界，先唤起许多人们来受苦。他说："你们将黄金世界预约给他们的子孙了，可是有什么给他们自己呢？"有是有的，就是将来的希望。但代价也太大了，为了这希望，要使人练敏了感觉来更深切地感到自己的苦痛，叫起灵魂来目睹他自己的腐烂的尸骸。唯有说诳和做梦，这些时候便见得伟大。所以我想，假使寻不出路，我们所要的就是梦；但不要将来的梦，只要目前的梦。

  天下事尽有小作为比大作为更烦难的。譬如现在似的冬天，我们只有这一件棉袄，然而必须救助一个将要冻死的苦人，否则便须坐在菩提树下冥想普度一切人类的方法去。普度一切人类和救活一人，大小实在相去太远了，然而倘叫我挑选，我就立刻到菩提树下去坐着，因为免得脱下唯一的棉袄来冻杀自己。

  人们因为能忘却，所以自己能渐渐地脱离了受过的苦痛，也因为能忘却，所以往往照样地再犯前人的错误。被虐待的儿媳做了婆婆，仍然虐待儿媳；

嫌恶学生的官吏，每是先前痛骂官吏的学生；现在压迫子女的，有时也就是十年前的家庭革命者。这也许与年龄和地位都有关系吧，但记性不佳也是一个很大的原因。救济法就是各人去买一本 notebook 来，将自己现在的思想举动都记上，作为将来年龄和地位都改变了之后的参考。假如憎恶孩子要到公园去的时候，取来一翻，看见上面有一条道，"我想到中央公园去"，那就即刻心平气和了。别的事也一样。

无论从哪里来的，只要是食物，壮健者大抵就无需思索，承认是吃的东西。唯有衰病的，却总常想到害胃，伤身，特有许多禁条，许多避忌；还有一大套比较利害而终于不得要领的理由，例如吃固无妨，而不吃尤稳，食之或当有益，然究以不吃为宜云云之类。但这一类人物总要日见其衰弱的，因为他终日战战兢兢，自己先已失了活气了。

"犯而不校"是恕道，"以眼还眼以牙还牙"是直道。中国最多的却是枉道：不打落水狗，反被狗咬了。但是，这其实是老实人自己讨苦吃。

俗话说"忠厚是无用的别名"，也许太刻薄一点吧，但仔细想来，却也觉得并非唆人作恶之谈，乃是归纳了许多苦楚的经历之后的警句。譬如不打落水狗说，其成因大概有二：一是无力打；二是比例错。前者且勿论；后者的大错就又有二：一是误将塌台人物和落水狗齐观，二是不辨塌台人物又有好有坏，于是视同一律，结果反成为纵恶。

现在的社会，分不清理想与妄想的区别。再过几时，还要分不清"做不到"与"不肯做到"的区别，要将扫除庭院与劈开地球混作一谈。理想家说，这花园有秽气，须得扫除，——到那时候，说这宗话的人，也要算在理想党里，——他却说道，他们从来在此小便，如何扫除？万万不能，也断乎不可！

那时候，只要从来如此，便是宝贝。即使无名肿毒，倘若生在中国人身上，也便"红肿之处，艳若桃花；溃烂之时，美如乳酪"。国粹所在，妙不可言。

做了人类想成仙；生在地上要上天；明明是现代人，吸着现在的空气，却偏要勒派朽腐的名教，僵死的语言，侮蔑尽现在，这都是"现在的屠杀者"。杀了"现在"，也便杀了"将来"。——将来是子孙的时代。

暴君治下的臣民，大抵比暴君更暴；暴君的暴政，时常还不能餍足暴君治下的臣民的欲望。

中国不要提了吧。在外国举一个例：小事件则如 Gogol 的剧本《按察使》，众人都禁止他，俄皇却准开演；大事件则如巡抚想放耶稣，众人却要求将他钉上十字架。

暴君的臣民，只愿暴政暴在他人的头上，他却看着高兴，拿"残酷"做娱乐，拿"他人的苦"做赏玩，做慰安。

自己的本领只是"幸免"。

从"幸免"里又选出牺牲，供给暴君治下的臣民的渴血的欲望，但谁也不明白。死的说"阿呀"，活的高兴着。

人们有泪，比动物进化，但即此有泪，也就是不进化，正如已经只有盲肠，比鸟类进化，而究竟还有盲肠，终不能很算进化一样。凡这些，不但是无用的赘物，还要使其人达到无谓的灭亡。

现今的人们还以眼泪赠答，并且以这为最上的赠品，因为他此外一无所有。无泪的人则以血赠答，但又各个拒绝别人的血。

人大抵不愿意爱人下泪。但临死之际，可能也不愿意爱人为你下泪么？无泪的人无论何时，都不愿意爱人下泪，并且连血也不要：他拒绝一切为他的哭泣和灭亡。

人被杀于万众聚观之中，比被杀在"神不知鬼不觉"的地方快活，因为他可以妄想，博得观众中的或人的眼泪。但是，无泪的人无论被杀在什么所在，于他并无不同。

杀了无泪的人，一定连血也不见。爱人不觉他被杀之惨，仇人也终于得不到杀他之乐：这是他的报恩和复仇。

死于敌手的锋刃，不足悲苦；死于不知何来的暗器，却是悲苦。但最悲苦的是死于慈母或爱人误进的毒药，战友乱发的流弹，病菌的并无恶意的侵人,不是我自己制定的死刑。

　　仰慕往古的,回往古去吧!想出世的,快出世吧!想上天的,快上天吧!灵魂要离开肉体的,赶快离开吧!现在的地上,应该是执着现在、执着地上的人们居住的。

　　但厌恶现世的人们还住着。这都是现世的仇雠,他们一日存在,现世即一日不能得救。

　　先前,也曾有些愿意活在现世而不得的人们,沉默过了,呻吟过了,叹息过了,哭泣过了,哀求过了,但仍然愿意活在现世而不得,因为他们忘却了愤怒。

　　勇者愤怒,抽刃向更强者;怯者愤怒,却抽刃向更弱者。不可救药的民族中,一定有许多英雄,专向孩子们瞪眼。这些屠头们!

　　孩子们在瞪眼中长大了,又向别的孩子们瞪眼,并且想:他们一生都过在愤怒中。因为愤怒只是如此,所以他们要愤怒一生,——而且还要愤怒二世,三世,四世,以至末世。

　　夏天近了,将有三虫:蚤,蚊,蝇。

　　假如有谁提出一个问题,问我三者之中,最爱什么,而且非爱一个不可,又不准像"青年必读书"那样的交白卷的。我便只得回答道:跳蚤。

　　跳蚤的来吮血,虽然可恶,而一声不响地就是一口,何等直接爽快。蚊子便不然了,一针叮进皮肤,自然还可以算得有点彻底的,但当未叮之前,要哼哼地发一篇大议论,却使人觉得讨厌。如果所哼的是在说明人血应该给它充饥的理由,那可更其讨厌了,幸而我不懂。

　　约翰弥耳说:专制使人们变成冷嘲。我们却天下太平,连冷嘲也没有。我想:暴君的专制使人们变成冷嘲,愚民的专制使人们变成死相。大家渐渐死下去,而自己反以为卫道有效,这才渐近于正经的活人。

　　世上如果还有真要活下去的人们,就先该敢说,敢笑,敢哭,敢怒,敢骂,敢打,在这可诅咒的地方击退了可诅咒的时代!

现在，从读书以至"寻异性朋友讲情话"，似乎都为有些有志者所诟病了。但我想，责人太严，也正是"五分热"的一个病源。譬如自己要择定一种口号——例如不买英日货——来履行，与其不饮不食的履行七日或痛哭流涕的履行一月，倒不如也看书也履行至五年，或者也看戏也履行至十年，或者也寻异性朋友也履行至五十年，或者也讲情话也履行至一百年。记得韩非子曾经教人以竞马的要妙，其一是"不耻最后"。即使慢，驰而不息，纵令落后，纵令失败，但一定可以达到他所向的目标。

预言者，即先觉，每为故国所不容，也每受同时人的迫害，大人物也时常这样。他要得人们的恭维赞叹时，必然死掉，或者沉默，或者不在面前。

总而言之，第一要难于质证。

如果孔丘、释迦、耶稣基督还活着，那些教徒难免要恐慌。对于他们的行为，真不知道教主先生要怎样慨叹。

所以，如果活着，只得迫害他。

待到伟大的人物成为化石，人们都称他伟人时，他已经变了傀儡了。

有一流人之所谓伟大与渺小，是指他可给自己利用的效果的大小而言。

人们的苦痛是不容易相通的。因为不易相通，杀人者便以杀人为唯一要道，甚至于还当作快乐。然而也因为不容易相通，所以杀人者所显示的"死之恐怖"，仍然不能够儆戒后来，使人民永远变作牛马。历史上所记的关于改革的事，总是先仆后继者，大部分自然是由于公义，但人们的未经"死之恐怖"，即不容易为"死之恐怖"所慑，我以为也是一个很大的原因。

真的猛士，敢于直面惨淡的人生，敢于正视淋漓的鲜血。这是怎样的哀痛者和幸福者？然而造化又常常为庸人设计，以时间的流逝，来洗涤旧迹，仅使留下淡红的血色和微漠的悲哀。在这淡红的血色和微漠的悲哀中，又给人暂得偷生，维持着这似人非人的世界。

我们总是中国人，我们总要遇见中国事，但我们不是中国式的破坏者，所以我们是过着受破坏了又修补、受修补了又破坏的生活。我们的许多寿命白费了。我们所可以自慰的，想来想去，也还是所谓对于将来的希望。希望是附丽于存在的，有存在，便有希望，有希望，便是光明。如果历史家的话不是诳话，则世界上的事物可还没有因为黑暗而长存的先例。黑暗只能附丽于渐就灭亡的事物，一灭亡，黑暗也就一同灭亡了，它不永久。然而将来是永远要有的，并且总要光明起来；只要不做黑暗的附着物，为光明而灭亡，则我们一定有悠久的将来，而且一定是光明的将来。

人生百态

　　一个人如果一生没有遇到横祸，大家决不另眼相看，但若坐过牢监，到过战场，则即使他是一个万分平凡的人，人们也总看得特别一点。

　　我们是向来很有崇拜"难"的脾气的，每餐吃三碗饭，谁也不以为奇，有人每餐要吃十八碗，就郑重其事地写在笔记上；用手穿针没有人看，用脚穿针就可以搭帐篷卖钱；一幅画片，平淡无奇，装在匣子里，挖一个洞，化为西洋镜，人们就张着嘴热心地要看了。

　　一见短袖子，立刻想到白臂膊，立刻想到全裸体，立刻想到生殖器，立刻想到性交，立刻想到杂交，立刻想到私生子。
　　中国人的想象唯在这一层能够此跃进。
　　愈是无聊赖、没出息的角色，愈想长寿，想不朽，愈喜欢多照自己的照相，愈要占据别人的心，愈善于摆臭架子。

　　"下等人"还未暴发之先，自然大抵有许多"他妈的"在嘴上，但一遇机会，偶窃一位，略识几字，便即文雅起来：雅号也有了；身份也高了；家谱也修了，还要寻一个始祖，不是名儒便是名臣。从此化为"上等人"，也如上等前辈一样，言行都很温文尔雅。

　　相传曾经有一个人，一向就以"万物不得其所"为宗旨的，平生只有一个大愿，就是愿中国人都死完，但要留下他自己，还有一个妇人和一个卖食物的。

假使世界上只有一家有臭虫，而遭别人指摘的时候，实在也不大舒服的，但捉起来却也真费事，况且北京有一种学说，说臭虫是捉不得的，越捉越多。即使捉尽了，又有什么价值呢，不过是一种消极的办法。最好还是希望别家也有臭虫，而竟发现了就更好。

大约人们一遇到不大看惯的东西，总不免以为它古怪。我还记得初看见西洋人的时候，就觉得他脸太白，头发太黄，眼珠太淡，鼻梁太高。虽然不能明明白白地说出理由来，但总而言之：相貌不应该如此。至于对于中国人的脸，是毫无异议；即使有好丑之别，然而都不错的。

人必有所缺，这才想起他所需。穷教员养不活老婆了，于是觉得女子自食其力说之合理，并且附带地向男女平权论点头；富翁胖到要发哮喘病了，才去打高尔夫球，从此主张运动的紧要。我们平时，是决不记得自己有一个头，或一个肚子，应该加以优待的，然而一旦头痛肚泻，这才记起了它们，并且大有休息要紧、饮食小心的议论。

被称赞固然可以代广告，被骂也可以代广告，张扬了荣是广告，张扬了辱又何尝非广告。例如吧，甲乙决斗，甲赢，乙死了，人们固然要看杀人的凶手，但也一样的要看那不中用的死尸，如果用芦席围起来，两个铜板看一个，准可以发一点小财的。

假使有一个人，在路旁吐一口唾沫，自己蹲下去，看着，不久准可以围满一堆人；又假使又有一个人，无端大叫一声，拔腿便跑，同时准可以大家都逃散。

中国老例，凡要排斥异己的时候，常给对手起一个诨名，——或谓之"绰号"。这也是明清以来讼师的老手段；假如要控告张三李四，倘只说姓名，本很平常，现在却道"六臂太岁张三"、"白额虎李四"，则先不问事迹，县官只见绰号，就觉得他们是恶棍了。

凡是自己善于在暗中播弄鼓动的，一看见别人明白质直的言动，便往往反噬他是播弄和鼓动，是某党，是某系；正如偷汉的女人的丈夫，总愿意说世人全是忘八，和他相同，他心里才觉舒畅。

无论是何等样人，一成为猛人，则不问其"猛"之大小，我觉得他的身边便总有几个包围的人，围得水泄不透。那结果，在内，是使该猛人逐渐变成昏庸，有近乎傀儡的趋势。在外，是使别人所看见的并非该猛人的本相，而是经过了包围者的曲折而显现的幻形。至于幻得怎样，则当视包围者是三棱镜呢，还是凸面或凹面而异。假如我们能有一种机会，偶然走到一个猛人的近旁，便可以看见这时包围者的脸面和言动，和对付别的人们的时候怎样地不同。我们在外面看见一个猛人的亲信，谬妄骄恣，很容易以为该猛人所爱的是这样的人物。殊不知其实是大谬不然的。猛人所看见的他是娇嫩老实，非常可爱，简直说话会口吃，谈天要脸红。

中国人的性情是总喜欢调和，折中的。譬如你说，这屋子太暗，需在这里开一个窗，大家一定不允许的。但如果你主张拆掉屋顶，他们就会来调和，愿意开窗了。没有更激烈的主张，他们总连平和的改革也不肯行。

有些改革者，是极爱谈改革的，但真的改革到了身边，却使他恐惧。唯有大谈难行的改革，这才可以阻止易举的改革的到来，就是竭力维护着现状，一面大谈其改革，算是在做他那完全的改革的事业。

谁说中国人不善于改变呢？每一新的事物进来，起初虽然排斥，但看到有些可靠，就自然会改变。不过并非将自己合于新事物，乃是将新事物合于自己而已。

与名流学者谈，对于他之所讲，当装作偶有不懂之处，太不懂被看轻，太懂了被厌恶。偶有不懂之处，彼此最为合宜。

"雅"要地位，也要钱，古今并不两样的，但古代的买雅，自然比现在便宜；办法也并不两样，书要摆在书架上，或者抛几本在地板上，酒杯要摆在桌子上，但算盘却要收在抽屉里，或者最好是在肚子里。

要驳互助说时用争存说，驳争存说时用互助说；反对和平论时用阶级争斗说，反对斗争时就主张人类之爱。论敌是唯心论者呢，他的立场是唯物论，待到和唯物论相辩难，他却又化为唯心论者了。要之，是用英尺来量俄里，又用法尺来量密达，而发见无一相合的人。

在中国，尤其是在都市里，倘使路上有暴病倒地，或翻车摔伤的人，路人围观或甚至于高兴的人尽有，肯伸手来扶助一下的人却是极少的。

人的言行，在白天和在深夜，在日下和在灯前，常常显得两样。

要证明中国人的不正经，倒在自以为正经地禁止男女同学、禁止模特儿这些事件上。

弯腰曲背，在中国是一种常态，逆来尚须顺受，顺来自然更当顺受了。所以我们是最能研究人体，顺其自然而用之的人民。脖子最细，发明了砍头；膝关节能弯，发明了下跪；臀部多肉，又不致命，就发明了打屁股。

乡下人捉进知县衙门去，打完屁股之后，叩一个头道："谢大老爷！"这情形是特异的中国民族所特有的。

久受压制的人们，被压制时只能忍苦，幸而解放了便只知道作乐，悲壮剧是不能久留在记忆里的。

在上海生活，穿时髦衣服的比土气的便宜。如果一身旧衣服，公共电车的车掌会不照你的话停车，公园看守会格外认真地检查入门券，大宅子或大客寓的门丁会不许你走正门。所以，有些人宁可居斗室，喂臭虫，一条洋服裤子却每晚必须压在枕头下，使两面裤腿上的折痕天天有棱角。

小市民总爱听人们的丑闻，尤其是有些熟识的人的丑闻。

奴才做了主人，是决不肯废去"老爷"的称呼的，他的摆架子，恐怕比他的主人还十足，还可笑。

专制者的反面就是奴才，有权时无所不为，失势时即奴性十足。……做主子时以一切别人为奴才，则有了主子，一定以奴才自命：这是天经地义，无可动摇的。

从百草园到三味书屋

我家的后面有一个很大的园,相传叫作百草园。现在是早已并屋子一起卖给朱文公的子孙了,连那最末次的相见也已经隔了七八年,其中似乎确凿只有一些野草;但那时却是我的乐园。

不必说碧绿的菜畦,光滑的石井栏,高大的皂荚树,紫红的桑椹;也不必说鸣蝉在树叶里长吟,肥胖的黄蜂伏在菜花上,轻捷的叫天子(云雀)忽然从草间直窜向云霄里去了。单是周围的短短的泥墙根一带,就有无限趣味。油蛉在这里低唱,蟋蟀们在这里弹琴。翻开断砖来,有时会遇见蜈蚣;还有斑蝥,倘若用手指按住它的脊梁,便会啪的一声,从后窍喷出一阵烟雾。何首乌藤和木莲藤缠络着,木莲有莲房一般的果实,何首乌有臃肿的根。有人说,何首乌根是有像人形的,吃了便可以成仙,我于是常常拔它起来,牵连不断地拔起来,也曾因此弄坏了泥墙,却从来没有见过有一块根像人样。如果不怕刺,还可以摘到覆盆子,像小珊瑚珠攒成的小球,又酸又甜,色味都比桑椹要好得远。

长的草里是不去的,因为相传这园里有一条很大的赤练蛇。

长妈妈曾经讲给我一个故事听:先前,有一个读书人住在古庙里用功,晚间,在院子里纳凉的时候,突然听到有人在叫他。答应着,四面看时,却见一个美女的脸露在墙头上,向他一笑,隐去了。他很高兴,但竟给那走来夜谈的老和尚识破了机关。说他脸上有些妖气,一定遇见"美女蛇"了;这是人首蛇身的怪物,能唤人名,倘一答应,夜间便要来吃这人的肉的。他自然吓得要死,而那老和尚却道无妨,给他一个小盒子,说只要放在枕边,便可高枕而卧。他虽然照样办,却总是睡不着——当然睡不着的。到半夜,果然来了,沙沙沙!门外像是风雨声。他正抖作一团时,却听得豁的一声,一道金光从枕边飞出，外面便什么声音也没有了，那金光也就飞回来，敛在盒子里。后来呢？后来，老和尚说，这是飞蜈蚣，它能吸蛇的脑髓，美女蛇就被它治死了。

结末的教训是：所以倘有陌生的声音叫你的名字，你万不可答应他。

这故事很使我觉得做人之险，夏夜乘凉，往往有些担心，不敢去看墙上，而且极想得到一盒老和尚那样的飞蜈蚣。走到百草园的草丛旁边时，也常常这样想。但直到现在，总还没有得到，但也没有遇见过赤练蛇和美女蛇。叫我名字的陌生声音自然是常有的，然而都不是美女蛇。

冬天的百草园比较的无味；雪一下，可就两样了。拍雪人（将自己的全形印在雪上）和塑雪罗汉需要人们鉴赏，这是荒园，人迹罕至，所以不相宜，只好来捕鸟。薄薄的雪，是不行的；总须积雪盖了地面一两天，鸟雀们久已无处觅食的时候才好。扫开一块雪，露出地面，用一支短棒支起一面大的竹筛来，下面撒些秕谷，棒上系一条长绳，人远远地牵着，看鸟雀下来啄食，走到竹筛底下的时候，将绳子一拉，便罩住了。但所得的是麻雀居多，也有白颊的"张飞鸟"，性子很躁，养不过夜的。

这是闰土的父亲所传授的方法，我却不大能用。明明见它们进去了，拉了绳，跑去一看，却什么都没有，费了半天力，捉住的不过三四只。闰土的父亲是小半天便能捕获几十只，装在叉袋里叫着撞着的。我曾经问他得失的缘由，他只静静地笑道：你太性急，来不及等它走到中间去。

我不知道为什么家里的人要将我送进书塾里去了，而且还是全城中称为最严厉的书塾。也许是因为拔何首乌毁了泥墙吧，也许是因为将砖头抛到间壁的梁家去了吧，也许是因为站在石井栏上跳下来吧，……都无从知道。总而言之：我将不能常到百草园了。Ade，我的蟋蟀们！Ade，我的覆盆子们和木莲们！

出门向东，不上半里，走过一道石桥，便是我的先生的家了。从一扇黑油的竹门进去，第三间是书房。中间挂着一块匾道：三味书屋；匾下面是一幅画，画着一只很肥大的梅花鹿伏在古树下。没有孔子牌位，我们便对着那匾和鹿行礼。第一次算是拜孔子，第二次算是拜先生。

第二次行礼时，先生便和蔼地在一旁答礼。他是一个高而瘦的老人，须发都花白了，还戴着大眼镜。我对他很恭敬，因为我早听到，他是本城中极方正、质朴、博学的人。

不知从哪里听来的，东方朔也很渊博，他认识一种虫，名曰"怪哉"，冤气所化，用酒一浇，就消释了。我很想详细地知道这故事，但阿长是不知道的，因为她毕竟不渊博。现在得到机会了，可以问先生。

"先生，'怪哉'这虫，是怎么一回事？……"我上了生书，将要退下来的时候，赶忙问。

"不知道！"他似乎很不高兴，脸上还有怒色了。

我才知道做学生是不应该问这些事的，只要读书，因为他是渊博的宿儒，决不至于不知道，所谓不知道者，乃是不愿意说。年纪比我大的人，往往如此，我遇见过好几回了。

我就只读书，正午习字，晚上对课。先生最初这几天对我很严厉，后来却好起来了，不过给我读的书渐渐加多，对课也渐渐地加上字去，从三言到五言，终于到七言。

三味书屋后面也有一个园，虽然小，但在那里也可以爬上花坛去折腊梅花，在地上或桂花树上寻蝉蜕。最好的工作是捉了苍蝇喂蚂蚁，静悄悄地没有声音。然而同窗们到园里的太多，太久，可就不行了，先生在书房里便大叫起来：

"人都到哪里去了？"

人们便一个一个陆续走回去。一同回去，也不行的。他有一条戒尺，但是不常用；也有罚跪的规矩，但也不常用，普通总不过瞪几眼，大声道：

"读书！"

于是大家放开喉咙读一阵书，真是人声鼎沸。有念"仁远乎哉我欲仁斯仁至矣"的，有念"笑人齿缺曰狗窦大开"的，有念"上九潜龙勿用"的，有念"厥土下上上错厥贡苞茅橘柚"的……先生自己也念书。后来，我们的声音便低下去，静下去了，只有他还大声朗读着：

"铁如意，指挥倜傥，一座皆惊呢；金叵罗，颠倒淋漓噫，千杯未醉嗬……"

我疑心这是极好的文章，因为读到这里，他总是微笑起来，而且将头仰起，摇着，向后面拗过去，拗过去。

先生读书入神的时候，于我们是很相宜的。有几个便用纸糊的盔甲套在指甲上做戏。我是画画儿，用一种叫作"荆川纸"的，蒙在小说的绣像上一个个描下来，像习字时候的影写一样。读的书多起来，画的画也多起来；书没有读成，画的成绩却不少了，最成片断的是《荡寇志》和《西游记》的绣像，都有一大本。后来，因为要钱用，卖给一个有钱的同窗了。他的父亲是开锡箔店的；听说现在自己已经做了店主，而且快要升到绅士的地位了。这东西早已没有了吧。

最先与最后

《韩非子》说赛马的妙法，在于"不为最先，不耻最后"。这虽是从我们这样外行的人看起来，也觉得很有理。因为假若一开首便拼命奔驰，则马力易竭。但那第一句是只适用于赛马的，不幸中国人却奉为人的处世金针了。

中国人不但"不为戎首"，"不为祸始"，甚至于"不为福先"。所以凡事都不容易有改革；前驱和闯将，大抵是谁也怕得做。然而人性岂真能如道家所说的那样恬淡，欲得的却多。既然不敢径取，就只好用阴谋和手段。以此，我们也就日见其卑怯了，既是"不为最先"，自然也不敢"不耻最后"，所以虽是一大堆群众，略见危机，便"纷纷作鸟兽散"了。如果偶有几个不肯退转，因而受害的，公论家便异口同声，称之曰傻子。对于"锲而不舍"的人们也一样。

我有时也偶尔去看看学校的运动会。这种竞争，本来不像两敌国的开战，挟有仇隙的，然而也会因了竞争而骂，或者竟打起来。但这些事又作别论。竞走的时候，大抵是最快的三四个人一到决胜点，其余的便松懈了，有几个还至于失了跑完预定的圈数的勇气，中途挤入看客的群集中；或者佯为跌倒，使红十字队用担架将他抬走。假若偶有虽然落后，却尽跑的人，大家就嗤笑他。大概是因为他太不聪明，"不耻最后"的缘故罢。

所以中国一向就少有失败的英雄，少有韧性的反抗，少有敢单身鏖战的武人，少有敢抚哭叛徒的吊客；见胜兆则纷纷聚集，见败兆则纷纷逃亡。战具比我们精利的欧美人，战具未必比我们精利的匈奴蒙古满洲人，都如入无人之境。"土崩瓦解"这四个字，真是形容得有自知之明。

多有"不耻最后"的人的民族，无论什么事，怕总不会一下子就"土崩瓦解"的，我每看运动会时，常常这样想，优胜者固然可敬，但那虽然落后而仍非跑至终点不止的竞技者，和见了这样竞技者而肃然不笑的看客，乃正是中国将来的脊梁。

藤 野 先 生

东京也无非是这样。上野的樱花烂漫的时节,望去确也像绯红的轻云,但花下也缺不了成群结队的"清国留学生"的速成班,头顶上盘着大辫子,顶得学生制帽的顶上高高耸起,形成一座富士山。也有解散辫子,盘得平的,除下帽来,油光可鉴,宛如小姑娘的发髻一般,还要将脖子扭几扭。实在标致极了。

中国留学生会馆的门房里有几本书买,有时还值得去一转;倘在上午,里面的几间洋房里倒也还可以坐坐的。但到傍晚,有一间的地板便常不免要咚咚咚地响得震天,兼以满房烟尘斗乱;问问精通时事的人,答道:"那是在学跳舞。"

到别的地方去看看,如何呢?

我就往仙台的医学专门学校去。从东京出发,不久便到一处驿站,写道:日暮里。不知怎地,我到现在还记得这名目。其次却只记得水户了,这是明的遗民朱舜水先生客死的地方。仙台是一个市镇,并不大;冬天冷得厉害;还没有中国的学生。

大概是物以稀为贵吧。北京的白菜运往浙江,便用红头绳系住菜根,倒挂在水果店头,尊为"胶菜";福建野生着的芦荟,一到北京就请进温室,且美其名曰"龙舌兰"。我到仙台也颇受了这样的优待,不但学校不收学费,几个职员还为我的食宿操心。我先是住在监狱旁边一个客店里的,初冬已经颇冷,蚊子却还多,后来用被盖了全身,用衣服包了头脸,只留两个鼻孔出气。在这呼吸不息的地方,蚊子竟无从插嘴,居然睡安稳了。饭食也不坏。但一位先生却以为这客店也包办囚人的饭食,我住在那里不相宜,几次三番、几次三番地说。我虽然觉得客店兼办囚人的饭食和我不相干,然而好意难却,也只得别寻相宜的住处了。于是搬到别一家,离监狱也很远,可惜每天总要喝难以下咽的芋梗汤。

从此就看见许多陌生的先生，听到许多新鲜的讲义。解剖学是两个教授分任的。最初是骨学。其时进来的是一个黑瘦的先生，八字须，戴着眼镜，挟着一叠大大小小的书。一将书放在讲台上，便用了缓慢而很有顿挫的声调，向学生介绍自己道：

"我就是叫作藤野严九郎的……"

后面有几个人笑起来了。他接着便讲述解剖学在日本发达的历史，那些大大小小的书，便是从最初到现今关于这一门学问的著作。起初有几本是线装的；还有翻刻中国译本的，他们的翻译和研究新的医学，并不比中国早。

那坐在后面发笑的是上学年不及格的留级学生，在校已经一年，掌故颇为熟悉的了。他们便给新生讲演每个教授的历史。这藤野先生，据说是穿衣服太模糊了，有时竟会忘记带领结；冬天是一件旧外套，寒颤颤的，有一回上火车去，致使管车的疑心他是扒手，叫车里的客人大家小心些。

他们的话大概是真的，我就亲见他有一次上讲堂没有带领结。

过了一星期，大约是星期六，他使助手来叫我了。到得研究室，见他坐在人骨和许多单独的头骨中间——他其时正在研究着头骨，后来有一篇论文在本校的杂志上发表出来。

"我的讲义，你能抄下来么？"他问。

"可以抄一点。"

"拿来我看！"

我交出所抄的讲义去，他收下了，第二三天便还我，并且说，此后每一星期要送给他看一回。我拿下来打开看时，很吃了一惊，同时也感到一种不安和感激。原来我的讲义已经从头到末，都用红笔添改过了，不但增加了许多脱漏的地方，连文法的错误，也都一一订正。这样一直继续到教完了他所担任的功课：骨学、血管学、神经学。

可惜我那时太不用功，有时也很任性。还记得有一回藤野先生将我叫到他的研究室里去，翻出我那讲义上的一个图来，是下臂的血管，指着，向我和蔼地说道：

"你看，你将这条血管移了一点位置了——自然，这样一移，的确比较的好看些，然而解剖图不是美术，实物是那么样的，我们没法改换它。现在我给你改好了，以后你要全照着黑板上那样的画。"

但是我还不服气，口头答应着，心里却想道：

"图还是我画的不错；至于实在的情形，我心里自然记得的。"

学年试验完毕之后，我便到东京玩了一夏天，秋初再回学校，成绩早已发表了，同学一百余人之中，我在中间，不过是没有落第。这回藤野先生所担任的功课，是解剖实习和局部解剖学。

解剖实习了大概一星期，他又叫我去了，很高兴地，仍用了极有抑扬的声调对我说道：

"我因为听说中国人是很敬重鬼的，所以很担心，怕你不肯解剖尸体。现在总算放心了，没有这回事。"

但他也偶有使我很为难的时候。他听说中国的女人是裹脚的，但不知道详细，所以要问我怎么裹法，足骨变成怎样的畸形，还叹息道："总要看一看才知道。究竟是怎么一回事呢？"

有一天，本级的学生会干事到我寓里来了，要借我的讲义看。我检出来交给他们，却只翻检了一通，并没有带走。但他们一走，邮差就送到一封很厚的信，拆开看时，第一句是：

"你改悔罢！"

这是《新约》上的句子吧，但经托尔斯泰新近引用过的。其时正值日俄战争，托老先生便写了一封给俄国和日本的皇帝的信，开首便是这一句。日本报纸上很斥责他的不逊，爱国青年也愤然，然而暗地里却早受了他的影响了。其次的话，大略是说上年解剖学试验的题目，是藤野先生讲义上做了记号，我预先知道的，所以能有这样的成绩。末尾是匿名。

我这才回忆到前几天的一件事。因为要开同级会，干事便在黑板上写广告，末一句是"请全数到会勿漏为要"，而且在"漏"字旁边加了一个圈。我当时虽然觉到圈得可笑，但是毫不介意，这回才悟出那字也在讥刺我了，犹言我得了教员漏泄出来的题目。

我便将这事告知了藤野先生；有几个和我熟识的同学也很不平，一同去诘责干事托辞检查的无礼，并且要求他们将检查的结果，发表出来。终于这流言消灭了，干事却又竭力运动，要收回那一封匿名信去。结末是我便将这托尔斯泰式的信退还了他们。

中国是弱国，所以中国人当然是低能儿，分数在六十分以上，便不是自己的能力了：也无怪他们疑惑。但我接着便有参观枪毙中国人的命运了。第二年添教霉菌学，细菌的形状是全用电影来显示的，一段落已完而还没有到下课的时候，便影几片时事的片子，自然都是日本战胜俄国的情形。但偏有中国人夹在里边：给俄国人做侦探，被日本军捕获，要枪毙了，围着看的也是一群中国人；在讲堂里的还有一个我。

"万岁！"他们都拍掌欢呼起来。

这种欢呼，是每看一片都有的，但在我，这一声却特别听得刺耳。此后回到中国来，我看见那些闲看枪毙犯人的人们，他们也何尝不酒醉似的喝彩——呜呼，无法可想！但在那时那地，我的意见却变化了。

到第二学年的终结，我便去寻藤野先生，告诉他我将不学医学，并且离开这仙台。他的脸色仿佛有些悲哀，似乎想说话，但竟没有说。

"我想去学生物学，先生教给我的学问，也还有用的。"其实我并没有决意要学生物学，因为看得他有些凄然，便说了一个慰安他的谎话。

"为医学而教的解剖学之类，怕于生物学也没有什么大帮助。"他叹息说。

将走的前几天，他叫我到他家里去，交给我一张照相，后面写着两个字道："惜别"，还说希望将我的也送他。但我这时适值没有照相了；他便叮嘱我将来照了寄给他，并且时时通信告诉他此后的状况。

我离开仙台之后，就多年没有照过相，又因为状况也无聊，说起来无非使他失望，便连信也怕敢写了。经过的年月一多，话更无从说起，所以虽然有时想写信，却又难以下笔，这样的一直到现在，竟没有寄过一封信和一张照片。从他那一面看起来，是一去之后，杳无消息了。

但不知怎地，我总还时时记起他，在我所认为我师的之中，他是最使我感激、给我鼓励的一个。有时我常常想：他的对于我的热心的希望，不倦的教诲，小而言之，是为中国，就是希望中国有新的医学；大而言之，是为学术，就是希望新的医学传到中国去。他的性格，在我的眼里和心里是伟大的，虽然他的姓名并不为许多人所知道。

他所改正的讲义，我曾经订成三厚本，收藏着的，将作为永久的纪念。不幸七年前迁居的时候，中途毁坏了一口书箱，失去半箱书，恰巧这讲义也遗失在内了。责成运送局去找寻，寂无回信。只有他的照相至今还挂在我北京寓居的东墙上，书桌对面。每当夜间疲倦，正想偷懒时，仰面在灯光中瞥见他黑瘦的面貌，似乎正要说出抑扬顿挫的话来，便使我忽又良心发现，而且增加勇气了，于是点上一支烟，再继续写些为"正人君子"之流所深恶痛疾的文字。

王国维

文学小言

一

昔司马迁推本汉武时学术之盛，以为利禄之途使然。余谓一切学问皆能以利禄劝，独哲学与文学不然。何则？科学之事业皆直接间接以厚生利用为旨，故未有与政治及社会上之兴味相刺谬者也。至一新世界观与一新人生观出，则往往与政治及社会上之兴味不能相容。若哲学家而以政治及社会之兴味为兴味，而不顾真理之如何，则又决然非真正之哲学。此欧洲中世哲学之以辩护宗教为务者，所以蒙极大之耻辱，而叔本华所以痛斥德意志大学之哲学者也。文学亦然；铺锬的文学，决非文学也。

二

文学者，游戏的事业也。人之势力，用于生存竞争而有余，于是发而为游戏。婉娈之儿，有父母以衣食之，以卵翼之，无所谓争存之事也。其势力无所发泄，于是作种种之游戏。逮争存之事亟，而游戏之道息矣。唯精神上之势力独优，而又不必以生事为急者，然后终身得保其游戏之性质。而成人以后，又不能以小儿之游戏为满足，于是对其自己之情感及所观察之事物而摹写之，咏叹之，以发泄所储蓄之势力。故民族文化之发达，非达一定之程度，则不能有文学；而个人之汲汲于争存者，决无文学家之资格也。

三

人亦有言，名者利之宾也。故文绣的文学之不足为真文学也，与餔餟的文学同。古代文学之所以有不朽之价值者，岂不以无名之见者存乎？至文学之名起，于是有因之以为名者，而真正文学乃复托于不重于世之文体以自见。逮此体流行之后，则又为虚玄矣。故模仿之文学，是文绣的文学与餔餟的文学之记号也。

四

文学中有二原质焉：曰景，曰情。前者以描写自然及人生之事实为主，后者则吾人对此种事实之精神的态度也。故前者客观的，后者主观的也；前者知识的，后者感情的也。自一方面言之，则必吾人之胸中洞然无物，而后其观物也深，而其体物也切；即客观的知识，实与主观的情感为反比例。自他方面言之，则激烈之情感，亦得为直观之对象、文学之材料；而观物与其描写之也，亦有无限之快乐伴之。要之，文学者，不外知识与感情交代之结果而已。苟无锐敏之知识与深邃之感情者，不足与于文学之事。此其所以但为天才游戏之事业，而不能以他道劝者也。

五

古今之成大事业大学问者，不可不历三种之阶级："昨夜西风凋碧树，独上高楼，望尽天涯路。"（晏同叔《蝶恋花》）此第一阶级也。"衣带渐宽终不悔，为伊消得人憔悴。"（欧阳永叔《蝶恋花》）此第二阶级也。"众里寻她千百度，蓦然回首，那人却在灯火阑珊处。"（辛幼安《青玉案》）此第三阶级也。未有未阅第一第二阶级，而能遽跻第三阶级者。文学亦然。此有文学上之天才者，所以又需莫大之修养也。

六

三代以下之诗人，无过于屈子、渊明、子美、子瞻者。此四子者若无文学之天才，其人格亦自足千古。故无高尚伟大之人格，而有高尚伟大文章者，殆未之有也。

七

天才者，或数十年而一出，或数百年而一出，而又须济之以学问，助之以德性，始能产真正之大文学。此屈子、渊明、子美、子瞻等所以旷世而不一遇也。

八

"燕燕于飞，差池其羽。""燕燕于飞，颉之颃之。"
"睍睆黄鸟，载好其音。""昔我往矣，杨柳依依。"
诗人体物之妙，侔于造化，然皆出于离人孽子征夫之口，故知感情真者，其观物亦真。

九

"驾彼四牡，四牡项领。我瞻四方，蹙蹙靡所骋。"以《离骚》、《远游》数千言言之而不足者，独以十七字尽之，岂不诡哉！然以讥屈子之文胜，则亦非知言者也。

十

屈子感自己之感，言自己之言者也。宋玉、景差感屈子之所感，而言其所言；然亲见屈子之境遇，与屈子之人格，故其所言亦殆与自己之言无异。

贾谊、刘向其遇略与屈子同，而才则逊矣。王叔师以下，但袭其貌而无其情以济之。此后人之所以不复为楚人之词者也。

十一

屈子之后，文学上之雄者，渊明其尤也。韦、柳之视渊明，其如刘、贾之视屈子乎！彼感他人之所感，而言他人之所言，宜其不如李、杜也。

十二

宋以后之能感自己之感，言自己之言者，其唯东坡乎！山谷可谓能言其言矣，未可谓能感所感也。遗山以下亦然。若国朝之新城，岂徒言一人之言而已哉？所谓"莺偷百鸟声"者也。

十三

诗至唐中叶以后，殆为羔雁之具矣。故五季、北宋之诗，除一二大家外，无可观者，而词则独为其全盛时代。其诗词兼擅如永叔、少游者，皆诗不如词远甚。以其写之于诗者，不若写之于词者之真也。至南宋以后，词亦为羔雁之具，而词亦替矣。（除稼轩一人外。）观此足以知文学盛衰之故矣。

十四

上之所论，皆就抒情的文学言之。（《离骚》、诗词皆是。）至叙事的文学（谓叙事诗、史诗、戏曲等，非谓散文也），则我国尚在幼稚之时代。元人杂剧，辞则美矣，然不知描写人格为何事。至国朝之《桃花扇》，则有人格矣，然他戏曲则殊不称是。要之，不过稍有系统之词，而并诗词之性质者也。以东方古文学之国，无一足以与西欧匹者，此则后此文学家之责矣。

十五

抒情之诗，不待专门之诗人而后能之也。若夫叙事，则其所需之时日长，而其所取之材料富，非天才而又有暇日者不能。此诗家之数之所以不可更仆数，而叙事文学家殆不能及百分之一也。

十六

《三国演义》无纯文学之资格，然其叙关壮缪之释曹操，则非大文学家不办。《水浒传》之写鲁智深，《桃花扇》之写柳敬亭、苏昆生，彼其所为，固毫无意义。然以其不顾一己之利害，故犹使吾人生无限之兴味，发无限之尊敬，况于观壮缪之矫矫者乎？若此者，岂真如汗德所云，实践理性为宇宙人生之根本欤？抑与现在利己之世界相比较，而益使吾人兴无涯之感也？则选择戏曲小说之题目者，亦可以知所去取矣。

十七

吾人谓戏曲小说家为专门之诗人，非谓其以文学为职业也。以文学为职业，馎饾的文学也。职业的文学家，以文学为生活；专门之文学家，为文学而生活。今馎饾的文学之途，盖已开矣。吾宁闻征夫思妇之声，而不屑使此等文学嚣然污吾耳也。

真理与自由

前篇既述数年间为学之事，兹复就为学之结果述之：余疲于哲学有日矣。哲学上之说，大都可爱者不可信，可信者不可爱。余知真理，而余又爱其谬误。伟大之形而上学，高严之伦理学，与纯粹之美学，此吾人所酷嗜也。然求其可信者，则宁在知识论上之实证论，伦理学上之快乐论，与美学上之经验论。知其可信而不能爱，觉其可爱而不能信，此近两三年中最大之烦闷，而近日之嗜好所以渐由哲学而移于文学，而欲于其中求直接之慰藉者也。要之，余之性质，欲为哲学家则感情苦多，而知力苦寡；欲为诗人，则又苦感情寡而理性多。诗歌乎？哲学乎？他日以何者终吾身，所不敢知，抑在二者之间乎？

今日之哲学界，自赫尔德曼以后，未有敢立一家系统者也。居今日而欲自立一新系统，自创一新哲学，非愚则狂也。近二十年之哲学家，如德之芬德、英之斯宾塞尔，但搜集科学之结果，或古人之说而综合之、修正之耳。此皆第二流之作者，又皆所谓可信而不可爱者也。此所谓哲学家，则实哲学史家耳。以余之力，加之以学问，以研究哲学史，或可操成功之券。然为哲学家，则不能；为哲学史，则又不喜，此亦疲于哲学之一原因也。

近年嗜好之移于文学，亦有由焉，则填词之成功是也。余之于词，虽所作尚不及百阕，然自南宋以后，除一两人外，尚未有能及余者。则平日之所自信也，虽比之五代、北宋之大词人，余愧有所不如，然此等词人，亦未始无不及余之处。因词之成功，有志于戏曲，此亦近日之奢愿也。然词之于戏曲，一抒情，一叙事，其性质既异，其难易又殊。又何敢因前者之成功，而避冀后者乎？但余所以有志于戏曲者，又自有故。吾中国文学之最不振者，莫戏曲若。元之杂剧，明之传奇，存于今日者，尚以百数。其中之文字，虽有佳者，然其理想及结构，虽欲不谓至幼稚，至拙劣，不可得也。国朝之作者，虽略有进步，然比诸西洋之名剧，相去尚不能以道里计。此余所以自忘其不敏，而独有志乎是也。然目与手不相谋，志与力不相符，此又后人之通病。故他日能为之与否，所不敢知，至为之而能成功与否，则愈不敢知矣。

虽然，以余今日研究之日浅，而修养之力乏，而遭绝望于哲学及文学，毋乃太早计乎！苟积毕生之力，安知于哲学上不有所得，而于文学不终有成功之一日乎？即今一无成功，而得于局促之生活中，以思索玩赏为消遣之法，以自遁于声色货利之域，其益固已多矣。诗云："且以喜乐，且以永日。"此吾辈才弱者之所有事也。若夫深湛之思，创造之力，苟一日集于余躬，则候诸天之所为欤！

闻一多

五 四 断 想

旧的悠悠死去,新的悠悠生出,不慌不忙,一个跟一个——这是演化。

新的已经来到,旧的还不肯去,新的急了,把旧的挤掉——这是革命。

挤是发展受到阻碍时必然的现象,而新的必然是发展的,能发展的必然是新的,所以青年永远是革命的,革命永远是青年的。

新的日日壮健着(量的增长),旧的日日衰老着(量的减耗),壮健的挤着衰老的,没有挤不掉的。所以革命永远是成功的。

革命成功了,新的变成旧的,又一批新的上来了。旧的停下来拦住去路,说:"我是赶过路程来的,我的血汗不能白流,我该歇下来舒服舒服。"新的说:"你的舒服就是我的痛苦,你耽误了我的路程。"又把它挤掉,……如此,武戏接二连三地演下去,于是革命似乎永远"尚未成功"。

让曾经新过来的旧的,不要只珍惜自己的过去,多多体念别人的将来,自己腰酸腿痛,拖不动了,就赶紧让。"功成身退",不正是光荣吗?"后生可畏,焉知来者之不如今也!"这也是古训啊!

其实青年并非永远是革命的,"青年永远是革命的"这定理,只在"老年永远是不肯让路的"这前提下才能成立。

革命也不能永远"尚未成功"。几时旧的知趣了,到时就功成身退,不致阻碍了新的发展,革命便成功了。

旧的悠悠退去,新的悠悠上来,一个跟一个,不慌不忙,哪天历史走上了演化的常轨,就不再需要变态的革命了。

但目前,我们还要用"挤"来争取"悠悠",用革命来争取演化。"悠悠"

是目的,"挤"是达到目的的手段。

于是又想到变与乱的问题。变是悠悠的演化,乱是挤来挤去的革命。若要不乱挤,就只得悠悠地变。若是该变而不变,那只有挤得你变了。

子在川上,曰:"逝者如斯夫,不舍昼夜!"古训也发挥了变的原理。

红　烛

"蜡炬成灰泪始干。"
　　　　——李商隐

红烛啊！
这样红的烛！
诗人啊！
吐出你的心来比比，
可是一般颜色？
红烛啊！
是谁制的蜡——给你躯体？
是谁点的火——点着灵魂？
为何更须烧蜡成灰，
然后才放光出？
一误再误；
矛盾！冲突！
红烛啊！
不误，不误！
原是要"烧"出你的光来——
这正是自然的方法。
红烛啊！
既制了，便烧着！
烧吧！烧吧！
烧破世人的梦，

烧沸世人的血——
也救出他们的灵魂，
也捣破他们的监狱！
红烛啊！
你心火发光之期，
正是泪流开始之日。
红烛啊！
匠人造了你，
原是为烧的。
既已烧着，
又何苦伤心流泪？
哦！我知道了！
是残风来侵你的光芒，
你烧得不稳时，
才着急得流泪！
红烛啊！
流吧！你怎能不流呢？
请将你的脂膏，
不息地流向人间，
培出慰藉的花儿，
结成快乐的果子！
红烛啊！
你流一滴泪，灰一分心。
灰心流泪你的果，
创造光明你的因。
红烛啊！
"莫问收获，但问耕耘。"

朱自清

扬州的夏日

扬州从隋炀帝以来，是诗人文士所称道的地方；称道的多了，称道得久了，一般人便也随声附和起来。直到现在，你若向人提起扬州这个名字，他会点头或摇头说："好地方！好地方！"特别是没去过扬州而念过些唐诗的人，在他心里，扬州真像蜃楼海市一般美丽；他若念过《扬州画舫录》一类书，那更了不得了。但在一个久住扬州像我的人，他却没有那么多美丽的幻想，他的憎恶也许掩住了他的爱好；他也许离开了三四年并不去想它。若是想呢——你说他想什么？女人，不错，这似乎也有名，但怕不是现在的女人吧？——他也只会想着扬州的夏日，虽然与女人仍然不无关系的。

北方和南方一个大不同，在我看，就是北方无水而南方有。诚然，北方今年大雨，永定河、大清河甚至决了堤防，但这并不能算是有水；北平的三海和颐和园虽然有点儿水，但太平衍了，一览而尽，船又那么笨头笨脑的。有水的仍然是南方。扬州的夏日，好处大半便在水上——有人称为"瘦西湖"，这个名字真是太"瘦"了，假西湖之名以行，"雅得这样俗"，老实说，我是不喜欢的。下船的地方便是护城河，蔓延开去，曲曲折折，直到平山堂——这是你们熟悉的名字——有七八里河道，还有许多杈杈桠桠的支流。这条河其实也没有顶大的好处，只是曲折而有些幽静，和别处不同。

沿河最著名的风景是小金山，法海寺，五亭桥；最远的便是平山堂了。金山你们是知道的，小金山却在水中央。在那里望水最好，看月自然也不错——可是我还不曾有过那样福气。"下河"的人十之九是到这儿的，人不免太多些。法海寺有一个塔，和北海的一样，据说是乾隆皇帝下江南，盐商们连夜督促匠人造成的。法海寺著名的自然是这个塔；但还有一桩，你们猜不着，是红烧猪头。夏天吃红烧猪头，在理论上也许不甚相宜；可是在实际上，挥汗吃着，倒也不坏的。五亭桥如名字所示，是五个亭子的桥。桥是拱形，中一亭最高，两边四亭，参差相称；最宜远看，或看影子，也好。桥洞颇多，乘小船穿来穿去，另有风味。

平山堂在蜀冈上。登堂可见江南诸山淡淡的轮廓；"山色有无中"一句话，我看是恰到好处，并不算错。这里游人较少，闲坐在堂上，可以永日。沿路光景，也以闲寂胜。从天宁门或北门下船。蜿蜒的城墙，在水里倒映着苍黝的影子，小船悠然地撑过去，岸上的喧扰像没有似的。

船有三种：大船专供宴游之用，可以挟妓或打牌。小时候常跟了父亲去，在船里听着谋得利洋行的唱片。现在这样乘船的大概少了吧？其次是"小划子"，真像一瓣西瓜，由一个男人或女人用竹篙撑着。乘的人多了，便可雇两只，前后用小凳子跨着；这也可算得"方舟"了。后来又有一种"洋划"，比大船小，比"小划子"大，上支布篷，可以遮日遮雨。"洋划"渐渐地多，大船渐渐地少，然而"小划子"总是有人要的。这不独因为价钱最贱，也因为它的伶俐。一个人坐在船中，让一个人站在船尾上用竹篙一下一下地撑着，简直是一首唐诗，或一幅山水画。而有些好事的少年，愿意自己撑船，也非"小划子"不行。"小划子"虽然便宜，却也有些分别。譬如说，你们也可想到的，女人撑船总要贵些；姑娘撑的自然更要贵喽。这些撑船的女子，便是有人说过的"瘦西湖上的船娘"。船娘们的故事大概不少，但我不很知道。据说以乱头粗服，风趣天然为胜；中年而有风趣，也仍然算好。可是起初原是逢场作戏，或尚不伤廉惠；以后居然有了价格，便觉意味索然了。

北门外一带，叫做下街，"茶馆"最多，往往一面临河。船行过时，茶客与乘客可以随便招呼说话。船上人若高兴时，也可以向茶馆中要一壶茶，或一两种"小笼点心"，在河中喝着，吃着，谈着。回来时再将茶壶和所谓小笼，连价款一并交给茶馆中人。撑船的都与茶馆相熟，他们不怕你白吃。扬州的小笼点心实在不错，我离开扬州，也走过七八处大大小小的地方，还没有吃过那样好的点心；这其实是值得惦记的。茶馆的地方大致总好，名字也颇有好的。如香影廊、绿杨村、红叶山庄，都是到现在还记得的。绿杨村的幌子，挂在绿杨树上，随风飘展，使人想起"绿杨城郭是扬州"的名句。里面还有小池、丛竹、茅亭，景物最幽。这一带的茶馆布置都历落有致，迥非上海、北平方方正正的茶楼可比。

"下河"总是下午。傍晚回来，在暮霭朦胧中上了岸，将大褂折好搭在腕上，一手微微摇着扇子；这样进了北门或天宁门走回家中。这时候可以念"又得浮生半日闲"那一句诗了。

初到清华记

从前在北平读书的时候，老在城圈儿里待着。四年中虽也游过三五回西山，却从没来过清华；说起清华，只觉得很远很远而已。那时也不认识清华人，有一回北大和清华学生在青年会举行英语辩论，我也去听。清华的英语确是流利得多，他们胜了。那回的题目和内容，已忘记干净；只记得复辟时，清华那位领袖很神气，引着孔子的什么话。北大答辩时，开头就用了 furiously 一个字叙述这位领袖的态度。这个字也许太过，但也道着一点儿。那天清华学生是坐大汽车进城的，车便停在青年会前头；那时大汽车还很少。那是冬末春初，天很冷。一位清华学生在屋里只穿单大褂，将出门却套上厚厚的皮大氅。这种"行"和"衣"的路数，在当时却透着一股标劲儿。

初来清华，在十四年夏天。刚从南方来北平，住在朝阳门边一个朋友家。那时教务长是张仲述先生，我们没见面。我写信给他，约定第三天上午去看他。写信时也和那位朋友商量过，十点赶得到清华么，从朝阳门哪儿？他那时已经来过一次，但似乎只记得"长林碧草"——他写到南方给我的信这么说——说不出路上究竟要多少时候。他劝我八点动身，雇洋车直到西直门换车，免得老等电车，又换来换去的，耽误事。那时西直门到清华只有洋车直达；后来知道也可以搭香山汽车到海甸再乘洋车，但那是后来的事了。

第三天到了，不知是起得晚了些还是别的，跨出朋友家，已经九点挂零。心里不免有点儿急，车夫走的也特别慢似的。到西直门换了车。据车夫说本有条小路，雨后积水，不通了；那只得由正道了。刚出城一段儿还认识，因为也是去万生园的路；以后就茫然。到黄庄的时候，瞧着些屋子，以为一定是海甸了；心里想清华也就快到了吧，自己安慰着。快到真的海甸时，问车夫，"到了吧？""没哪。这是海——甸。"这一下更茫然了。海甸这么难到，清华要何年何月呢？而车夫说饿了，非得买点儿吃的。吃吧，反正豁出去了。

这一吃又是十来分钟。说还有三里多路呢。那时没有燕京大学，路上没什么看的，只有远处淡淡的西山——那天没有太阳——略略可解闷儿。好容易过了红桥，喇嘛庙，渐渐看见两行高柳，像穿门一般。什刹海的垂杨虽好，但没有这么多这么深，那时路上只有我一辆车，大有长驱直入的神气。柳树前一面牌子，写着"入校车马缓行"；这才真到了，心里想，可是大门还够远，不用说西院门又骗了我一次，又是六七分钟，才真真到了。坐在张先生客厅里一看钟，十二点还欠十五分。

张先生住在乙所，得走过那"长林碧草"，那浓绿真可醉人。张先生客厅里挂着一副有正书局印的邓完白隶书长联。我有一个会写字的同学，他喜欢邓完白，他也有这一副对联；所以我这时如见故人一般。张先生出来了。他比我高得多，脸也比我长得多。一眼看出是个顶能干的人。我向他道歉来得太晚，他也向我道歉，说刚好有个约会，不能留我吃饭。谈了不大工夫，十二点过了，我告辞。到门口，原车还在，坐着回北平吃饭去。过了一两天，我就搬行李来了。这回却坐了火车，是从环城铁路朝阳门站上车的。

以后城内城外来往的多了，得着一个诀窍：就是在西直门一上洋车，且别想"到"清华，不想着不想着也就到了。——香山汽车也搭过一两次，可真够瞧的。两条腿有时候简直无放处，恨不得不是自己的。有一回，在海甸下了汽车，在现在"西园"后面那个小饭馆里，拣了临街一张四方桌，坐在长凳上，要一碟苜蓿肉，两张家常饼，二两白玫瑰，吃着喝着，也怪有意思；而且还在那桌上写了《我的南方》一首歪诗。那时海甸到清华一路常有穷女人或孩子跟着车要钱。他们除"您修好"等等常用语句外，有时会说"您将来做校长"，这是别处听不见的。

论 青 年

冯友兰先生在《新事论·赞中华》篇里第一次指出现在一般人对于青年的估价超过老年之上。这扼要地说明了我们的时代。这是青年时代,而这时代该从五四运动开始。从那时起,青年人才抬起了头,发现了自己,不再仅仅地做祖父母的孙子、父母的儿子、社会的小孩子,他们发现了自己,发现了自己的群,发现了自己和自己的群的力量。他们跟传统斗争,跟社会斗争,不断地在争取自己的领导权甚至社会领导权,要名副其实地做新中国的主人。但是,像一切时代一切社会一样,中国的领导权掌握在老年人和中年人的手里,特别是中年人的手里。于是乎来了青年的反抗,在学校里反抗师长,在社会上反抗统治者。他们反抗传统和纪律,用怠工,有时也用挺击。中年统治者记得"五四"以前青年的沉静,觉着现在青年爱捣乱,惹麻烦,第一步打算压制下去。可是不成。于是乎敷衍下去。敷衍到了难以收拾的地步,来了集体训练,开出新局面,可是还得等着瞧呢。

青年反抗传统,反抗社会,自古已然,只是一向他们低头受压,使不出大力气,见得沉静罢了。家庭里父代和子代闹别扭是常见的,正是压制与反抗的征象。政治上也有老少两代的斗争,汉朝的贾谊到戊戌六君子,例子并不少。中年人总是在统治的地位,老年人势力足以影响他们的地位时,就是老年时代,青年人势力足以影响他们的地位时,就是青年时代。老年和青年的势力互为消长,中年人却总是在位,因此无所谓中年时代。老年人在衰朽,是过去,青年人还幼稚,是将来,占有现在的只是中年人。他们一面得安慰老年人,培植青年人,一面也在讥笑前者,烦厌后者。安慰还是顺的,培植却常是逆的,所以更难。培植是凭中年人的学识经验做标准,大致要养成有为有守爱人爱物的中国人。青年却恨这种切近的典型的标准妨碍他们飞跃的理想。他们不甘心在理想还未疲倦的时候就被压进典型里去,所以总是挣扎着，在憧憬那海阔天空的境界。中年人不能了解青年人为什么总爱旁逸斜出不走正路，说是时代病。其实这倒是成德达材的大路；压迫着，挣扎着，材德的达成就在这两种力的平衡里。这两种力永恒地一步步平衡着，自古已然，不过现在更其表面化罢了。

青年人爱说自己是"天真的"，"纯洁的"。但是看看这时代，老练的青年可真不少。老练却只是工于自谋，到了临大事，决大疑，似乎又见得幼稚了。青年要求进步，要求改革，自然很好，他们有的是奋斗的力量。不过大处着眼难，小处下手易，他们的饱满的精力也许终于只用在自己的物质的改革跟进步上；于是骄奢淫逸，无所不为，有利无义，有我无人。中年里原也不缺少这种人，效率却赶不上青年的大。眼光小还可以有一步路，便是做自了汉，得过且过地活下去；或者更退一步，遇事消极，马马虎虎对付着，一点不认真。中年人这两种也够多的。可是青年时就染上这些习气，未老先衰，不免更叫人毛骨悚然。所幸青年人容易回头，"浪子回头金不换"，不像中年人往往将错就错，一直沉到底里去。

青年人容易脱胎换骨改样子，是真可以自负之处；精力足，岁月长，前路宽，也是真可以自负之处。总之可能多。可能多倚仗就大，所以青年人狂。人说青年时候不狂，什么时候才狂？不错。但是这狂气到时候也得收拾一下，不然会忘其所以的。青年人爱讽刺，冷嘲热骂，一学就成，挥之不去；但是这只足以取决一时，久了也会无聊起来的。青年人骂中年人逃避现实，圆通，不奋斗，妥协，自有他们的道理。不过青年人有时候让现实笼罩住，伸不出头，张不开眼，只模糊地看到面前一段儿路，真是"前不见古人，后不见来者"。这又是小处。若是能够偶然到所谓"世界外之世界"里歇一下脚，也许可以将自己放大些。青年也有时候偏执不回，过去一度以为读书就不能救国就是的。那时蔡孑民先生却指出"读书不忘救国，救国不忘读书"。这不是妥协，而是一种权衡轻重的圆通观。懂得这种圆通，就可以将自己放平些。能够放大自己，放平自己，才有真正的"工作与严肃"，这里就需要奋斗了。

蔡孑民先生不愧人师，青年还是需要人师。用不着满口仁义道德，道貌岸然，也用不着一手摊经，一手握剑，只要认真而亲切的服务，就是人师。但是这些人得组织起来，通力合作。讲情理，可是不敷衍，重诱导，可还归到守法上。不靠婆婆妈妈气去乞怜青年人，不靠甜言蜜语去买好青年人，也不靠刀子手枪去示威青年人。只言行一致后先一致地按着应该做的放胆放手做去。不过基础得打在学校里；学校不妨尽量社会化，青年训练却还是得在学校里。学校好像实验室，可以严格地计划着进行一切；可不是温室，除非让它堕落到那地步。训练该注重集体的，集体训练好，个体也会改样子。人说教师只消传授知识就好，学生做人，该自己磨炼去。但是得先有集体训练，教青年有胆量帮助人，制裁人，然后才可以让他们自己磨炼去。这种集体训练的大任，得教师担当起来。现行的导师制注重个别指导，琐碎而难实践，不如缓办，让大家集中力量到集体训练上。学校以外倒是先有了集中训练，从集中军训起头，跟着来了各种训练班。前者似乎太单纯了，效果和预期差得多，后者好像还差不多。不过训练班至多只是百尺竿头更进一步，培植根基还得在学校里。在青年时代，学校的使命更重大了，中年教师的责任也更重大了，他们得任劳任怨地领导一群群青年人走上那成德达材的大路。

桨声灯影里的秦淮河

一九二三年八月的一晚,我和平伯同游秦淮河;平伯是初泛,我是重来了。我们雇了一只"七板子",在夕阳已去、皎月方来的时候,便下了船。于是桨声汩——汩,我们开始领略那晃荡着蔷薇色的历史的秦淮河的滋味了。

秦淮河里的船,比北京万生园、颐和园的船好,比西湖的船好,比扬州瘦西湖的船也好。这几处的船不是觉着笨,就是觉着简陋、局促;都不能引起乘客们的情韵,如秦淮河的船一样。秦淮河的船约略可分为两种:一是大船;一是小船,就是所谓"七板子"。大船舱口阔大,可容二三十人。里面陈设着字画和光洁的红木家具,桌上一律嵌着冰凉的大理石面。窗格雕镂颇细,使人起柔腻之感。窗格里映着红色蓝色的玻璃;玻璃上有精致的花纹,也颇悦人目。"七板子"规模虽不及大船,但那淡蓝色的栏杆、空敞的舱,也足系人情思。而最出色处却在它的舱前。舱前是甲板上的一部,上面有弧形的顶,两边用疏疏的栏杆支着。里面通常放着两张藤的躺椅。躺下,可以谈天,可以望远,可以顾盼两岸的河房。大船上也有这个,但在小船上更觉清隽罢了。舱前的顶下,一律悬着灯彩;灯的多少、明暗,彩苏的精粗、艳晦,是不一的,但好歹总还你一个灯彩。这灯彩实在是最能勾人的东西。夜幕垂垂地下来时,大小船上都点起灯火。从两重玻璃里映出那辐射着的黄黄的散光,反晕出一片朦胧的烟霭;透过这烟霭,在黯黯的水波里,又逗起缕缕的明漪。在这薄霭和微漪里,听着那悠然的间歇的桨声,谁能不被引入他的美梦去呢?只愁梦太多了,这些大小船儿如何载得起呀?我们这时模模糊糊地谈着明末的秦淮河的艳迹,如《桃花扇》及《板桥杂记》里所载的。我们真神往了。我们仿佛亲见那时华灯映水,画舫凌波的光景了。于是我们的船便成了历史的重载了。我们终于恍然秦淮河的船所以雅丽过于他处，而又有奇异的吸引力的，实在是许多历史的影像使然了。

　　秦淮河的水是碧阴阴的；看起来厚而不腻，或者是六朝金粉所凝么？我们初上船的时候，天色还未断黑，那漾漾的柔波是这样恬静，委婉，使我们一面有水阔天空之想，一面又憧憬着纸醉金迷之境了。等到灯火明时，阴阴的变为沉沉了：黯淡的水光，像梦一般；那偶然闪烁着的光芒，就是梦的眼睛了。我们坐在舱前，因了那隆起的顶棚，仿佛总是昂着首向前走着似的；于是飘飘然如御风而行的我们，看着那些自在的湾泊着的船，船里走马灯般的人物，便像是下界一般，迢迢的远了，又像在雾里看花，尽朦朦胧胧的。这时我们已过了利涉桥，望见东关头了。沿路听见断续的歌声：有从沿河的妓楼飘来的，有从河上船里度来的。我们明知那些歌声，只是些因袭的言词，从生涩的歌喉里机械地发出来的；但它们经了夏夜的微风的吹漾和水波的摇拂，袅娜着到我们耳边的时候，已经不单是她们的歌声，而混着微风和河水的密语了。于是我们不得不被牵惹着，震撼着，相与浮沉于这歌声里了。从东关头转弯，不久就到大中桥。大中桥共有三个桥拱，都很阔大，俨然是三座门儿；使我们觉得我们的船和船里的我们，在桥下过去时，真是太无颜色了。桥砖是深褐色，表明它的历史的长久；但都完好无缺，令人太息于古昔工程的坚美。桥上两旁都是木壁的房子，中间应该有街路？这些房子都破旧了，多年烟熏的迹，遮没了当年的美丽。我想象秦淮河的极盛时，在这样宏阔的桥上，特地盖了房子，必然是髹漆得富富丽丽的；晚间必然是灯火通明的。现在却只剩下一片黑沉沉！但是桥上造着房子，毕竟使我们多少可以想见往日的繁华；这也慰情聊胜无了。过了大中桥，便到了灯月交辉、笙歌彻夜的秦淮河，这才是秦淮河的真面目哩。

　　大中桥外，顿然空阔，和桥内两岸排着密密的人家的景象大异了。一眼望去，疏疏的林，淡淡的月，衬着蔚蓝的天，颇像荒江野渡光景；那边呢，郁丛丛的，阴森森的，又似乎藏着无边的黑暗：令人几乎不信那是繁华的秦淮河了。但是河中眩晕着的灯光，纵横着的画舫，悠扬着的笛韵，夹着那吱吱的胡琴声，终于使我们认识绿如茵陈如酒的秦淮水了。此地天裸露着的多些，故觉夜来的独迟些；从清清的水影里，我们感到的只是薄薄的夜——这正是秦淮河的夜。大中桥外，本来还有一座复成桥，是船夫口中的我们的游踪尽处，或也是秦淮河繁华的尽处了。我的脚曾踏过复成桥的脊，在十三四岁的时候。但是两次游秦淮河，却都不曾见着复成桥的面；明知总在前途的，却常觉得有些虚无缥缈似的。我想，不见倒也好。这时正是盛夏。我们下船后，借着新生的晚凉和河上的微风，暑气已渐渐消散；到了此地，豁然开朗，身子顿然轻了——习习的清风荏苒在面上、手上、衣上，这便又感到了一缕新凉了。南京的日光，大概没有杭州猛烈；西湖的夏夜老是热蓬蓬的，水像沸着一般，秦淮河的水却尽是这样冷冷地绿着。任你人影的憧憧，歌声的扰扰，总像隔着一层薄薄的绿纱面幂似的；它尽是这样静静的，冷冷的绿着。我们出了大中桥，走不上半里路，船夫便将船划到一旁，停了桨由它宕着。他以为那里正是繁华的极点，再过去就是荒凉了；所以让我们多多赏鉴一会儿。他自己却静静地蹲着。他是看惯这光景的了，大约只是一个无可无不可。这无可无不可，无论是升的沉的，总之，都比我们高了。

　　那时河里闹热极了；船大半泊着，小半在水上穿梭似的来往。停泊着的都在近市的那一边，我们的船自然也夹在其中。因为这边略略的挤，便觉得那边十分的疏了。在每一只船从那边过去时，我们能画出它的轻轻的影和曲曲的波，在我们的心上；这显着是空，且显着是静了。那时处处都是歌声和凄厉的胡琴声，圆润的喉咙，确乎是很少的。但那生涩的、尖脆的调子能使人有少年的、粗率不拘的感觉，也正可快我们的意。况且多少隔开些儿听着，因为想象与渴慕的做美，总觉更有滋味；而竞发的喧嚣，抑扬的不齐，远近的杂沓和乐器的嘈嘈切切，合成另一意味的谐音，也使我们无所适从，如随着大风而走。这实在因为我们的心枯涩久了，变为脆弱；故偶然润泽一下，便疯狂似的不能自主了。但秦淮河确也腻人。即如船里的人面，无论是和我们一堆儿泊着的，无论是从我们眼前过去的，总是模模糊糊的，甚至渺渺茫茫的；任你张圆了眼睛，揩净了眦垢，也是枉然。这真够人想呢。在我们停泊的地方，灯光原是纷然的；不过这些灯光都是黄而有晕的。黄已经不能明了，再加上了晕，便更不成了。灯愈多，晕就愈甚；在繁星般的黄的交错里，秦淮河仿佛笼上了一团光雾。光芒与雾气腾腾的晕着，什么都只剩了轮廓了；所以人面的详细的曲线，便消失于我们的眼底了。但灯光究竟夺不了那边的月色；灯光是浑的，月色是清的。在混沌的灯光里，渗入了一派清辉，却真是奇迹！那晚月儿已瘦削了两三分。她晚妆才罢，盈盈地上了柳梢头。天是蓝得可爱，仿佛一汪水似的；月儿便更出落得精神了。岸上原有三株两株的垂杨树，淡淡的影子，在水里摇曳着。它们那柔细的枝条浴着月光，就像一支支美人的臂膊，交互地缠着，挽着；又像是月儿披着的发。而月儿偶然也从它们的交叉处偷偷窥看我们，大有小姑娘怕羞的样子。岸上另有几株不知名的老树，光光地立着；在月光里照起来，却又俨然是精神矍铄的老人。远处——快到天际线了，才有一两片白云，亮得现出异彩，像美丽的贝壳一般。白云下便是黑黑的一带轮廓；是一条随意画的不规则的曲线。这一段光景，和河中的风味大异了。但灯与月竟能并存着，交融着，使月成了缠绵的月，灯射着渺渺的灵辉；这正是天之所以厚秦淮河，也正是天之所以厚我们了。

　　这时却遇着了难解的纠纷。秦淮河上原有一种歌妓，是以歌为业的。从前都在茶舫上，唱些大曲之类。每日午后一时起；什么时候止，却忘记了。晚上照样也有一回，也在黄晕的灯光里。我从前过南京时，曾随着朋友去听过两次。因为茶舫里的人脸太多了，觉得不大适意，终于听不出所以然。前年听说歌妓被取缔了，不知怎的，颇涉想了几次——却想不出什么。这次到南京，先到茶舫上去看看，觉得颇是寂寥，令我无端地怅怅了。不料她们却仍在秦淮河里挣扎着，不料她们竟会纠缠到我们，我于是很张皇了。她们也乘着"七板子"，她们总是坐在舱前的。舱前点着石油汽灯，光亮炫人眼目；坐在下面的，自然是纤毫毕见了——引诱客人们的力量，也便在此了。舱里躲着乐工等人，映着汽灯的余辉蠕动着；他们是永远不被注意的。每船的歌妓大约都是二人；天色一黑，她们的船就在大中桥外往来不息地兜生意。无论行着的船，泊着的船，都要来兜揽的。这都是我后来推想出来的。那晚不知怎样，忽然轮着我们的船了。我们的船好好地停着，一只歌舫划向我们来了；渐渐和我们的船并着了。铄铄的灯光逼得我们皱起了眉头；我们的风尘色全给它托出来了，这使我踧踖不安了。那时一个伙计跨过船来，拿着摊开的歌折，就近塞向我的手里，说，"点几出吧！"他跨过来的时候，我们船上似乎有许多眼光跟着。同时相近的别的船上也似乎有许多眼睛炯炯地向我们船上看着。我真窘了！我也装出大方的样子，向歌妓们瞥了一眼，但究竟是不成的！我勉强将那歌折翻了一翻，却不曾看清了几个字；便赶紧递还那伙计，一面不好意思地说，"不要。我们……不要。"他便塞给平伯，平伯掉转头去，摇手说，"不要！"那人还腻着不走。平伯又回过脸来，摇着头道，"不要！"于是那人重到我处。我窘着再拒绝了他。他这才有所不屑似的走了。我的心立刻放下，如释了重负一般。我们就开始自由了。

　　我说我受了道德律的压迫，拒绝了她们；心里似乎很抱歉的。这所谓抱歉，一面对于她们，一面对于我自己。她们于我们虽然没有很奢的希望；但总有些希望的。我们拒绝了她们，无论理由如何充足，却使她们的希望受了伤；这总有几分不作美了。这是我觉得很怅怅的。至于我自己，更有一种不足之感。我这时被四面的歌声诱惑了，降伏了；但是远远的、远远的歌声总仿佛隔着重衣搔痒似的，越搔越搔不着痒处。我于是憧憬着贴耳的妙音了。在歌舫划来时，我的憧憬，变为盼望；我固执地盼望着，有如饥渴。虽然从浅薄的经验里，也能够推知，那贴耳的歌声，将剥去了一切的美妙；但一个平常的人像我的，谁愿凭了理性之力去丑化未来呢？我宁愿自己骗着了。不过我的社会感性是很敏锐的；我的思力能拆穿道德律的西洋镜，而我的感情却终于被它压服着。我于是有所顾忌了，尤其是在众目昭彰的时候。道德律的力，本来是民众赋予的；在民众的面前，自然更显出它的威严了。我这时一面盼望，一面却感到了两重的禁制：一，在通俗的意义上，接近妓者总算一种不正当的行为；二，妓是一种不健全的职业，我们对于她们，应有哀矜勿喜之心，不应赏玩地去听她们的歌。在众目睽睽之下，这两种思想在我心里最为旺盛。她们暂时压倒了我的听歌的盼望，这便成就了我的灰色的拒绝。那时的心实在异常状态中，觉得颇是昏乱。歌舫去了，暂时宁静之后，我的思绪又如潮涌了。两个相反的意思在我心头往复：卖歌和卖淫不同，听歌和狎妓不同，又干道德甚事？——但是，但是，她们既被逼的以歌为业，她们的歌必无艺术味的；况她们的身世，我们究竟该同情的。所以拒绝倒也是正办。但这些意思终于不曾撇开我的听歌的盼望。它力量异常坚强；它总想将别的思绪踏在脚下。从这重重的争斗里，我感到了浓厚的不足之感。这不足之感使我的心盘旋不安，起坐都不安宁了。唉！我承认我是一个自私的人！

平伯呢，却与我不同。他引周启明先生的诗，"因为我有妻子，所以我爱一切的女人，因为我有子女，所以我爱一切的孩子。"[1]他的意思可以见了。他因为推及的同情，爱着那些歌妓，并且尊重着她们，所以拒绝了她们。在这种情形下，他自然以为听是对于她们的一种侮辱。但他也是想听歌的，虽然不和我一样。所以在他的心中，当然也有一番小小的争斗；争斗的结果，是同情胜了。至于道德律，在他是没有什么的；因为他很有蔑视一切的倾向，民众的力量在他是不大觉着的。这时他的心意的活动比较简单，又比较松弱，故事后还怡然自若；我却不能了。这里平伯又比我高了。

在我们谈话中间，又来了两只歌舫。伙计照前一样地请我们点戏，我们照前一样的拒绝了。我受了三次窘，心里的不安更甚了。清艳的夜景也为之减色。船夫大约因为要赶第二趟生意，催着我们回去；我们无可无不可地答应了。我们渐渐和那些晕黄的灯光远了，只有些月色冷清清地随着我们的归舟。我们的船竟没个伴儿，秦淮河的夜正长哩！到大中桥近处，才遇着一只来船。这是一只载妓的板船，黑漆漆的没有一点光。船头上坐着一个妓女；暗里看出，白地小花的衫子，黑的下衣。她手里拉着胡琴，口里唱着青衫的调子。她唱得响亮而圆转；当她的船箭一般驶过去时，余音还袅袅地在我们耳际，使我们倾听而向往。想不到在弩末的游踪里，还能领略到这样的清歌！这时船过大中桥了，森森的水影，如黑暗张着巨口，要将我们的船吞了下去。我们回顾那渺渺的黄光，不胜依恋之情；我们感到了寂寞了！这一段地方夜色甚浓，又有两头的灯火招邀着；桥外的灯火不用说了，过了桥另有东关头疏疏的灯火。我们忽然仰头看见依人的素月，不觉深悔归来之早了！走过东关头，有一两只大船湾泊着，又有几只船向我们来着。嚣嚣的一阵歌声人语，仿佛笑我们无伴的孤舟哩。东关头转弯，河上的夜色更浓了；临水的妓楼上，时时从帘缝里射出一线一线的灯光；仿佛黑暗从酣睡里眨了一眨眼。我们默然地对着，静听那汩——汩的桨声，几乎要入睡了；朦胧里却温寻着适才的繁华的余味。我那不安的心在静里愈显活跃了！这时我们都有了不足之感，而我的更其浓厚。我们却又不愿回去，于是只能由懊悔而怅惘了。船里便满

---

[1] 原诗是，"我为了自己的儿女才爱小孩子，为了自己的妻才爱女人。"——作者注

载着怅惘了。直到利涉桥下,微微嘈杂的人声,才使我豁然一惊;那光景却又不同。右岸的河房里,都大开了窗户,里面亮着晃晃的电灯,电灯的光射到水上,蜿蜒曲折,闪闪不息,正如跳舞着的仙女的臂膊。我们的船已在她的臂膊里了;如睡在摇篮里一样,倦了的我们便又入梦了。那电灯下的人物,只觉像蚂蚁一般,更不去萦念。这是最后的梦;可惜是最短的梦!黑暗重复落在我们面前,我们看见傍岸的空船上一星两星的,枯燥无力又摇摇不定的灯光。我们的梦醒了,我们知道就要上岸了;我们心里充满了幻灭的情思。

背　影

我与父亲不相见已二年余了，我最不能忘记的是他的背影。那年冬天，祖母死了，父亲的差使也交卸了，正是祸不单行的日子，我从北京到徐州，打算跟着父亲奔丧回家。到徐州见着父亲，看见满院狼藉的东西，又想起祖母，不禁簌簌地流下眼泪。父亲说，"事已如此，不必难过，好在天无绝人之路！"

回家变卖典质，父亲还了亏空；又借钱办了丧事。这些日子，家中光景很是惨淡，一半为了丧事，一半为了父亲赋闲。丧事完毕，父亲要到南京谋事，我也要回北京念书，我们便同行。

到南京时，有朋友约去游逛，勾留了一日；第二日上午便须渡江到浦口，下午上车北去。父亲因为事忙，本已说定不送我，叫旅馆里一个熟识的茶房陪我同去。他再三嘱咐茶房，甚是仔细。但他终于不放心，怕茶房不妥帖；颇踌躇了一会儿。其实我那年已二十岁，北京已来往过两三次，是没有什么要紧的了。他踌躇了一会儿，终于决定还是自己送我去。我两三回劝他不必去；他只说，"不要紧，他们去不好！"

我们过了江，进了车站。我买票，他忙着照看行李。行李太多了，得向脚夫行些小费，才可过去。他便又忙着和他们讲价钱。我那时真是聪明过分，总觉他说话不大漂亮，非自己插嘴不可。但他终于讲定了价钱；就送我上车。他给我拣定了靠车门的一张椅子；我将他给我做的紫毛大衣铺好座位。他嘱我路上小心，夜里要警醒些，不要受凉。又嘱托茶房好好照应我。我心里暗笑他的迂；他们只认得钱，托他们真是白托！而且我这样大年纪的人，难道还不能料理自己么？唉，我现在想想，那时真是太聪明了！

我说道，"爸爸，你走吧。"他往车外看了看，说，"我买几个橘子去。你就在此地，不要走动。"我看那边月台的栅栏外有几个卖东西的等着顾客。走到那边月台，须穿过铁道，须跳下去又爬上去。父亲是一个胖子，走过去自然要费事些。我本来要去的，他不肯，只好让他去。我看见他戴着黑布小帽，穿着黑布大马褂，深青布棉袍，蹒跚地走到铁道边，慢慢探身下去，尚不大难。可是他穿过铁道，要爬上那边月台，就不容易了。他用两手攀着上面，两脚再向上缩；他肥胖的身子向左微倾，显出努力的样子。这时我看见他的背影，我的泪很快地流下来了。我赶紧拭干了泪，怕他看见，也怕别人看见。我再向外看时，他已抱了朱红的橘子往回走了。过铁道时，他先将橘子散放在地上，自己慢慢爬下，再抱起橘子走。到这边时，我赶紧去搀他。他和我走到车上，将橘子一股脑儿放在我的皮大衣上。于是扑扑衣上的泥土，心里很轻松似的，过一会儿说，"我走了，到那边来信！"我望着他走出去。他走了几步，回过头看见我，说，"进去吧，里边没人。"等他的背影混入来来往往的人里，再找不着了，我便进来坐下，我的眼泪又来了。

近几年来，父亲和我都是东奔西走，家中光景是一日不如一日。他少年出外谋生，独力支持，做了许多大事。哪知老境却如此颓唐！他触目伤怀，自然情不能自已。情郁于中，自然要发之于外；家庭琐屑便往往触他之怒。他待我渐渐不同往日。但最近两年的不见，他终于忘却我的不好，只是惦记着我，惦记着我的儿子。我北来后，他写了一信给我，信中说道："我身体平安，唯膀子疼痛厉害，举箸提笔，诸多不便，大约大去之期不远矣。"我读到此处，在晶莹的泪光中，又看见那肥胖的、青布棉袍、黑布马褂的背影。唉！我不知何时再能与他相见！

荷塘月色

这几天心里颇不宁静。今晚在院子里坐着乘凉,忽然想起日日走过的荷塘,在这满月的光里,总该另有一番样子吧。月亮渐渐地升高了,墙外马路上孩子们的欢笑,已经听不见了;妻在屋里拍着闰儿,迷迷糊糊地哼着眠歌。我悄悄地披了大衫,带上门出去。

沿着荷塘,是一条曲折的小煤屑路。这是一条幽僻的路;白天也少人走,夜晚更加寂寞。荷塘四面,长着许多树,蓊蓊郁郁的。路的一旁,是些杨柳,和一些不知道名字的树。没有月光的晚上,这路上阴森森的,有些怕人。今晚却很好,虽然月光也还是淡淡的。

路上只我一个人,背着手踱着。这一片天地好像是我的;我也像超出了平常的自己,到了另一世界里。我爱热闹,也爱冷静;爱群居,也爱独处。像今晚上,一个人在这苍茫的月下,什么都可以想,什么都可以不想,便觉是个自由的人。白天里一定要做的事,一定要说的话,现在都可不理。这是独处的妙处;我且受用这无边的荷香月色好了。

曲曲折折的荷塘上面,弥望的是田田的叶子。叶子出水很高,像亭亭的舞女的裙。层层的叶子中间,零星地点缀着些白花,有袅娜地开着的,有羞涩地打着朵儿的;正如一粒粒的明珠,又如碧天里的星星,又如刚出浴的美人。微风过处,送来缕缕清香,仿佛远处高楼上渺茫的歌声似的。这时候叶子与花也有一丝的颤动,像闪电般,霎时传过荷塘的那边去了。叶子本是肩并肩密密地挨着,这便宛然有了一道凝碧的波痕。叶子底下是脉脉的流水,遮住了,不能见一些颜色;而叶子却更见风致了。

月光如流水一般,静静地泻在这一片叶子和花上。薄薄的青雾浮起在荷塘里。叶子和花仿佛在牛乳中洗过一样;又像笼着轻纱的梦。虽然是满月,天上却有一层淡淡的云,所以不能朗照;但我以为这恰是到了好处——酣眠固不可少,小睡也别有风味的。月光是隔了树照过来的,高处丛生的灌木,落下参差的斑驳的黑影,峭楞楞如鬼一般;弯弯的杨柳的稀疏的倩影,却又像是画在荷叶上。塘中的月色并不均匀;但光与影有着和谐的旋律,如梵婀玲上奏着的名曲。

荷塘的四面,远远近近、高高低低都是树,而杨柳最多。这些树将一片荷塘重重围住;只在小路一旁,漏着几段空隙,像是特为月光留下的。树色一例是阴阴的,乍看像一团烟雾;但杨柳的风姿,便在烟雾里也辨得出。树梢上隐隐约约的是一带远山,只有些大意罢了。树缝里也漏着一两点路灯光,没精打采的,是渴睡人的眼。这时候最热闹的,要数树上的蝉声与水里的蛙声;但热闹是它们的,我什么也没有。

忽然想起采莲的事情来了。采莲是江南的旧俗,似乎很早就有,而六朝时为盛;从诗歌里可以约略知道。采莲的是少年的女子,她们是荡着小船,唱着艳歌去的。采莲人不用说很多,还有看采莲的人。那是一个热闹的季节,也是一个风流的季节。梁元帝《采莲赋》里说得好:

> 于是妖童媛女,荡舟心许;鹢首徐回,兼传羽杯;棹将移而藻挂,船欲动而萍开。尔其纤腰束素,迁延顾步;夏始春余,叶嫩花初,恐沾裳而浅笑,畏倾船而敛裾。

可见当时嬉游的光景了。这真是有趣的事,可惜我们现在早已无福消受了。

于是又记起《西洲曲》里的句子:采莲南塘秋,莲花过人头;低头弄莲子,莲子清如水。今晚若有采莲人,这儿的莲花也算得"过人头"了;只不见一些流水的影子,是不行的。这令我到底惦着江南了。——这样想着,猛一抬头,不觉已是自己的门前;轻轻地推门进去,什么声息也没有,妻已睡熟好久了。

论 自 己

翻开辞典,"自"字下排列着数目可观的成语,这些"自"字多指自己而言。这中间包括着一大堆哲学,一大堆道德,一大堆诗文和废话,一大堆人,一大堆我,一大堆悲喜剧。自己"真乃天下第一英雄好汉",有这么些可说的,值得说值不得说的!难怪纽约电话公司研究电话里最常用的字,在五百次通话中会发现三千九百九十次的"我"。这"我"字便是自己称自己的声音,自己给自己的名儿。

自爱自怜!真是天下第一英雄好汉也难免的,何况区区寻常人!冷眼看去,也许只觉得在那枉自尊大狂妄得可笑;可是这只见了真理的一半儿。掉过脸儿来,自爱自怜确也有不得不自爱自怜的。幼小时候有父母爱怜你,特别是有母亲爱怜你。到了长大成人,"娶了媳妇儿忘了娘",娘这样看时就不必再爱怜你,至少不必再像当年那样爱怜你。——女的呢,"嫁出门的女儿,泼出门的水";做母亲的虽然未必这样看,可是形格势禁而且鞭长莫及,就是爱怜得着,也只算找补点罢了。爱人该爱怜你?然而爱人们的嘴一例是甜蜜的,谁能说"你泥中有我,我泥中有你!"真有那么回事儿?赶到爱人变了太太,再生了孩子,你算成了家,太太得管家管孩子,更不能一心儿爱怜你。你有时候会病,"久病床前无孝子",太太怕也够倦的,够烦的。住医院?好,假如有运气住到像当年北平协和医院样的医院里去,倒是比家里强得多。但是护士们看护你,是服务,是工作;也许夹上点儿爱怜在里头,那是"好生之德",不是爱怜你,是爱怜"人类"。——你又不能老呆在家里,一离开家,怎么也算"作客";那时候更没有爱怜你的。可以有朋友招呼你;但朋友有朋友的事儿,哪能教他将心常放在你身上?可以有属员或仆役伺候你,那——说得上是爱怜么?总而言之,天下第一爱怜自己的,只有自己;自爱自怜的道理就在这儿。

再说，"大丈夫不受人怜。"穷有穷干，苦有苦干；世界那么大，凭自己的身手，哪儿就打不开一条路？何必老是向人愁眉苦脸唉声叹气的！愁眉苦脸不顺耳，别人会来爱怜你？自己免不了伤心的事儿，咬紧牙关忍着，等些日子，等些年月，会平静下去的。说说也无妨，只别不拣时候不看地方老是向人叨叨，叨叨得谁也不耐烦的岔开你或者躲开你。也别怨天怨地将一大堆感叹的句子向人身上扔过去。你怨的是天地，倒碍不着别人，只怕别人奇怪你的火气怎么这样大。——自己也免不了吃别人的亏。值不得计较的，不做声吞下肚去。出入大的想法子复仇，力量不够，卧薪尝胆的准备着。可别这儿那儿尽嚷嚷——嚷嚷完了一扔开，倒便宜了那欺负你的人。"好汉胳膊折了往袖子里藏"，为的是不在人面前露怯相，要人爱怜这"苦人儿"似的，这是要强，不是装。说也怪，不受人怜的人倒是能得人怜的人；要强的人总是最能自爱自怜的人。

大丈夫也罢，小丈夫也罢，自己其实是渺乎其小的，整个儿人类只是一个小圆球一些碳水化合物，像现代一位哲学家说的，别提一个人的自己了。庄子所谓马体一毛，其实还是放大了看的。英国有一家报纸登过一幅漫画，画着一个人，仿佛在一间铺子里，周遭陈列着从他身体里分析出来的各种元素，每种标明分量和价目，总数是五先令——那时合七元钱。现在物价涨了，怕要合国币一千元了罢？然而，个人的自己也就值区区这一千元儿！自己这般渺小，不自爱自怜着点又怎么着！然而，"顶天立地"的是自己，"天地与我并生，万物与我为一"的也是自己；有你说这些话大处只是好听的话语，好看的文句？你能愣说这样的自己没有！有这么的自己，岂不更值得自爱自怜的？再说自己的扩大，在一个寻常人的生活里也可见出。且先从小处看。小孩子就爱搜集各国的邮票，正是在扩大自己的世界。从前有人劝学世界语。说是可以和各国人通信。你觉得这话幼稚可笑？可是这未尝不是扩大自己的一个方向。再说这回抗战，许多人都走过了若干地方，增长了若干阅历。特别是青年人身上，你一眼就看出来，他们是和抗战前不同了，他们的自己扩大了。——这样看，自己的小，自己的大，自己的由小而大，在自己都是好的。

自己都觉得自己好，不错；可是自己的确也都爱好。做官的都爱做好官，不过往往只知道爱做自己家里人的好官，自己亲戚朋友的好官；这种好官往往是自己国家的贪官污吏。做盗贼的也都爱做好盗贼——好喽啰，好伙伴，好头儿，可都只在贼窝里。有大好，有小好，有好得这样坏。自己关闭在自己的丁点大的世界里，往往越爱好越坏。所以非扩大自己不可。但是扩大自己得一圈儿一圈儿的，得充实，得踏实。别像肥皂泡儿，一大就裂。"大丈夫能屈能伸"，该屈的得屈点儿，别只顾伸出自己去。也得估计自己的力量。力量不够的话，"人一能之，己百之，人十能之，己千之"；得寸是寸，得尺是尺。总之路是有的。看得远，想得开，把得稳；自己是世界的时代的一环，别脱了节才真算好。力量怎样微弱，可是是自己的。相信自己，靠自己，随时随地尽自己的一份儿往最好里做去，让自己活得有意思，一时一刻一分一秒都有意思。这么着，自爱自怜才真是有道理的。

论 别 人

有自己才有别人，也有别人才有自己。人人都懂这个道理，可是许多人不能行这个道理。本来自己以外都是别人，可是有相干的，有不相干的。可以说是"我的"那些，如我的父母妻子，我的朋友等，是相干的别人，其余的是不相干的别人。相干的别人和自己合成家族亲友；不相干的别人和自己合成社会国家。自己也许愿意只顾自己，但是自己和别人是相对的存在，离开别人就无所谓自己，所以他得顾到家族亲友，而社会国家更要他顾到那些不相干的别人。所以"自了汉"不是好汉，"自顾自"不是好话，"自私自利"，"不顾别人死活"，"只知有己，不知有人"的，更都不是好人。所以孔子之道只是个忠恕：忠是己之所欲，以施于人，恕是"己所不欲，勿施于人"。这是一件事的两面，所以说"一以贯之"。孔子之道，只是教人为别人着想。

可是儒家有"亲亲之杀"的话，为别人着想也有个层次。家族第一，亲戚第二，朋友第三，不相干的别人挨边儿。几千年来顾家族是义务，顾别人多多少少只是义气；义务是份内，义气是份外。可是义务似乎太重了，别人压住自己。这才来了五四时代。这是个自我解放的时代，个人从家族的压迫下挣出来，开始独立在社会上。于是乎自己第一，高于一切，对于别人，几乎什么义务也没有了似的。可是又都要改造社会，改造国家，甚至于改造世界，说这些是自己的责任。虽然是责任，却是无限的责任，爱尽不尽，爱尽多少尽多少；社会国家世界都可以只是些抽象名词，不像一家老小在张着嘴等着你。所以自己顾自己，在实际上第一，兼顾社会国家世界，在名义上第一，这算是义务。顾到别人，无论相干的不相干的，都只是义气，而且是客气。这些解放了的，以及生得晚没有赶上那种压迫的人，既然自己高于一切，别人自当不在眼下，而居然顾到别人，自当算是客气。其实在这些天之骄子各自的眼里，别人都似乎为自己活着，都得来供养自己才是道理。"我爱我"成为风气，处处为自己着想，说是"真"；为别人着想倒说是"假"，是"虚伪"。可是这儿"假"倒有些可爱，"真"倒有些可怕似的。

　　为别人着想其实也只是从自己推到别人，或将自己当作别人，和为自己着想并无根本的差异。不过推己及人，设身处地，确需要相当的勉强，不像"我爱我"那样出于自然。所谓"假"和"真"大概是这种意思。这种"真"未必就好，这种"假"也未必就是不好。读小说看戏，往往会为书中人戏中人捏一把汗，掉眼泪，所谓替古人担忧。这也是推己及人，设身处地；可是因为人和地只在书中戏中，并非实有，没有利害可计较，失去相干的和不相干的那分别，所以"推""设"起来，也觉自然而然。作小说的演戏的就不能如此，得观察，揣摩，体贴别人的口气，身份，心理，才能达到"逼真"的地步。特别是演戏，若不能忘记自己，那非糟不可。这个得勉强自己，训练自己；训练越好，越"逼真"，越美，越能感染读者和观众。如果"真"是"自然"，小说的读者，戏剧的观众那样为别人着想，似乎不能说是"假"。小说的作者，戏剧的演员的观察，揣摩，体贴，似乎"假"，可是他们能以达到"逼真"的地步，所求的还是"真"。在文艺里为别人着想是"真"，在现实生活里却说是"假"，"虚伪"，似乎是利害的计较使然；利害的计较是骨子，"真"，"假"，"虚伪"只是好看的门面罢了。计较利害过了分，真是像法朗士说的"关闭在自己的牢狱里"；老那么关闭着，非死不可。这些人幸而还能读小说看戏，该仔细吟味，从那里学习学习怎样为别人着想。

　　五四以来，集团生活发展。这个那个集团和家族一样是具体的，不像社会国家有时可以只是些抽象名词。集团生活将原不相干的别人变成相干的别人，要求你也训练你顾到别人，至少是那广大的相干的别人。集团的约束力似乎一直在增强中，自己不得不为别人着想。那自己第一，自己高于一切的信念似乎渐渐低下头去了。可是来了抗战的大时代。抗战的力量无疑的出于二十年来集团生活的发展。可是抗战以来，集团生活发展的太快了，这儿那儿不免有多少还不能够得着均衡的地方。个人就又出了头，自己就又可以高于一切；现在却不说什么"真"和"假"了，只凭着神圣的抗战的名字做那些自私自利的事，名义上是顾别人，实际上只顾自己。自己高于一切，自己的集团或机关也就高于一切；自己肥，自己机关肥，别人瘦，别人机关瘦，

论别人

乐自己的，管不着！——瘦瘪了，饿死了，活该！相信最后的胜利到来的时候，别人总会压下那些猬獗的卑污的自己的。这些年自己实在太猬獗了，总盼望压下它的头去。自然，一个劲儿顾别人也不一定好，仗义忘身，急人之急，确是英雄好汉，但是难得见。常见的不是敷衍妥协的乡愿，就是卑屈甚至谄媚的可怜虫，这些人只是将自己丢进了垃圾堆里！可是，有人说得好，人生是比例问题。目下自己正在张牙舞爪的，且头痛医头，脚痛医脚，先来多想想别人罢！

论 诚 意

　　诚伪是品性，却又是态度。从前论人的诚伪，大概就品性而言。诚实，诚笃，至诚，都是君子之德；不诚便是诈伪的小人。品性一半是生成，一半是教养；品性的表现出于自然，是整个儿的为人。说一个人是诚实的君子或诈伪的小人；是就他的行迹总算账。君子大概总是君子，小人大概总是小人。虽然说气质可以变化，盖了棺才能论定人，那只是些特例。不过一个社会里，这种定型的君子和小人并不太多，一般常人都浮沉在这两界之间。所谓浮沉，是说这些人自己不能把握住自己，不免有诈伪的时候。这也是出于自然。还有一层，这些人对人对事有时候自觉的加减他们的诚，去适应那局势。这就是态度。态度不一定反映出品性来；一个诚实的朋友到了不得已的时候，也会撒个谎什么的。态度出于必要，出于处世的或社交的必要，常人是免不了这种必要的。这是"世故人情"的一个项目。有时可以原谅，有时甚至可以容许。态度的变化多，在现代多变的社会里也许更会使人感兴趣些。我们嘴里常说的，笔下常写的"诚恳""诚意"和"虚伪"等词，大概都是就态度说的。

　　但是一般人用这几个词似乎太严格了一些。照他们的看法，不诚恳无诚意的人就未免太多。而年轻人看社会上的人和事，除了他们自己以外差不多尽是虚伪的。这样用"虚伪"那个词，又似乎太宽泛了一些。这些跟老先生们开口闭口说"人心不古，世风日下"同样犯了笼统的毛病。一般人似乎将品性和态度混为一谈，年轻人也如此，却又加上了"天真""纯洁"种种幻想。诚实的品性确是不可多得，但人孰无过，不论那方面，完人或圣贤总是很少的。我们恐怕只能宽大些，卑之无甚高论，从态度上着眼。不然无谓的烦恼和纠纷就太多了。至于天真纯洁，似乎只是儿童的本分——老气横秋的儿童实在不顺眼。可是一个人若总是那么天真纯洁下去，他自己也许还没有什么,给别人的麻烦却就太多。有人赞美"童心""孩子气",那也只限于无关大体的小节目,取其可以调剂调剂平板的氛围气。若是重要关头也如此,那时天真恐怕只是任性,纯洁恐怕只是无知罢了。幸而不诚恳,无诚意,虚伪等等已经成了口头禅,一般人只是跟着大家信口说着,至多皱皱眉,冷笑笑,表示无可奈何的样子就过去了。自然也短不了认真的,那却苦了自己,甚至于苦了别人。年轻人容易认真,容易不满意,他们的不满意往往是社会改革的动力。可是他们也得留心,若是在诚伪的分别上认真得过了分,也许会成为虚无主义者。

人与人事与事之间各有分际,言行最难得恰如其分。诚意是少不得的,但是分际不同,无妨斟酌加减点儿。种种礼数或过场就是从这里来的。有人说礼是生活的艺术,礼的本意应该如此。日常生活里所谓客气,也是一种礼数或过场。有些人觉得客气太拘形迹,不见真心,不是诚恳的态度。这些人主张率性自然。率性自然未尝不可,但是得看人去。若是一见生人就如此这般,就有点野了,即使熟人,毫无节制的率性自然也不成。夫妇算是熟透了的,有时还得"相敬如宾",别人可想而知。总之,在不同的局势下,率性自然可以表示诚意,客气也可以表示诚意,不过诚意的程度不一样罢了。客气要大方,合身份,不然就是诚意太多;诚意太多,诚意就太贱了。

看人,请客,送礼,也都是些过场。有人说这些只是虚伪的俗套,无聊的玩意儿。但是这些其实也是表示诚意的。总得心里有这个人,才会去看他,请他,送他礼,这就有诚意了。至于看望的次数,时间的长短,请作主客或陪客,送礼的情形,只是诚意多少的分别,不是有无的分别。看人又有回看,请客有回请,送礼有回礼,也只是回答诚意。古语说得好,"来而不往非礼也",无论古今,人情总是一样的。有一个人送年礼,转来转去,自己送出去的礼物,有一件竟又回到自己手里。他觉得虚伪无聊,当作笑谈。笑谈确乎是的,但是诚意还是有的。又一个人路上遇见一个本不大熟的朋友向他说,"我要来看你。"这个人告诉别人说,"他用不着来看我,我也知道他不会来看我,你瞧这句话才没意思哪!"那个朋友的诚意似乎是太多了。凌叔华女士写过一个短篇小说,叫做《外国规矩》,说一位青年留学生陪着一位旧家小姐上公园,尽招呼她这样那样的。她以为让他爱上了,哪里知道他行的只是"外国规矩"!这喜剧由于那位旧家小姐不明白新礼数,新过场,多估量了那位留学生的诚意。可见诚意确是有分量的。

　　人为自己活着，也为别人活着。在不伤害自己身份的条件下顾全别人的情感，都得算是诚恳，有诚意。这样宽大的看法也许可以使一些人活得更有兴趣些。西方有句话，"人生是做戏。"做戏也无妨，只是有心往好里做就成。客气等等一定有人觉得是做戏，可是只要为了大家好，这种戏也值得做的。另一方面，诚恳，诚意也未必不是戏。现在人常说，"我很诚恳的告诉你"，"我是很有诚意的"，自己标榜自己的诚恳，诚意，大有卖瓜的说瓜甜的神气，诚实的君子大概不会如此。不过一般人也已习惯自然，知道这只是为了增加诚意的分量，强调自己的态度，跟买卖人的吆喝到底不是一回事儿。常人到底是常人，得跟着局势斟酌加减他们的诚意，变化他们的态度；这就不免沾上了些戏味。西方还有句话，"诚实是最好的政策"，"诚实"也只是态度；这似乎也是一句戏词儿。

沉　　默

沉默是一种处世哲学，用得好时，又是一种艺术。

谁都知道口是用来吃饭的，有人却说是用来接吻的。我说满没有错儿；但是若统计起来，口的最多的（也许不是最大的）用处，还应该是说话，我相信。按照时下流行的议论，说话大约也算是一种"宣传"，自我的宣传。所以说话彻头彻尾是为自己的事。若有人一口咬定是为别人，凭了种种神圣的名字；我却也愿意让步，请许我这样说：说话有时的确只是间接地为自己，而直接的算是为别人！

自己以外有别人，所以要说话；别人也有别人的自己，所以又要少说话或不说话。于是乎我们懂得沉默。你若念过鲁迅先生的《祝福》，一定会立刻明白我的意思。

一般人见生人时，大抵会沉默的，但也有不少例外。常在火车轮船里，看见有些人迫不及待似地到处向人问讯，攀谈，无论那是搭客或茶房，我只有羡慕这些人的健康；因为在中国这样旅行中，竟会不感觉一点儿疲倦！见生人的沉默，大约由于原始的恐惧，但是似乎也还有别的。假如这个生人的名字，你全然不熟悉，你所能做的工作，自然只是有意或无意的防御——像防御一个敌人。沉默便是最安全的防御战略。你不一定要他知道你，更不想让他发现你的可笑的地方——一个人总有些可笑的地方不是？——；你只让他尽量说他所要说的，若他是个爱说的人。末了你恭恭敬敬和他分别。假如这个生人，你愿意和他做朋友，你也还是得沉默。但是得留心听他的话。选出几处，加以简短的，相当的赞词；至少也得表示相当的同意。这就是知己的开场，或说起码的知己也可。假如这个人是你所敬仰的或未必敬仰的"大人物"，你记住，更不可不沉默！大人物的言语，乃至脸色眼光，都有异样的地方；你最好远远地坐着，让那些同伴上前线去。——自然，我说的只是你偶然地遇着或随众访问大人物的时候。若你愿意专诚拜谒，你得另想办法；在我，那却是一件可怕的事。——你看看大人物与非大人物或大人物与大人物间谈话的情形，准可以满足，而不用从牙缝里迸出一个字。说话是一件费神的事，能少说或不说以及应少说或不说的时候，沉默实在是长寿之一道。至于自我宣传，诚哉重要——谁能不承认这是重要呢？——，但对于生人，这是白费的；他不会领略你宣传的旨趣，只暗笑你的宣传热；他会忘记得干干净净，在和你一鞠躬或一握手以后。

　　朋友和生人不同，就在他们能听也肯听你的说话——宣传。这不用说是交换的，但是就是交换的也好。他们在不同的程度下了解你，谅解你；他们对于你有了相当的趣味和礼貌。你的话满足他们的好奇心，他们就趣味地听着；你的话严重或悲哀，他们因为礼貌的缘故，也能暂时跟着你严重或悲哀。在后一种情形里，满足的是你；他们所真感到的怕倒是矜持的气氛。他们知道"应该"怎样做；这其实是一种牺牲，"应该"也"值得"感谢的。但是即使在知己的朋友面前，你的话也还不应该说得太多；同样的故事，情感，和警句，隽语，也不宜重复的说。《祝福》就是一个好榜样。你应该相当的节制自己，不可妄想你的话占领朋友们整个的心——你自己的心，也不会让别人完全占领呀！你更应该知道怎样藏匿你自己。只有不可知，不可得的，才有人去追求；你若将所有的尽给了别人，你对于别人，对于世界，将没有丝毫意义，正和医学生实习解剖时用过的尸体一样。那时是不可思议的孤独，你将不能支持自己，而倾仆到无底的黑暗里去。一个情人常喜欢说："我愿意将所有的都献给你！"谁真知道他或她所有的是些什么呢？第一个说这句话的人，只是表示自己的慷慨，至多也只是表示一种理想；以后跟着说的，更只是"口头禅"而已。所以朋友间，甚至恋人间，沉默还是不可少的。你的话应该像黑夜的星星，不应该像除夕的爆竹——谁稀罕那彻宵的爆竹呢？而沉默有时更有诗意。譬如在下午，在黄昏，在深夜，在大而静的屋子里，短时的沉默，也许远胜于连续不断的倦怠了的谈话。有人称这种境界为"无言之美"，你瞧，多漂亮的名字！——至于所谓"拈花微笑"，那更了不起了！

　　可是沉默也有不行的时候。人多时你容易沉默下去，一主一客时，就不准行。你的过分沉默，也许把你的生客惹恼了，赶跑了！倘使你愿意赶他，当然很好；倘使你不愿意呢，你就得不时的让他喝茶，抽烟，看画片，读报，

沉 默

听话匣子,偶然也和他谈谈天气,时局——只是复述报纸的记载,加上几个不能解决的疑问——,总以引他说话为度。于是你点点头,哼哼鼻子,时而叹叹气,听着。他说完了,你再给起个头,照样的听着。但是我的朋友遇见过一个生客,他是一位准大人物,因某种礼貌关系看我的朋友。他坐下时,将两手笼起,搁在桌上。说了几句话,就止住了,两眼炯炯地直看着我的朋友。我的朋友窘极,好容易陆陆续续地找出一句半句话来敷衍。这自然也是沉默的一种用法,是上司对属僚保持威严用的。用在一般交际里,未免太露骨了;而在上述的情形中,不为主人留一些余地,更属无礼。大人物以及准大人物之可怕,正在此等处。至于应付的办法,其实倒也有,那还是沉默;只消照样笼了手,和他对看起来,他大约也就无可奈何了罢?

徐志摩

我所知道的康桥[1]

一

  我这一生的周折，大都寻得出感情的线索。不论别的，单说求学。我到英国是为要从卢梭[2]。卢梭来中国时，我已经在美国。他那不确的死耗传到的时候，我真的出眼泪不够，还做悼诗来了。他没有死，我自然高兴。我摆脱了哥伦比亚[3]大博士衔的引诱，买船漂过大西洋，想跟这位20世纪的福禄泰尔[4]认真念一点书去。谁知一到英国才知道事情变样了：一为他在战时主张和平，二为他离婚，卢梭叫康桥给除名了，他原来是 Trinity College 的 fellow[5]，这一来他的 fellowship[6] 也给取消了。他回英国后就在伦敦住下，夫妻两人卖文章过日子。因此我也不曾遂我从学的始愿。我在伦敦政治经济学院里混了半年，正感着闷想换路走的时候，我认识了狄更生[7]先生。狄更生——Goldsworthy Lowes Dickinson——是一个有名的作者，他的《一个中国人通信》(Letters form John Chinaman) 与《一个现代聚餐谈话》(A Modern Symposium) 两本小册子早得了我的景仰。我第一次会着他是在伦敦国际联盟协会席上，那天林宗孟[8]先生演说，他做主席；第二次是宗孟寓里吃茶，有他。以后我常到他家里去。他看出我的烦闷，劝我到康桥去，他自己是王家学院（King's College）的 fellow。我就写信去问两个学院，回信都说学额早满了，随后还是狄更生先生替我去在他的学院里说好了，给我一个特别生的资格，随意选科听讲。从此黑方巾、黑披袍的风光也被我占着了。初起我在离康桥六英里的乡下叫沙士顿地方租了几间小屋住下，同居的有我从前的夫人张幼仪女士与郭虞裳[9]君。每天一早我坐街车（有时自行车）上学到晚回家。这样的生活过了一个春，但我在康桥还只是个陌生人谁都不认识，康桥的生活，可以说完全不曾尝着，我知道的只是一个图书馆，几个课室和三两个吃便宜饭的茶食铺子。狄更生常在伦敦或是大陆上，所以也不常见他。那年的秋季我一个人回到康桥，整整有一学年，那时我才有机会接近真正的康桥生活，同时，我也慢慢的"发见"了康桥。我不曾知道过更大的愉快。

[1] 康桥，通译剑桥，在英国东南部，这里指剑桥大学。
[2] 卢梭，通译罗素，英国哲学家、逻辑学家，1921年曾来中国讲学。
[3] 哥伦比亚，这里指哥伦比亚大学，在美国纽约。
[4] 福禄泰尔，通译伏尔泰，法国启蒙思想家、哲学家、作家。
[5] Trinity College 的 fellow，即三一学院（属剑桥大学）的评议员。
[6] fellowship 即评议员资格。
[7] 狄更生，英国作家、学者。
[8] 林宗孟，即林长民，晚清立宪派人士，辛亥革命后曾任司法总长。
[9] 郭虞裳：曾任上海《旧事新报》的副刊《学灯》的主编，后去欧洲留学。

二

"单独"是一个耐寻味的现象。我有时想它是任何发见的第一个条件。你要发见你的朋友的"真"，你得有与他单独的机会。你要发见你自己的真，你得给你自己一个单独的机会。你要发见一个地方（地方一样有灵性），你也得有单独玩的机会。我们这一辈子，认真说，能认识几个人？能认识几个地方？我们都是太匆忙，太没有单独的机会。说实话，我连我的本乡都没有什么了解。康桥我要算是有相当交情的，再次许只有新认识的翡冷翠[1]了。啊，那些清晨，那些黄昏，我一个人发疑似的在康桥！绝对的单独。

[1] 翡冷翠，通译佛罗伦萨，意大利中部城市。

但一个人要写他最心爱的对象，不论是人是地，是多么使他为难的一个工作？你怕，你怕描坏了它，你怕说过分了恼了它，你怕说太谨慎了辜负了它。我现在想写康桥，也正是这样的心理，我不曾写，我就知道这回是写不好的——况且又是临时逼出来的事情。但我却不能不写，上期预告已经出去了。我想勉强分两节写：一是我所知道的康桥的天然景色；一是我所知道的康桥的学生生活。我今晚只能极简地写些，等以后有兴会时再补。

三

康桥的灵性全在一条河上；康河，我敢说是全世界最秀丽的一条水。河的名字是葛兰大（Granta），也有叫康河（River Cam）的，许有上下流的区别，我不甚清楚。河身多的是曲折，上游是有名的拜伦潭——"Byron's Pool"——当年拜伦常在那里玩的；有一个老村子叫格兰骞斯德，有一个果子园，你可以躺在累累的桃李树荫下吃茶，花果会掉入你的茶杯，小雀子会到你桌上来啄食，那真是别有一番天地。这是上游；下游是从骞斯德顿下去，河面展开，那是春夏间竞舟的场所。上下河分界处有一个坝筑，水流急得很，在星光下听水声，听近村晚钟声，听河畔倦牛刍草声，是我康桥经验中最神秘的一种：大自然的优美、宁静，调谐在这星光与波光的默契中不期然地淹入了你的性灵。

但康河的精华是在它的中权，著名的"Backs"。这两岸是几个最蜚声的学院的建筑。从上面下来是 Pembroke, St. Katharine's, King's, Clare, Trinity, St. John's。最令人流连的一节是克莱亚与王家学院的毗连处，克莱亚的秀丽紧邻着王家教堂（King's Chapel）的宏伟。别的地方尽有更美更庄严的建筑，例如巴黎赛因河的罗浮宫一带，威尼斯的利阿尔多大桥的两岸，翡冷翠维基乌大桥的周遭；但康桥的"Backs"自有它的特长，这不容易用一两个状词来概括，它那脱尽尘埃气的一种清澈秀逸的意境可说是超出了画图而化生了音乐的神味。再没有比这一群建筑更调谐更匀称的了！

论画，可比的许只有柯罗（Corot）的田野；论音乐，可比的许只有肖班[1]（Chopin）的夜曲。就这，也不能给你依稀的印象，它给你的美感简直是神灵性的一种。

[1] 肖班，通译肖邦，波兰作曲家、钢琴家。

假如你站在王家学院桥边的那棵大树荫下眺望，右侧面，隔着一大方浅草坪，是我们的校友居（Fellows Building），那年代并不早，但它的妩媚也是不可掩的，它那苍白的石壁上春夏间满缀着艳色的蔷薇在和风中摇头，更移左是那教堂，森林似的尖阁不可渑地永远直指着天空；更左是克莱亚，啊！那不可信的玲珑的方庭，谁说这不是圣克莱亚（St. Clare）的化身，哪一块石上不闪耀着她当年圣洁的精神？在克莱亚后背隐约可辨的是康桥最潇贵最骄纵的三一学院（Trinity），它那临河的图书楼上坐镇着拜伦神采惊人的雕像。

但这时你的注意早已叫克莱亚的三环洞桥魔术似的摄住。你见过西湖白堤上的西泠断桥不是？（可怜它们早已叫代表近代丑恶精神的汽车公司给铲平了，现在它们跟着苍凉的雷峰永远辞别了人间。）你忘不了那桥上斑驳的苍苔，木栅的古色，与那桥拱下泄露的湖光与山色不是？克莱亚并没有那样体面的衬托，它也不比庐山栖贤寺旁的观音桥，上瞰五老的奇峰，下临深潭与飞瀑；它只是怯伶伶的一座三环洞的小桥，它那桥洞间也只掩映着细纹的波鄰与婆娑的树影，它那桥上栉比的小穿兰与兰节顶上双双的白石球，也只是村姑子头上不夸张的香草与野花一类的装饰；但你凝神地看着，更凝神地看着，你再反省你的心境，看还有一丝屑的俗念沾滞不？只要你审美的本能不曾泪灭时，这是你的机会实现纯粹美感的神奇！

但你还得选你赏鉴的时辰。英国的天时与气候是走极端的。冬天是荒谬的坏，逢着连绵的雾盲天你一定不迟疑地甘愿进地狱本身去试试；春天（英国是几乎没有夏天的）是更荒谬得可爱，尤其是它那四五月间最渐缓最艳丽的黄昏，那才真是寸寸黄金。在康河边上过一个黄昏是一服灵魂的补剂。啊！我那时蜜甜的单独，那时蜜甜的闲暇。一晚又一晚的，只见我出神似的倚在桥阑上向西天凝望——

  看一回凝静的桥影，

  数一数螺钿的波纹，

  我倚暖了石阑的青苔，青苔凉透了我的心坎；……

  还有几句更笨重的怎能仿佛那游丝似轻妙的情景：

  难忘七月的黄昏，远树凝寂，

  像墨泼的山形，衬出轻柔暝色，

  密稠稠，七分鹅黄，三分橘绿，

  那妙意只可去秋梦边缘捕捉；……

四

  这河身的两岸都是四季常青最葱翠的草坪。从校友居的楼上望去，对岸草场上，不论早晚，永远有十数匹黄牛与白马，胫蹄没在恣蔓的草丛中，从容地在咬嚼，星星的黄花在风中动荡，应和着它们尾鬃的扫拂。桥的两端有斜倚的垂柳与椈荫护住。水是澈底的清澄，深不足四尺，匀匀地长着长条的水草。这岸边的草坪又是我的爱宠，在清朝，在傍晚，我常去这天然的织锦上坐地，有时读书，有时看水；有时仰卧着看天空的行云，有时反扑着搂抱大地的温软。

  但河上的风流还不止两岸的秀丽。你得买船去玩。船不止一种：有普通的双桨划船，有轻快的薄皮舟（Canoe），有最别致的长形撑篙船（Punt）。最末的一种是别处不常有的：约莫有二丈长，三尺宽，你站直在船艄上用长竿撑着走的。这撑是一种技术。我手脚太蠢，始终不曾学会。你初起手尝试时，容易把船身横住在河中，东颠西撞地狼狈。英国人是不轻易开口笑人的，但是小心他们不出声地皱眉！也不知有多少次河中本来悠闲的秩序叫我这莽撞的外行给搅乱了。我真的始终不曾学会；每回我不服输跑去租船再试的时候，有一个白胡子的船家往往带讥讽地对我说："先生，这撑船费劲，天热累人，还是拿个薄皮舟溜溜吧！"我哪里肯听话，长篙子一点就把船撑了开去，结果还是把河身一段段地腰斩了去。

你站在桥上去看人家撑，那多不费劲，多美！尤其在礼拜天有几个专家的女郎，穿一身缟素衣服，裙裾在风前悠悠地飘着，戴一顶宽边的薄纱帽，帽影在水草间颤动，你看她们出桥洞时的姿态，捻起一根竟像没有分量的长竿，只轻轻地，不经心地往波心里一点，身子微微地一蹲，这船身便波地转出了桥影，翠条鱼似的向前滑了去。她们那敏捷，那闲暇，那轻盈，真是值得歌咏的。

在初夏阳光渐暖时你去买一只小船，划去桥边荫下躺着念你的书或是做你的梦，槐花香在水面上飘浮，鱼群的唼喋声在你的耳边挑逗。或是在初秋的黄昏，近着新月的寒光，往上流僻静处远去。爱热闹的少年们携着他们的女友，在船沿上支着双双的东洋彩纸灯，带着话匣子，船心里用软垫铺着，也开向无人迹处去享他们的野福——谁不爱听那水底翻的音乐在静定的河上描写梦意与春光！

住惯城市的人不易知道季候的变迁。看见叶子掉知道是秋，看见叶子绿知道是春；天冷了装炉子，天热了拆炉子；脱下棉袍，换上夹袍，脱下夹袍，穿上单袍；不过如此罢了。天上星斗的消息，地下泥土里的消息，空中风吹的消息，都不关我们的事。忙着哪，这样那样事情多着，谁耐烦管星星的移转、花草的消长、风云的变幻？同时我们抱怨我们的生活、苦痛、烦闷、拘束、枯燥，谁肯承认做人是快乐？谁不多少间咒诅人生？

但不满意的生活大都是由于自取的。我是一个生命的信仰者，我信生活绝不是我们大多数人仅仅从自身经验推得的那样暗惨。我们的病根是在"忘本"。人是自然的产儿，就比枝头的花与鸟是自然的产儿；但我们不幸是文明人，入世深似一天，离自然远似一天。离开了泥土的花草，离开了水的鱼，能快活吗？能生存吗？从大自然，我们取得我们的生命；从大自然，我们应分取得我们继续的资养。哪一株婆娑的大木没有盘错的根柢深入在无尽藏的地里？我们是永远不能独立的。有幸福是永远不离母亲抚育的孩子，有健康是永远接近自然的人们。不必一定与鹿豕游，不必一定回"洞府"去；为医治我们当前生活的枯窘，只要"不完全遗忘自然"，一张轻淡的药方我们的病象就有缓和的希望。在青草里打几个滚，到海水里洗几次浴，到高处去看几次朝霞与晚照——你肩背上的负担就会轻松了去的。

　　这是极肤浅的道理，当然。但我要没有过过康桥的日子，我就不会有这样的自信。我这一辈子就只那一春，说也真可怜，算是不曾虚度。就只那一春。我的生活是自然的，是真愉快的！（虽则碰巧那也是我最感受人生痛苦的时期。）我那时有的是闲暇，有的是自由，有的是绝对单独的机会。说也奇怪，竟像是第一次，我辨认了星月的光明，草的青，花的香，流水的殷勤。我能忘记那初春的睥睨吗？曾经有多少个清晨我独自冒着冷去薄霜铺地的林子里闲步——为听鸟语，为盼朝阳，为寻泥土里渐次苏醒的花草，为体会最微细最神妙的春信。啊，那是新来的画眉在那边凋不尽的青枝上试它的新声！啊，这是第一朵小雪球花挣出了半冻的地面！啊，这不是新来的潮润沾上了寂寞的柳条？

　　静极了，这朝来水溶溶的大道，只远处牛奶车的铃声，点缀这周遭的沉默。顺着这大道走去，走到尽头，再转入林子里的小径，往烟雾浓密处走去，头顶是交枝的榆荫，透露着漠愣愣的曙色；再往前走去，走尽这林子，当前是平坦的原野。望见了村舍，初青的麦田，更远三两个馒形的小山掩住了一条通道。天边是雾茫茫的，尖尖的黑影是近村的教寺。听，那晓钟和缓的清音。这一带是此邦中部的平原，地形像是海里的轻波，默沉沉地起伏；山岭是望不见的，有的是常青的草原与沃腴的田壤。登那土阜上望去，康桥只是一带茂林，拥戴着几处娉婷的尖阁。妩媚的康河也望不见踪迹，你只能循着那锦带似的林木想象那一流清浅。村舍与树林是这地盘上的棋子，有村舍处有佳荫，有佳荫处有村舍。这早起是看炊烟的时辰：朝雾渐渐地升起，揭开了这灰苍苍的天幕（最好是微霞后的光景），远近的炊烟，成丝的、成缕的、成卷的、轻快的、迟重的、浓灰的、淡青的、惨白的，在静定的朝气里渐渐地上腾，渐渐地不见，仿佛是朝来人们的祈祷，参差地翳入了天听。朝阳是难得见的，这初春的天气。但它来时是起早人莫大的愉快。顷刻间这田野添深了颜色，一层轻纱似的金粉糁上了这草，这树，这通道，这庄舍。顷刻间这周遭弥漫了清晨富丽的温柔。顷刻间你的心怀也分润了白天诞生的光荣。"春"！这胜利的晴空仿佛在你的耳边私语。"春！"你那快活的灵魂也仿佛在那里回响。

伺候着河上的风光，这春来一天有一天的消息。关心石上的苔痕，关心败草里的花鲜，关心这水流的缓急，关心水草的滋长，关心天上的云霞，关心新来的鸟语。怯伶伶的小雪球是探春信的小使。铃兰与香草是欢喜的初声。窈窕的莲馨，玲珑的石水仙，爱热闹的克罗克斯，耐辛苦的蒲公英与雏菊——这时候春光已是烂漫在人间，更不须殷勤问讯。

瑰丽的春放。这是你野游的时期。可爱的路政，这里不比中国，哪一处不是坦荡荡的大道？徒步是一个愉快，但骑自转车是一个更大的愉快，在康桥骑车是普遍的技术；妇人、稚子、老翁，一致享受这双轮舞的快乐（在康桥听说自转车是不怕人偷的，就为人人都自己有车，没人要偷）。任你选一个方向，任你上一条通道，顺着这带草味的和风，放轮远去，保管你这半天的逍遥是你性灵的补剂。这道上有的是清荫与美草，随地都可以供你休憩。你如爱花，这里多的是锦绣似的草原。你如爱鸟，这里多的是巧啭的鸣禽。你如爱儿童，这乡间到处是可亲的稚子。你如爱人情，这里多的是不嫌远客的乡人，你到处可以"挂单"借宿，有酪浆与嫩薯供你饱餐，有夺目的果鲜恣你尝新。你如爱酒，这乡间每"望"都为你储有上好的新酿，黑啤如太浓，苹果酒、姜酒都是供你解渴润肺的。……带一卷书，走十里路，选一块清静地，看天，听鸟，读书，倦了时，和身在草绵绵处寻梦去——你能想象更适情更适性的消遣吗？

陆放翁有一联诗句："传呼快马迎新月，却上轻舆趁晚凉。"这是做地方官的风流。我在康桥时虽没马骑，没轿子坐，却也有我的风流：我常常在夕阳西晒时骑了车迎着天边扁大的日头直追。日头是追不到的，我没有夸父的荒诞，但晚景的温存却被我这样偷尝了不少。有三两幅画图似的经验至今还是栩栩地留着。只说看夕阳，我们平常只知道登山或是临海，但实际只需辽阔的天际，平地上的晚霞有时也是一样的神奇。有一次我赶到一个地方，手把着一家村庄的篱笆，隔着一大田的麦浪，看西天的变幻。有一次是正冲着一条宽广的大道，过来一大群羊，放草归来的，偌大的太阳在它们后背放射着万缕的金辉，天上却是乌青青的，只剩这不可逼视的威光中的一条大路，一群生物，我心头顿时感着神异性的压迫，我真的跪下了，对着这冉冉渐瞥的金光。再有一次是更不可忘的奇景。那是临着一大片望不到头的草原，满开着艳红的罂粟,在青草里亭亭像是万盏的金灯,阳光从褐色云斜着过来,幻成一种异样紫色,透明似的不可逼视,刹那间在我迷眩了的视觉中,这草田变成了……不说也罢。说来你们也是不信的!

　　一别二年多了,康桥,谁知我这思乡的隐忧?也不想别的,我只要那晚钟撼动的黄昏,没遮拦的田野,独自斜倚在软草里,看第一个大星在天边出现!

翡冷翠山居闲话

在这里出门散步去，上山或是下山，在一个晴好的五月的向晚，正像是去赴一个美的宴会，比如去一果子园，那边每株树上都是满挂着诗情最秀逸的果实，假如你单是站着看还不满意时，只要你一伸手就可以采取，可以恣尝鲜味，足够你性灵的迷醉。阳光正好暖和，决不过暖；风息是温驯的，而且往往因为它是从繁花的山林里吹度过来，它带来一股幽远的澹香，连着一息滋润的水汽，摩挲着你的颜面，轻绕着你的肩腰，就这单纯的呼吸已是无穷的愉快；空气总是明净的，近谷内不生烟，远山上不起霭，那美秀风景的全部正像画片似的展露在你的眼前，供你闲暇的鉴赏。

作客山中的妙处，尤在你永不须踌躇你的服色与体态；你不妨摇曳着一头的蓬草，不妨纵容你满腮的苔藓；你爱穿什么就穿什么；扮一个牧童，扮一个渔翁，装一个农夫，装一个走江湖的桀卜闪，装一个猎户；你再不必提心整理你的领结，你尽可以不用领结，给你的颈根与胸膛一半日的自由，你可以拿一条这边艳色的长巾包在你的头上，学一个太平军的头目，或是拜伦那埃及装的姿态；但最要紧的是穿上你最旧的旧鞋，别管它模样不佳，它们是顶可爱的好友，它们承着你的体重却不叫你记起你还有一双脚在你的底下。

这样的玩顶好是不要约伴，我竟想严格的取缔，只许你独身；因为有了伴多少总得叫你分心，尤其是年轻的女伴，那是最危险最专制不过的旅伴，你应得躲避她像你躲避青草里一条美丽的花蛇！平常我们从自己家里走到朋友的家里，或是我们执事的地方，那无非是在同一个大牢里从一间狱室移到另一间狱室去，拘束永远跟着我们，自由永远寻不到我们；但在这春夏间美秀的山中或乡间你要是有机会独身闲逛时，那才是你福星高照的时候，那才是你实际领受、亲口尝味、自由与自在的时候,那才是你肉体与灵魂行动一致的时候;朋友们,我们多长一岁年纪往往只是加重我们头上的枷,加紧我们脚胫上的链,我们见小孩子在草里在沙堆里在浅水里打滚作乐,或是看见小猫追它自己的尾巴,何尝没有羡慕的时候,但我们的枷,我们的链永远是制定我们行动的上司!所以只有你单身奔赴大自然的怀抱时,像一个裸体的小孩扑入他母亲的怀抱时,你才知道灵魂的愉快是怎样的,单是活着的快乐是怎样的,单就呼吸单就走道单就张眼看耸耳听的幸福是怎样的。因此你得严格地为己,极端地自私,只许你,体魄与性灵,与自然同在一个脉搏里跳动,同在一个音波里起伏,同在一个神奇的宇宙里自得。我们浑朴的天真是像含羞草似的娇柔,一经同伴的抵触,它就卷了起来,但在澄静的日光下,和风中,它的姿态是自然的,它的生活是无阻碍的。

你一个人漫游的时候,你就会在青草里坐地仰卧,甚至有时打滚,因为草的和暖的颜色自然地唤起你童稚的活泼;在静僻的道上你就会不自主地狂舞,看着你自己的身影幻出种种诡异的变相,因为道旁树木的阴影在它们迂徐的婆娑里暗示你舞蹈的快乐;你也会得信口地歌唱,偶尔记起断片的音调,与你自己随口的小曲,因为树林中的莺燕告诉你春光是应得赞美的;更不必说你的胸襟自然会跟着漫长的山径开拓,你的心地会看着澄蓝的天空静定,你的思想和着山壑间的水声,山罅里的泉响,有时一澄到底地清澈,有时激起成章的波动,流,流,流入凉爽的橄榄林中,流入妩媚的阿诺河去……

并且你不但不须应伴,每逢这样的游行,你也不必带书。书是理想的伴侣,但你应得带书,是在火车上,在你住处的客室里,不是在你独身漫步的时候。什么伟大的深沉的鼓舞的清明的优美的思想的根源不是可以在风籁中,云彩里,山势与地形的起伏里,花草的颜色与香息里寻得?自然是最伟大的一部书,葛德说,在他每一页的字句里我们读得最深奥的消息。并且这书上的文字是人人懂得的;阿尔帕斯与五老峰,雪西里与普陀山,莱茵河与扬子江,梨梦湖与西子湖,建兰与琼花,杭州西溪的芦雪与威尼市夕照的红潮,百灵与夜莺,更不提一般黄的黄麦,一般紫的紫藤,一般青的青草同在大地上生长,同在和风中波动——他们应用的符号是永远一致的，他们的意义是永远明显的，只要你自己性灵上不长疮瘢，眼不盲，耳不塞，这无形迹的最高等教育便永远是你的名分，这不取费的最珍贵的补剂便永远供你的受用；只要你认识了这一部书，你在这世界上寂寞时便不寂寞，穷困时不穷困，苦恼时有安慰，挫折时有鼓励，软弱时有督责，迷失时有南针。

想 飞

飞。人们原来都是会飞的。天使们有翅膀，会飞，我们初来时也有翅膀，会飞。我们最初来就是飞了来的，有的做完了事还是飞了去，他们是可羡慕的。但大多数人是忘了飞的，有的翅膀上掉了毛不长再也飞不起来，有的翅膀叫胶水给胶住了再也拉不开，有的羽毛叫人给修短了像鸽子似的只会在地上跳，有的拿背上一对翅膀上当铺去典钱使，过了期再也赎不回……真的，我们一过了做孩子的日子就掉了飞的本领。但没了翅膀或是翅膀坏了不能用是一件可怕的事。因为你再也飞不回去，你蹲在地上呆望着飞不上去的天，看旁人有福气地一程一程地在青云里逍遥，那多可怜。而且翅膀又不比是你脚上的鞋，穿烂了可以再问妈要一双去，翅膀可不成，折了一根毛就是一根，没法给补的。还有，单顾着你翅膀也还不一定到时候能飞，你这身子要是不谨慎养太肥了，翅膀力量小再也拖不起，也是一样难不是？一对小翅膀驮不起一个胖肚子，那情形多可笑！到时候你听人家高声地招呼说，朋友，回去吧，趁这天还有紫色的光，你听他们的翅膀在半空中沙沙地摇响，朵朵的春云跳过来拥着他们的肩背，望着最光明的来处翩翩的，冉冉的，轻烟似的化出了你的视域，像云雀似的只留下一泻光明的骤雨——"Thou art unseen but yet I hear thy shrill delight"[1]——那你，独自在泥土里淹着，够多难受，够多懊恼，够多寒伧！趁早留神你的翅膀，朋友。

[1] 大意是"你无影无踪，但我仍听见你的尖声欢叫"。

是人没有不想飞的。老是在这地面上爬着够多厌烦，不说别的。飞出这圈子，飞出这圈子！到云端里去，到云端里去！哪个心里不成天千百遍地这么想？飞上天空去浮着，看地球这弹丸在太空里滚着，从陆地看到海，从海再看回陆地。凌空去看一个明白——这才是做人的趣味，做人的权威，做人的交代。这皮囊要是太重挪不动，就掷了它，可能的话，飞出这圈子，飞出这圈子！

人类初发明用石器的时候，已经想长翅膀。想飞。原人洞壁上画的四不像，它的背上掮着翅膀；拿着弓箭赶野兽的，他那肩背上也给安了翅膀。小爱神是有一对粉嫩的肉翅的。挨开拉斯[2]（Icarus）是人类飞行史里第一个英雄，第一次牺牲。安琪儿（那是理想化的人）第一个标记是帮助他们飞行的翅膀。那也有沿革——你看西洋画上的表现。最初像是一对小精致的令旗，蝴蝶似的粘在安琪儿们的背上，像真的，不灵动的。渐渐的翅膀长大了，地位安准了，毛羽丰满了。画图上的天使们长上了真的可能的翅膀。人类初次实现了翅膀的观念，彻悟了飞行的意义。挨开拉斯闪不死的灵魂，回来投生又投生。人类最大的使命，是制造翅膀；最大的成功是飞！理想的极度，想象的止境，从人到神！诗是翅膀上出世的；哲理是在空中盘旋的。飞：超脱一切，笼盖一切，扫荡一切，吞吐一切。

[2] 挨开拉斯，现通译伊卡罗斯，古希腊传说中能工巧匠代达洛斯的儿子。

郁达夫

江南的冬景

　　凡在北国过过冬天的人，总都道围炉煮茗，或吃煊羊肉，剥花生米，饮白干的滋味。而有地炉、暖炕等设备的人家，不管它门外面是雪深几尺，或风大若雷，而躲在屋里过活的两三个月的生活，却是一年之中最有劲的一段蛰居异境；老年人不必说，就是顶喜欢活动的小孩子们，总也是个个在怀恋的，因为当这中间，有的萝卜、雅儿梨等水果的闲食，还有大年夜、正月初一、元宵等热闹的节期。

　　但在江南，可又不同；冬至过后，大江以南的树叶，也不至于脱尽。寒风——西北风——间或吹来，至多也不过冷了一日两日。到得灰云扫尽，落叶满街，晨霜白得像黑女脸上的脂粉似的清早，太阳一上屋檐，鸟雀便又在吱叫，泥地里便又放出水蒸气来，老翁小孩就又可以上门前的隙地里去坐着曝背谈天，营屋外的生涯了；这一种江南的冬景，岂不也可爱得很么？

　　我生长江南，儿时所受的江南冬日的印象，铭刻特深；虽则渐入中年，又爱上了晚秋，以为秋天正是读读书、写写字的人的最惠节季，但对于江南的冬景，总觉得是可以抵得过北方夏夜的一种特殊情调，说得摩登些，便是一种明朗的情调。

　　我也曾到过闽粤，在那里过冬天，和暖原极和暖，有时候到了阴历的年边，说不定还不得不拿出纱衫来着；走过野人的篱落，更还看得见许多杂七杂八的秋花！一番阵雨雷鸣过后，凉冷一点；至多也只好换上一件夹衣，在闽粤之间，皮袍棉袄是绝对用不着的；这一种极南的气候异状，并不是我所说的江南的冬景，只能叫它作南国的长春，是春或秋的延长。

　　江南的地质丰腴而润泽，所以含得住热气，养得住植物；因而长江一带，芦花可以到冬至而不败，红时也有时候会保持得三个月以上的生命。像钱塘江两岸的乌桕树，则红叶落后，还有雪白的桕子着在枝头，一点一丛，用照相机照将出来，可以乱梅花之真。草色顶多成了赭色，根边总带点绿意，非但野火烧不尽，就是寒风也吹不倒的。若遇到风和日暖的午后，你一个人肯上冬郊去走走，则青天碧落之下，你不但感不到岁时的肃杀，并且还可以饱觉着一种莫名其妙的含蓄在那里的生气；"若是冬天来了，春天也总马上会来"的诗人的名句，只有在江南的山野里，最容易体会得出。

说起了寒郊的散步，实在是江南的冬日，所给予江南居住者的一种特异的恩惠；在北方的冰天雪地里生长的人，是终他的一生，也绝不会有享受这一种清福的机会的。我不知道德国的冬天，比起我们江浙来如何，但从许多作家的喜欢以 Spaziergang 一字来做他们的创造题目的一点看来，大约是德国南部地方，四季的变迁，总也和我们的江南差仿不多。譬如说 19 世纪的那位乡土诗人洛在格（Peter Rosegger, 1843—1918）吧，他用这一个"散步"做题目的文章尤其写得多，而所写的情形，却又是大半可以拿到中国江浙的山区地方来适用的。

江南河港交流，且又地滨大海，湖沼特多，故空气里时含水分；到得冬天，不时也会下着微雨，而这微雨寒村里的冬霖景象，又是一种说不出的悠闲境界。你试想想，秋收过后，河流边三五家人家会聚在一道的一个小村子里，门对长桥，窗临远阜，这中间又多是树枝槎丫的杂木树林；在这一幅冬日农村的图上，再撒上一层细得同粉也似的白雨，加上一层淡得几不成墨的背景，你说还够不够悠闲？若再要点景致进去，则门前可以泊一只乌篷小船，茅屋里可以添几个喧哗的酒客，天垂暮了，还可以加一味红黄，在茅屋窗中画上一圈暗示着灯光的月晕。人到了这一个境界，自然会得胸襟洒脱起来，终至于得失俱亡，死生不同了；我们总该还记得唐朝那位诗人做的"暮雨潇潇江上树"的一首绝句吧？诗人到此，连对绿林豪客都客气起来了，这不是江南冬景的迷人又是什么？

一提到雨，也就必然地要想到雪："晚来天欲雪，能饮一杯无？"自然是江南日暮的雪景。"寒沙梅影路，微雪酒香村"，则雪月梅的冬宵三友，会合在一道，在调戏酒姑娘了。"柴门村犬吠，风雪夜归人"，是江南雪夜，更深人静后的景况。"前树深雪里，昨夜一枝开"，又到了第二天的早晨，和狗一样喜欢弄雪的村童来报告村景了。诗人的诗句，也许不尽是在江南所写，而做这几句诗的诗人，也许不尽是江南人，但假了这几句诗来描写江南的雪景，岂不直截了当，比我这一枝愚劣的笔所写的散文更美丽得多？

有几年，在江南，在江南也许会没有雨没有雪地过一个冬，到了春间阴历的正月底或二月初再冷一冷下一点春雪的；去年（1934）的冬天是如此，今年的冬天恐怕也不得不然，以节气推算起来，大约太冷的日子，将在1936年的2月尽头，最多也总不过是七八天的样子。像这样的冬天，乡下人叫作旱冬，对于麦的收成或者好些，但是人口却要受到损伤；早得久了，白喉、流行性感冒等疾病自然容易上身，可是想恣意享受江南的冬景的人，在这一种冬天，倒只会得到快活一点，因为晴和的日子多了，上郊外去闲步逍遥的机会自然也多；日本人叫作 Hi—king，德国人叫作 Spaziergang 狂者，所最欢迎的也就是这样的冬天。

窗外的天气晴朗得像晚秋一样：晴空的高爽，日光的洋溢，引诱得使你在房间里坐不住，空言不如实践，这一种无聊的杂文，我也不再想写下去了，还是拿起手杖，搁下纸笔，上湖上散散步吧！

钓台的春昼

因为近在咫尺,以为什么时候要去就可以去,我们对于本乡本土的名区胜景,反而往往没有机会去玩,或不容易下一个决心去玩的。正唯其是如此,我对于富春江上的严陵,二十年来,心里虽每在记着,但脚却没有向这一方面走过。一九三一,岁在辛未,暮春三月,春服未成,而中央党帝,似乎又想玩一个秦始皇所玩过的把戏了,我接到了警告,就仓皇离去了寓居。先在江浙附近的穷乡里,游息了几天,偶尔看见了一家扫墓的行舟,乡愁一动,就定下了归计。绕了一个大弯,赶到故乡,却正好还在清明寒食的节前。和家人等去上了几处坟,与许久不曾见过面的亲戚朋友,来往热闹了几天,一种乡居的倦怠,忽而袭上心来了,于是乎我就决心上钓台访一访严子陵的幽居。

钓台去桐庐县城二十余里,桐庐去富阳县治九十里不足,自富阳溯江而上,坐小火轮三小时可达桐庐,再上则须坐帆船了。

我去的那一天,记得是阴晴欲雨的养花天,并且系坐晚班轮去的,船到桐庐,已经是灯火微明的黄昏时候了,不得已就只得在码头近边的一家旅馆的楼上借了一宵宿。

桐庐县城,大约有三里路长,三千多烟灶,一二万居民,地在富春江西北岸,从前是皖浙交通的要道,现在杭江铁路一开,似乎没有一二十年前的繁华热闹了。尤其要使旅客感到萧条的,却是桐君山脚下的那一队花船的失去了踪影。说起桐君山,原是桐庐县的一个接近城市的灵山胜地,山虽不高,但因有仙,自然是灵了。以形势来论,这桐君山,也的确是可以产生出许多口音生硬、别具风韵的桐严嫂来的生龙活脉。地处在桐溪东岸,正当桐溪和富春江合流之所,依依一水,西岸便瞰视着桐庐县市的人家烟树。南面对江,便是十里长洲;唐诗人方干的故居,就在这十里桐洲九里花的花田深处。向西越过桐庐县城,更遥遥对着一排高低不定的青峦,这就是富春山的山子山孙了。东北面山下,是一片桑麻沃地,有一条长蛇似的官道,隐而复现,出没盘曲在桃花杨柳洋槐榆树的中间,绕过一支小岭,便是富阳县的境界,大约去程明道的墓地程坟,总也不过一二十里地的间隔。我的去拜谒桐君,瞻仰道观,就在那一天到桐庐的晚上,是淡云微月,正在作雨的时候。

鱼梁渡头,因为夜渡无人,渡船停在东岸的桐君山下。我从旅馆踱了出来,先在离轮埠不远的渡口停立了几分钟。后来向一位来渡口洗夜饭米的年轻少妇,弓身请问了一回,才得到了渡江的秘诀。她说:"你只需高喊两三声,船自会来的。"先谢了她教我的好意,然后以两手围成了播音的喇叭,"喂,喂,渡船请摇过来!"地纵声一喊,果然在半江的黑影当中,船身摇动了。渐摇渐近,五分钟后,我在渡口,却终于听出了咿呀柔橹的声音。时间似乎已经入了酉时的下刻,小市里的群动,这时候都已经静息;自从渡口的那位少妇,在微茫的夜色里,藏去了她那张白团团的面影之后,我独立在江边,不知不觉心里头却兀自感到了一种他乡日暮的悲哀。渡船到岸,船头上起了几声微微的水浪清音,又铜东的一响,我早已跳上了船,渡船也已经掉过头来了。坐在黑影沉沉的舱里,我起先只在静听着柔橹划水的声音,然后却在黑影里看出了一星船家在吸着的长烟管头上的烟火,最后因为被沉默压迫不过,我只好开口说话了:"船家!你这样的渡我过去,该给你几个船钱?"我问。"随你先生把几个就是。"船家的说话冗慢幽长,似乎已经带着些睡意了,我就向袋里摸出了两角钱来。"这两角钱,就算是我的渡船钱,请你候我一会,上山去烧一次夜香,我是依旧要渡过江来的。"船家的回答,只是恩恩乌乌,幽幽同牛叫似的一种鼻音,然而从继这鼻音而起的两三声轻快的咳声听来,他却似已经在感到满足了,因为我也知道,乡间的义渡,船钱最多也不过是两三枚铜子而已。

到了桐君山下,在山影和树影交掩着的崎岖道上,我上岸走不上几步,就被一块乱石绊倒,滑跌了一次。船家似乎也动了恻隐之心了,一句话也不发,跑将上来,他却突然交给了我一盒火柴。我于感谢了一番他的盛意之后,重整步武,再摸上山去,先是必须点一枝火柴走三五步路的,但到得半山,路既就了规律,而微云堆里的半规月色,也朦胧地现出一痕银线来了,所以手里还存着的半盒火柴,就被我藏入了袋里。路是从山的西北,盘曲而上,渐走渐高，半山一到，天也开朗了一点，桐庐县市上的灯光，也星星可数了。更纵目向江心望去，富春江两岸的船上和桐溪合流口停泊着的船尾船头，也看得出一点一点的火来。走过半山，桐君观里的晚祷钟鼓，似乎还没有息尽，耳朵里仿佛听见了几丝木鱼钲钹的残声。走上山顶，先在半途遇着了一道道观外围的女墙，这女墙的栅门，却已经掩上了。在栅门外徘徊了一刻，觉得已经到了此门而不进去，终于是不能满足我这一次暗夜冒险的好奇怪癖的。所以细想了几次，还是决心进去，非进去不可，轻轻用手往里面一推，栅门却呀的一声，早已退向了后方开开了，这门原来是虚掩在那里的。进了栅门，踏着为淡月所映照的石砌平路，向东向南的前走了五六十步，居然走到了道观的大门之外，这两扇朱红漆的大门，不消说是紧闭在那里的。到了此地，我却不想再破门进去了，因为这大门是朝南向着大江开的。门外头是一条一丈来宽的石砌步道，步道的一旁是道观的墙，一旁便是山坡，靠山坡的一面，并且还有一道二尺来高的石墙筑在那里，大约是代替栏杆，防人倾跌下山去的用意。石墙之上，铺的是二三尺宽的青石，在这似石栏又似石凳的墙上，尽可以坐卧游息，饱看桐江和对岸的风景，就是在这里坐它一晚，也很可以，我又何必去打开门来，惊起那些老道的恶梦呢！

空旷的天空里，流涨着的只是些灰白的云，云层缺处，原也看得出半角的天，和一点两点的星，但看起来最饶风趣的，却仍是欲藏还露、将见仍无的那半规月影。这时候江面上似乎起了风，云脚的迁移，更来得迅速了，而低头向江心一看，几多散乱着的船里的灯光，也忽明忽灭地变换了一变换位置。

这道观大门外的景色，真神奇极了。我当十几年前，在放浪的游程里，曾向瓜州京口一带，消磨过不少的时日，那时觉得果然名不虚传的，确是甘露寺外的江山，而现在到了桐庐，昏夜上这桐君山来一看，又觉得这江山之秀而且静，风景的整而不散，却非那天下第一江山的北固山所可与比拟的了。真也难怪得严子陵，难怪得戴征士，倘使我若能在这样的地方结屋读书，颐养天年，那还要什么的高官厚禄，还要什么的浮名虚誉哩？一个人在这桐君观前的石凳上，看看山，看看水，看看城中的灯火和天上的星云，更做做浩无边际的无聊的幻梦，我竟忘记了时刻，忘记了自身，直等到隔江的击柝声传来，向西一看，忽而觉得城中的灯影微茫地减了，才跑也似的走下山来，渡江奔回了客舍。

第二日清晨，觉得昨天在桐君观前做过的残梦正还没有续完的时候，窗外面忽而传来了一阵吹角的声音。好梦虽被打破，但因这同吹篁箫似的商音哀咽，却很含着些荒凉的古意，并且晓风残月，杨柳岸边，也正好候船待发，上严陵去；所以心里虽怀着了些儿怨恨，但脸上却只现出了一痕微笑，起来梳洗更衣，叫茶房去雇船去。雇好了一只双桨的渔舟，买就了些酒菜鱼米，就在旅馆前面的码头上上了船。轻轻向江心摇出去的时候，东方的云幕中间，已现出了几丝红晕，有八点多钟了。舟师急得厉害，只在埋怨旅馆的茶房，为什么昨晚上不预先告诉，好早一点出发。因为此去就是七里滩头，无风七里，有风七十里，上钓台去玩一趟回来，路程虽则有限，但这几日风雨无常，说不定要走夜路，才回来得了的。

过了桐庐，江心狭窄，浅滩果然多起来了。路上遇着的来往的行舟，数目也是很少，因为早晨吹的角，就是往建德去的快班船的信号，快班船一开，来往于两岸之间的船就不十分多了。两岸全是青青的山，中间是一条清浅的水，有时候过一个沙洲，洲上的桃花菜花，还有许多不晓得名字的白色的花，正在喧闹着春暮，吸引着蜂蝶。我在船头上一口一口地喝着严东关的药酒，指东话西地问着船家，这是什么山，那是什么港，惊叹了半天，称颂了半天，人也觉得倦了，不晓得什么时候，身子却走上了一家水边的酒楼，在和数年不见的几位已经做了党官的朋友高谈阔论。谈论之余，还背诵了一首两三年前曾在同一的情形之下做成的歪诗：

不是尊前爱惜身，
伴狂难免假成真，
曾因酒醉鞭名马，
生怕情多累美人。
劫数东南天作孽，
鸡鸣风雨海扬尘，
悲歌痛哭终何补，
义士纷纷说帝秦。

直到盛筵将散,我酒也不想再喝了,和几位朋友闹得心里各自难堪,连对旁边坐着的两位陪酒的名花都不愿意开口。正在这上下不得的苦闷关头,船家却大声地叫了起来说:

"先生,罗芷过了,钓台就在前面,你醒醒吧,好上山去烧饭吃去。"

擦擦眼睛,整了一整衣服,抬起头来一看,四面的水光山色又忽而变了样子了。清清的一条浅水,比前又窄了几分,四围的山包得格外地紧了,仿佛是前无去路的样子。并且山容峻削,看去觉得格外的瘦格外的高。向天上地下四围看看,只寂寂的看不见一个人类。双桨的摇响,到此似乎也不敢放肆了,钩的一声过后,要好半天才来一个幽幽的回响,静,静,静,身边水上,山下岩头,只沉浸着太古的静,死灭的静,山峡里连飞鸟的影子也看不见半只。前面的所谓钓台山上,只看得见两个大石垒,一间歪斜的亭子,许多纵横芜杂的草木。山腰里的那座祠堂,也只露着些废垣残瓦,屋上面连炊烟都没有一丝半缕,像是好久好久没有人住了的样子。并且天气又来得阴森,早晨曾经露一露脸过的太阳,这时候早已深藏在云堆里了,余下来的只是时有时无从侧面吹来的阴飕飕的半箭儿山风。船靠了山脚,跟着前面背着酒菜鱼米的船夫走上严先生祠堂的时候,我心里真有点害怕,怕在这荒山里要遇见一个干枯苍老得同丝瓜筋似的严先生的鬼魂。

在祠堂西院的客厅里坐定,和严先生的不知第几代的裔孙谈了几句关于年岁水旱的话后,我的心跳也渐渐儿地镇静下去了,嘱托了他以煮饭烧菜的杂务,我和船家就从断碑乱石中间爬上了钓台。

东西两石垒,高各有二三百尺,离江面约两里来远,东西台相去只有一二百步,但其间却夹着一条深谷。立在东台,可以看得出罗芷的人家,回头展望来路,风景似乎散漫一点,而一上谢氏的西台,向西望去,则幽谷里的清景,却绝对的不像是在人间了。我虽则没有到过瑞士,但到了西台,朝西一看,立时就想起了曾在照片上看见过的威廉退儿的祠堂。这四山的幽静,这江水的青蓝,简直同在画片上的珂罗版色彩,一色也没有两样,所不同的就是在这儿的变化更多一点,周围的环境更芜杂不整齐一点而已,但这却是好处,这正是足以代表东方民族性的颓废荒凉的美。

从钓台下来,回到严先生的祠堂——记得这是洪杨以后严州知府戴槃重建的祠堂——西院里饱啖了一顿酒肉,我觉得有点酩酊微醉了。手拿着以火柴柄制成的牙签,走到东面供着严先生神像的龛前,向四面的破壁上一看,翠墨淋漓,题在那里的,竟多是些俗而不雅的过路高官的手笔。最后到了南面的一块白墙头上,在离屋檐不远的一角高处,却看到了我们的一位新近去世的同乡夏灵峰先生的四句似邵尧夫而又略带感慨的诗句。夏灵峰先生虽则只知崇古,不善处今,但是五十年来,像他那样的顽固自尊的亡清遗老,也的确是没有第二个人。比较起现在的那些官迷的南满尚书和东洋宦婢来,他的经术言行,姑且不必去论它,就是以骨头来称称,我想也要比什么罗三郎郑太郎辈,重到好几百倍。慕贤的心一动,熏人臭技自然是难熬了,堆起了几张桌椅,借得了一枝破笔,我也向高墙上在夏灵峰先生的脚后放上了一个陈屁,就是在船舱的梦里,也曾微吟过的那一首歪诗。

　　从墙头上跳将下来,又向龛前天井去走了一圈,觉得酒后的干喉,有点渴痒了,所以就又走回到了西院,静坐着喝了两碗清茶。在这四大无声,只听见我自己的啾啾喝水的舌音冲击到那座破院的败壁上去的寂静中间,同惊雷似的一响,院后的竹园里却忽而飞出了一声闲长而又有节奏似的鸡啼的声来。同时在门外面歇着的船家,也走进了院门,高声地对我说:

　　"先生,我们回去吧,已经是吃点心的时候了,你不听见那只鸡在后山啼么?我们回去吧!"

故 都 的 秋

秋天，无论在什么地方的秋天，总是好的；可是啊，北国的秋，却特别地来得清，来得静，来得悲凉。我的不远千里，要从杭州赶上青岛，更要从青岛赶上北平来的理由，也不过想饱尝一尝这"秋"，这故都的秋味。

江南，秋当然也是有的；但草木凋得慢，空气来得润，天的颜色显得淡，并且又时常多雨而少风；一个人夹在苏州上海杭州，或厦门香港广州的市民中间，混混沌沌地过去，只能感到一点点清凉，秋的味，秋的色，秋的意境与姿态，总看不饱，尝不透，赏玩不到十足。秋并不是名花，也并不是美酒，那一种半开、半醉的状态，在领略秋的过程上，是不合适的。

不逢北国之秋，已将近十余年了。在南方每年到了秋天，总要想起陶然亭的芦花，钓鱼台的柳影，西山的虫唱，玉泉的夜月，潭柘寺的钟声。在北平即使不出门去吧，就是在皇城人海之中，租人家一椽破屋来住着，早晨起来，泡一碗浓茶，向院子一坐，你也能看得到很高很高的碧绿的天色，听得到青天下驯鸽的飞声。从槐树叶底，朝东细数着一丝一丝漏下来的日光，或在破壁腰中，静对着像喇叭似的牵牛花（朝荣）的蓝朵，自然而然地也能够感觉到十分的秋意。说到了牵牛花，我以为以蓝色或白色者为佳，紫黑色次之，淡红色最下。最好，还要在牵牛花底，教长着几根疏疏落落的尖细且长的秋草，使作陪衬。

北国的槐树，也是一种能使人联想起秋来的点缀。像花而又不是花的那一种落蕊，早晨起来，会铺得满地。脚踏上去，声音也没有，气味也没有，只能感出一点点极微细极柔软的触觉。扫街的在树影下一阵扫后，灰土上留下来的一条条扫帚的丝纹，看起来既觉得细腻，又觉得清闲，潜意识下并且还觉得有点儿落寞，古人所说的梧桐一叶而天下知秋的遥想，大约也就在这些深沉的地方。

秋蝉的衰弱的残声，更是北国的特产；因为北平处处全长着树，屋子又低，所以无论在什么地方，都听得见它们的啼唱。在南方是非要上郊外或山上去才听得到的。这秋蝉的嘶叫，在北平可和蟋蟀耗子一样，简直像是家家户户都养在家里的家虫。

还有秋雨哩，北方的秋雨，也似乎比南方的下得奇，下得有味，下得更像样。

在灰沉沉的天底下，忽而来一阵凉风，便息列索落地下起雨来了。一层雨过，云渐渐地卷向了西去，天又青了，太阳又露出脸来了；著着很厚的青布单衣或夹袄的都市闲人，咬着烟管，在雨后的斜桥影里，上桥头树底下去一立，遇见熟人，便会用了缓慢悠闲的声调，微叹着互答着地说：

"唉，天可真凉了——"（这了字念得很高，拖得很长。）

"可不是么？一层秋雨一层凉了！"

北方人念阵字，总老像是层字，平平仄仄起来，这念错的歧韵，倒来得正好。

北方的果树，到秋来，也是一种奇景。第一是枣子树；屋角，墙头，茅房边上，灶房门口，它都会一株株地长大起来。像橄榄又像鸽蛋似的这枣子颗儿，在小椭圆形的细叶中间，显出淡绿微黄的颜色的时候，正是秋的全盛时期；等枣树叶落，枣子红完，西北风就要起来了，北方便是尘沙灰土的世界，只有这枣子、柿子、葡萄，成熟到八九分的七八月之交，是北国的清秋的佳日，是一年之中最好也没有的 Golden Days。

有些批评家说，中国的文人学士，尤其是诗人，都带着很浓厚的颓废色彩，所以中国的诗文里，颂赞秋的文字特别的多。但外国的诗人，又何尝不然？我虽则外国诗文念得不多，也不想开出账来，做一篇秋的诗歌散文钞，但你若去一翻英德法意等诗人的集子，或各国的诗文的 Anthology 来，总能够看到许多关于秋的歌颂与悲啼。各著名的大诗人的长篇田园诗或四季诗里，也总以关于秋的部分，写得最出色而最有味。足见有感觉的动物，有情趣的人类，对于秋，总是一样地能特别引起深沉、幽远、严厉、萧索的感触来的。不单是诗人，就是被关闭在牢狱里的囚犯，到了秋来，我想也一定会感到一种不能自已的深情；秋之于人，何尝有国别，更何尝有人种阶级的区别呢？不过在中国，文字里有一个"秋士"的成语，读本里又有着很普遍的欧阳子的《秋声》与苏东坡的《赤壁赋》等，就觉得中国的文人，与秋的关系特别深了。可是这秋的深味，尤其是中国的秋的深味，非要在北方，才感受得到底。

南国之秋，当然是也有它的特异的地方的，比如廿四桥的明月、钱塘江的秋潮、普陀山的凉雾、荔枝湾的残荷等等，可是色彩不浓，回味不永。比起北国的秋来，正像是黄酒之与白干，稀饭之与馍馍，鲈鱼之与大蟹，黄犬之与骆驼。

秋天，这北国的秋天，若留得住的话，我愿把寿命的三分之二折去，换得一个三分之一的零头。

梁启超

学问之趣味

我是个主张趣味主义的人：倘若用化学化分"梁启超"这件东西，把里头所含一种元素名叫"趣味"的抽出来，只怕所剩下仅有个零了。我以为：凡人必常常生活于趣味之中，生活才有价值。若哭丧着脸挨过几十年，那么，生命便成沙漠，要来何用？中国人见面最喜欢用的一句话："近来作何消遣？"这句话我听着便讨厌。话里的意思，好像生活得不耐烦了，几十年日子没有法子过，勉强找些事情来消它遣它。一个人若生活于这种状态之下，我劝他不如早日投海！我觉得天下万事万物都有趣味，我只嫌二十四点钟不能扩充到四十八点，不够我享用。我一年到头不肯歇息，问我忙什么？忙的是我的趣味。我以为这便是人生最合理的生活，我常常想运动别人也学我这样生活。

凡属趣味，我一概都承认它是好的，但怎么样才算"趣味"，不能不下一个注脚。我说："凡一件事做下去不会生出和趣味相反的结果的，这件事便可以为趣味的主体。"赌钱趣味吗？输了怎么样？吃酒趣味吗？病了怎么样？做官趣味吗？没有官做的时候怎么样？……诸如此类，虽然在短时间内像有趣味，结果会闹到俗语说的"没趣一齐来"，所以我们不能承认它是趣味。凡趣味的性质，总要以趣味始以趣味终。所以能为趣味之主体者，莫如下列的几项：一，劳作；二，游戏；三，艺术；四，学问。诸君听我这段话，切勿误会以为：我用道德观念来选择趣味。我不问德不德，只问趣不趣。我并不是因为赌钱不道德才排斥赌钱，因为赌钱的本质会闹到没趣，闹到没趣便破坏了我的趣味主义，所以排斥赌钱；我并不是因为学问是道德才提倡学问，因为学问的本质能够以趣味始以趣味终，最合于我的趣味主义条件，所以提倡学问。

学问之趣味

学问的趣味,是怎么一回事呢?这句话我不能回答。凡趣味总要自己领略,自己未曾领略得到时,旁人没有法子告诉你。佛典说的:"如人饮水,冷暖自知。"你问我这水怎样的冷,我便把所有形容词说尽,也形容不出给你听,除非你亲自喝一口。我这题目——学问之趣味,并不是要说学问如何如何的有趣味,只要如何如何便会尝得着学问的趣味。

诸君要尝学问的趣味吗?据我所经历过的有下列几条路应走:

第一,"无所为"(为读去声)。趣味主义最重要的条件是"无所为而为"。凡有所为而为的事,都是以别一件事为目的而以这件事为手段;为达目的起见勉强用手段,目的达到时,手段便抛却。例如学生为毕业证书而做学问,著作家为版权而做学问,这种做法,便是以学问为手段,便是有所为。有所为虽然有时也可以为引起趣味的一种方面,但到趣味真发生时,必定要和"所为者"脱离关系。你问我"为什么做学问?"我便答道:"不为什么。"再问,我便答道:"为学问而学问。"或者答道:"为我的趣味。"诸君切勿以为我这些话掉弄虚机;人类合理的生活本来如此。小孩子为什么游戏?为游戏而游戏;人为什么生活?为生活而生活。为游戏而游戏,游戏便有趣;为体操分数而游戏,游戏便无趣。

第二,不息。"鸦片烟怎样会上瘾?""天天吃。""上瘾"这两个字,和"天天"这两个字是离不开的。凡人类的本能,只要那部分搁久了不用,他便会麻木会生锈。十年不跑路,两条腿一定会废了;每天跑一点钟,跑上几个月,一天不得跑时,腿便发痒。人类为理性的动物,"学问欲"原是固有本能之一种;只怕你出了学校便和学问告辞,把所有经管学问的器官一齐打落冷宫,把学问的胃弄坏了,便山珍海味摆在面前也不愿意动筷子。诸君啊!诸君倘若现在从事教育事业或将来想从事教育事业,自然没有问题,很多机会来培养你学问胃口。若是做别的职业呢?我劝你每日除本业正当劳作之外,最少总要腾出一点钟,研究你所嗜好的学问。一点钟那里不消耗了?千万别要错过,闹成"学问胃弱"的症候,白白自己剥夺了一种人类应享之特权啊!

第三,深入的研究。趣味总是慢慢地来,越引越多;像倒吃甘蔗,越往下才越得好处。假如你虽然每天定有一点钟做学问,但不过拿来消遣消遣,不带有研究精神,趣味便引不起来。或者今天研究这样明天研究那样,趣味还是引不起来。趣味总是藏在深处,你想得着,便要入去,这个门穿一穿,那个窗户张一张，再不会看见"宗庙之美，百官之富"，如何能有趣味？我方才说"研究你所嗜好的学问"，嗜好两个字很要紧。一个人受过相当的教育之后，无论如何，总有一两门学问和自己脾胃相合，而已经懂得大概可以作加工研究之预备的。请你就选定一门作为终身正业（指从事学者生活的人说），或作为本业劳作以外的副业（指从事其他职业的人说）。不怕范围窄，越窄越便于聚精神；不怕问题难，越难越便于鼓勇气。你只要肯一层一层地往里面追，我保你一定被它引到"欲罢不能"的地步。

第四，找朋友。趣味比方电，越摩擦越出。前两段所说，是靠我本身和学问本身相摩擦；但仍恐怕我本身有时会停摆，发电力便弱了，所以常常要仰赖别人帮助。一个人总要有几位共事的朋友，同时还要有几位共学的朋友。共事的朋友，用来扶持我的职业；共学的朋友和共顽的朋友同一性质，都是用来摩擦我的趣味。这类朋友，能够和我同嗜好一种学问的自然最好，我便和他研究。即或不然——他有他的嗜好，我有我的嗜好，只要彼此都有研究精神，我和他常常在一块或常常通信，便不知不觉把彼此趣味都摩擦出来了。得着一两位这种朋友，便算人生大幸福之一。我想只要你肯找，断不会找不出来。

我说的这四件事，虽然像是老生常谈，但恐怕大多数人都不曾会这样做。唉！世上人多么可怜啊！有这种不假外求不会蚀本不会出毛病的趣味世界，竟自没有几个人肯来享受！古书说的故事"野人献曝"；我是尝冬天晒太阳的滋味尝得舒服透了，不忍一人独享，特地恭恭敬敬地来告诉诸君。诸君或者会欣然采纳吧？但我还有一句话：太阳虽好，总要诸君亲自去晒，旁人却替你晒不来。

为学与做人

问诸君"为什么进学校?"我想人人都会众口一词地答道:"为的是求学问。"再问:"你为什么要求学问?""你想学些什么?"恐怕各人的答案就很不相同,或者竟自答不出来了。诸君啊!我请替你们总答一句吧:"为的是学做人。"

人类心理有知、情、意三部分。所以教育应分为知育、情育、意育三方面,知育要教到人不惑,情育要教到人不忧,意育要教到人不惧。

怎么样才能不惑呢?最要紧是养成我们的判断力。想要养成判断力,第一步,最少须有相当的常识,进一步,对于自己要做的事须有专门知识,再进一步,还要有遇事能断的智慧。假如一个人连常识都没有,听见打雷,说是雷公发威,看见月蚀,说是蛤蟆贪嘴,那么,一定闹到什么事都没有主意,碰着一点疑难问题,就靠求神问卜看相算命去解决,真所谓"大惑不解",成了最可怜的人了。学校里小学所教,就是要人有了许多基本的常识,免得凡事都暗中摸索。但仅仅有点常识还不够,我们做人,总要各有一件专门职业。这门职业,也并不是我一人破天荒去做,从前已经许多人做过,他们积了无数经验,发现出好些原理原则,这就是专门学识。我们有了这种学识,应用它来处置这些事,自然会不惑,反是则惑了。做工、做商等等都各有他的专门学识,也是如此。教育家、军事家等等,都各有他的专门学说,也是如此。我们在高等以上学校所求的知识,就是这一类。但专靠这种常识和学识就够吗?还不能。宇宙和人生是活的,不是呆的,我们每日所碰见的事理是复杂的,变化的,不是单纯的,刻板的,倘若我们只是学过这一件,才懂这一件,那么,碰着一件没有学过的事来到跟前,便手忙脚乱了,所以还要养成总体的智慧,才能得有根本的判断力。这种总体的智慧如何才能养成呢?第一件,要把我们向来粗浮的脑筋着实磨炼它,叫它变成细密而且踏实。那么,无论遇着如何繁难的事,我想可以彻头彻尾想清楚它的条理,自然不至于惑了。第二件,要把我们向来昏浊的脑筋,着实将养它,叫它变成清明。那么,一件事理到跟前,我才能很从容很莹澈地去判断它,自然不至于惑了。以上所说常识学识和总体的智慧,都是智育的要件,目的是教人做到"知者不惑"。

  怎么样才能不忧呢?为什么仁者便会不忧呢?想明白这个道理,先要知道中国先哲的人生观是怎样。"仁"到底是什么?很难用言语说明,勉强下个解释,可以说是:"普遍人格之实现。"人格要从人和人的关系上看来。所以仁字从二人。总而言之,要彼我交感互发,成为一体,我的人格才能实现。我们若不讲人格主义,那便无话可说;讲到这个主义,当然归宿到普遍人格。换句话说,宇宙即是人生,人生即是宇宙,我们的人格,和宇宙无二无别。体验得这个道理,就叫做"仁者"。然则这种仁者为什么就会不忧呢?大凡忧之所从来,不外两端,一曰忧成败,二曰忧得失,我们得着"仁"的人生观,就不会忧成败。为什么呢?因为我们知道宇宙和人生是永远不会圆满的,所以《易经》六十四卦,始"乾"而终"未济"。正为在这永远不圆满的宇宙中,才永远容得我们创造进化。我们所做的事,不过在宇宙进化几万万里的长途中,往前挪一寸、两寸,哪里配说成功呢?然则不做怎么样呢?不做便连这一寸两寸都不往前挪,那可真真失败了。"仁者"看透这种道理,信得过只有不做事才算失败,肯做事便不会失败。所以《易经》说:"君子以自强不息。"换一方面来看,他们又信得过凡事不会成功的,几万万里路挪了一两寸,算成功吗?所以《论语》说:"知其不可而为之。"你想,有这种人生观的人,还有什么成败可忧呢?再者,我们得着"仁"的人生观,便不会忧得失,为什么呢?因为认定这件东西是我的,才有得失之可言。连人格都不是单独存在,不能明确地画出这一部分是我的,那一部分是人家的,然则哪里有东西可以为我们所得?既已没有东西为我所得,当然也没有东西为我所失。我只是为学问而学问,为劳动而劳动,并不是拿学问劳动等做手段来达某种目的——可以为我们"所得"的。所以老子说:"生而不有,为而不恃。""既以为人己愈有,既以与人己愈多。"你想,有这种人生观的人,还有什么得失可忧呢?总而言之,有了这种人生观,自然会觉得"天地与我并生,而万物与我同一",自然会"无人而不自得"。他的生活,纯然是趣味化艺术化。这是最高的情感教育,目的教人做到"仁者不忧"。

怎么样才能不惧呢？有了不惑不忧功夫，惧当然会减少许多了。但这是属于意志方面的事。一个人若是意志力薄弱，便有丰富的知识，临时也会用不着，便有优美的情操，临时也会变了卦。然则意志怎么才会坚强呢？头一件须要心地光明。孟子说："浩然之气，至大至刚。行有不慊于心，则馁矣。"又说："自反而不缩，虽褐宽博，吾不惴焉；自反而缩，虽千万人，吾往矣。"俗语说得好："生平不做亏心事，夜半敲门也不惊。"一个人要保持勇气，须要从一切行为可以公开做起，这是第一著。第二件要不为劣等欲望之所牵制。《论语》记，子曰："吾未见刚者。"或对曰："申枨。"子曰："枨也欲，焉得刚。"一被物质上无聊的嗜欲东拉西扯，那么，百炼钢也会变为绕指柔了。总之，一个人的意志，由刚强变薄弱极易，由薄弱返刚强极难。一个人有意志薄弱的毛病，这个人可就完了。自己作不起自己的主，还有什么事可做？受别人压制，做别人奴隶，自己只要肯奋斗，终须能恢复自由。自己的意志做了自己情欲的奴隶，那么，真是万劫沉沦，永无恢复自由的余地，终身畏首畏尾，成了个可怜人了。孔子说："和而不流，强哉矫；中立而不倚，强哉矫；国有道，不变塞焉，强哉矫；国无道，至死不变，强哉矫。"我老实告诉诸君说吧，做人不做到如此，决不会成一个人。但做到如此真是不容易，非时时刻刻做磨炼意志的功夫不可。意志磨炼到家，自然是看着自己应做的事，一点不迟疑，扛起来便做，"虽千万人吾往矣"，这样才算顶天立地一世人，绝不会有藏头躲尾左支右绌的丑态。这便是意育的目的，要教人做到"勇者不惧"。

我们拿这三件事作做人的标准，请诸君想想，我自己现时做到哪一件——哪一件稍微有一点把握。倘若连一件都不能做到，连一点把握都没有，嗳哟！那可真危险了，你将来做人恐怕就做不成。讲到学校里的教育吗，第二层的情育，第三层的意育，可以说完全没有，剩下的只有第一层的知育。就算知育吧，又只有所谓常识和学识，至于我所讲的总体智慧靠来养成根本判断力的，却是一点儿也没有。这种"贩卖知识杂货店"的育，把它前途想下去，真令人不寒而栗！现在这种教育，一时又改革不来，我们可爱的青年，除了他更没有可以受教育的地方。诸君啊！你到底还要做人不要？你要知道危险呀，非你自己抖擞精神想方法自救，没有人能救你呀！

诸君啊！你千万别要以为得些断片的知识，就算是有学问呀。我老实不客气告诉你吧，你如果做成一个人，知识自然是越多越好；你如果做不成一个人，知识却是越多越坏。你不信吗？试想全国人所唾骂的卖国贼某人某人，是有知识的呀，还是没知识的呢？试想想全国人所痛恨的官僚政客——专门助军阀作恶鱼肉良民的人，是有知识的呀，还是没有知识的呢？诸君须知道啊，这些人当十几年前在学校的时代，意气横历，天真烂漫，何尝不和诸君一样？为什么就会堕落到这样的田地呀？屈原说的："但昔日之芳草兮，今直为此萧艾也！岂其有他故兮，莫好修之害也。"天下最伤心的事，莫过于看着一群好好的青年，一步一步地往坏路上走。诸君猛醒！现在你所厌所恨的人，就是你前车之鉴了。

诸君啊！你现在怀疑吗？沉闷吗？悲哀痛苦吗？觉得外边的压迫你不能抵抗吗？我告诉你：你怀疑和沉闷，便是你因不知才会惑；你悲哀痛苦，便是你因不仁才会忧；你觉得你不能抵抗外界的压迫，便是你因不勇才有惧。这都是你的知、情、意未经过修养磨炼，所以还未成人。我盼望你有痛切的自觉啊！有了自觉，自然会自动。那么学校之外，当然有许多学问，读一卷经，翻一部史，到处都可以发见诸君的良师呀！

诸君啊，醒醒吧！养足你的根本智慧，体验出你的人格人生观，保护好你的自由意志。你成人不成人，就看这几年哩！

少年中国说

日本人之称我中国也，一则曰老大帝国，再则曰老大帝国。是语也，盖袭译欧西人之言也。呜呼！我中国其果老大矣乎？梁启超曰：恶！是何言！是何言！吾心目中有一少年中国在。

欲言国之老少，请先言人之老少。老年人常思既往，少年人常思将来。唯思既往也，故生留恋心；唯思将来也，故生希望心。唯留恋也，故保守；唯希望也，故进取。唯保守也，故永旧；唯进取也，故日新。唯思既往也，事事皆其所已经者，故唯知照例；唯思将来也，事事皆其所未经者，故常敢破格。老年人常多忧虑，少年人常好行乐。唯多忧也，故灰心；唯行乐也，故盛气。唯灰心也，故怯懦；唯盛气也，故豪壮。唯怯懦也，故苟且；唯豪壮也，故冒险。唯苟且也，故能灭世界；唯冒险也，故能造世界。老年人常厌事，少年人常喜事。唯厌事也，故常觉一切事无可为者；唯好事也，故常觉一切事无不可为者。老年人如夕照，少年人如朝阳。老年人如瘠牛，少年人如乳虎。老年人如僧，少年人如侠。老年人如字典，少年人如戏文。老年人如鸦片烟，少年人如泼兰地酒。老年人如别行星之陨石，少年人如大洋海之珊瑚岛。老年人如埃及沙漠之金字塔，少年人如西比利亚之铁路。老年人如秋后之柳，少年人如春前之草。老年人如死海之潴为泽，少年人如长江之初发源。此老年与少年性格不同之大略也。梁启超曰：人固有之，国亦宜然。

梁启超曰：伤哉，老大也！浔阳江头琵琶妇，当明月绕船，枫叶瑟瑟，衾寒于铁，似梦非梦之时，追想洛阳尘中春花秋月之佳趣。西宫南内，白发宫娥，一灯如穗，三五对坐，谈开元天宝间遗事，谱《霓裳羽衣曲》。青门种瓜人，左对孺人，顾弄孺子，忆侯门似海珠履杂遝之盛事。拿破仑之流于厄蔑，阿剌飞之幽于锡兰，与三两监守吏，或过访之好事者，道当年短刀匹马驰骋中原，席卷欧洲，血战海楼，一声叱咤，万国震恐之丰功伟烈，初而拍案，继而抚髀，终而揽镜。呜呼，面皴齿尽，白发盈把，颓然老矣！若是者，舍幽郁之外无心事，舍悲惨之外无天地，舍颓唐之外无日月，舍叹息之外无音声，舍待死之外无事业。美人豪杰且然，而况寻常碌碌者耶？生平亲友，皆在墟墓；起居饮食，待命于人。今日且过，遑知他日？今年且过，遑恤明年？普天下灰心短气之事，未有甚于老大者。于此人也，而欲望以拿云之手段，回天之事功，挟山超海之意气，能乎不能？

呜呼！我中国其果老大矣乎？立乎今日以指畴昔，唐虞三代，若何之郅治；秦皇汉武，若何之雄杰；汉唐来之文学，若何之隆盛；康乾间之武功，若何之垣赫。历史家所铺叙，词章家所讴歌，何一非我国民少年时代良辰美景、赏心乐事之陈迹哉！而今颓然老矣！昨日割五城，明日割十城，处处雀鼠尽，夜夜鸡犬惊。十八省之土地财产，已为人怀中之肉，四百兆之父兄子弟，已为人注籍之奴，岂所谓"老大嫁作商人妇"者耶？呜呼！"凭君莫话当年事，憔悴韶光不忍看！"楚囚相对，岌岌顾影，人命危浅，朝不虑夕。国为待死之国，一国之民为待死之民，万事付之奈何，一切凭人作弄，亦何足怪。

梁启超曰：我中国其果老大矣乎？是今日全地球之一大问题也。如其老大也，则是中国为过去之国，即地球上昔本有此国，而今渐渐灭，他日之命运殆将尽也；如其非老大也，则是中国为未来之国，即地球上昔未现此国，而今渐发达，他日之前程且方长也。欲断今日之中国为老大耶，为少年耶？则不可不先明"国"字之意义。夫国也者，何物也？有土地，有人民，以居于其土地之人民，而治其所居之土地之事，自制法律而自守之；有主权，有服从，人人皆主权者，人人皆服从者。夫如是，斯谓之完全成立之国。地球上之有完全成立之国也，自百年以来也。完全成立者，壮年之事也。未能完全成立而渐进于完全成立者，少年之事也。故吾得一言以断之曰：欧洲列邦在今日为壮年国，而我中国在今日为少年国。

夫古昔之中国者，虽有国之名，而未成国之形也。或为家族之国，或为酋长之国，或为诸侯封建之国，或为一王专制之国，虽种类不一，要之，其于国家之体质也，有其一部而缺其一部。正如婴儿自胚胎以迄成童，其身体之一二官支，先行长成，此外则全体虽粗具，然未能得其用也。故唐虞以前为胚胎时代，殷商之际为乳哺时代，由孔子而来至于今为童子时代。逐渐发达，而今乃始将入成童以上少年之界焉。其长成所以若是之迟者，则历代之民贼有窒其生机者也。譬犹童年多病，转类老态，或且疑其死期之将至焉，而不知皆由未完成未成立也；非过去之谓，而未来之谓也。

且我国畴昔，岂尝有国家哉！不过有朝廷耳。我黄帝子孙，聚族而居，立于此地球之上者既数千年，而问其国之为何名，则无有也。夫所谓唐、虞、夏、商、周、秦、汉、魏、晋、宋、齐、梁、陈、隋、唐、宋、元、明、清者，则皆朝名耳。朝也者，一家之私产也。国也者，人民之公产也。朝有朝之老少，国有国之老少。朝与国既异物，则不能以朝之老少而指为国之老少明矣。文、武、成、康，周朝之少年时代也。幽、厉、桓、赧，则其老年时代也。高、文、景、武，汉朝之少年时代也。元、平、桓、灵，则其老年时代也。自余历朝，莫不有之。凡此者谓为一朝廷之老也则可，谓为一国之老也则不可。一朝廷之老且死，犹一人之老且死也，于吾所谓中国者何与焉。然则，吾中国者，前此尚未出现于世界，而今乃始萌芽云尔。天地大矣，前途辽矣，美哉我少年中国乎！

玛志尼者，意大利三杰之魁也。以国事被罪，逃窜异邦。乃创立一会，名曰"少年意大利"。举国志士，云涌雾集以应之。卒乃光复旧物，使意大利为欧洲之一雄邦。夫意大利者，欧洲之第一老大国也。自罗马亡后，土地隶于教皇，政权归于奥国，殆所谓老而濒于死者矣。而得一玛志尼，且能举全国而少年之，况我中国之实为少年时代者耶？堂堂四百余州之国土，凛凛四百余兆之国民，岂遂无一玛志尼其人者！

龚自珍氏之集有诗一章，题曰《能令公少年行》，吾尝爱读之，而有味乎其用意之所存。我国民而自谓其国之老大也，斯果老大矣；我国民而自知其国之少年也，斯乃少年矣。西谚有之曰："有三岁之翁，有百岁之童。"然则国之老少，又无定形，而实随国民之心力以为消长者也。吾见乎玛志尼之能令国少年也，吾又见乎我国之官吏士民能令国老大也。吾为此惧！夫以如此壮丽浓郁翘翘绝世之少年中国，而使欧西日本人谓我老大者，何也？则以握国权者，皆老朽之人也。非哦几十年八股，非写几十年白折，非当几十年差，非捱几十年俸，非递几十年手本，非唱几十年喏，非磕几十年头，非请几十年安，则必不能得一官，进一职。其内任卿贰以上，外任监司以上者，百人之中，其五官不备者，殆九十六七人也。非眼盲，则耳聋；非手颤，则足跛，否则半身不遂也。彼其一身，饮食步履视听言语，尚且不能自了，须三四人在左右扶之捉之，乃能度日，于此而乃欲责之以国事，是何异立无数木偶而使治天下也！且彼辈者，自其少壮之时，既已不知亚细亚、欧罗巴为何处地方，汉祖唐宗是哪朝皇帝，犹嫌其顽钝腐败之未臻其极，又必搓磨之，陶冶之，待其脑髓已涸，血管已塞，气息奄奄，与鬼为邻之时，然后将我二万里山河，四万万人命，一举而畀于其手。呜呼！老大帝国，诚哉其老大也！而彼辈者，积其数十年之八股、白折、当差、捱俸、手本、唱喏、磕头、请安，千辛万苦，千苦万辛，乃始得此红顶花翎之服色，中堂大人之名号，乃出其全副精神，竭其毕生力量，以保持之。如彼乞儿拾金一锭，虽轰雷盘旋其顶上，而两手犹紧抱其荷包，他事非所顾也，非所知也，非所闻也。于此而告之以亡国也，瓜分也，彼乌从而听之，乌从而信之！即使果亡矣，果分矣，而吾今年既七十矣，八十矣，但求其一两年内，洋人不来，强盗不起，我已快活过了一世矣！若不得已，则割三头两省之土地，奉申贺敬，以换我几个衙门；卖三几百万之人民作仆为奴，以赎我一条老命，有何不可？有何难办？呜呼！今以所谓老后、老臣、老将、老吏者，其修身齐家治国平天下之手段，皆具于是矣。"西风一夜催人老，凋尽朱颜尽白头。"使走无常当医生，携催命符以祝寿，嗟乎痛哉！以此为国，是安得不老且死，且吾恐其未及岁而殇也。

  梁启超曰：造成今日之老大中国者，则中国老朽之冤业也。制出将来之少年中国者，则中国少年之责任也。彼老朽者何足道？彼与此世界作别之日不远矣！而我少年乃新来而与世界为缘。如僦屋者然，彼明日将迁居他方，而我今日始入此室处。将迁居者，不爱护其窗棂，不洁治其庭庑，俗人恒情，亦何足怪。若我少年者，前程浩浩，后顾茫茫。中国而为牛为马为奴为隶，则烹脔鞭棰之惨酷，唯我少年当之；中国如称霸宇内，主盟地球，则指挥顾盼之尊荣，唯我少年享之；于彼气息奄奄、与鬼为邻者何与焉？彼而漠然置之，犹可言也；我而漠然置之，不可言也。使举国之少年而果为少年也，则吾中国为未来之国，其进步未可量也。使举国之少年而亦为老大也，则吾中国为过去之国，其澌亡可翘足而待也。故今日之责任，不在他人，而全在我少年。少年智则国智，少年富则国富，少年强则国强，少年独立则国独立，少年自由则国自由，少年进步则国进步，少年胜于欧洲，则国胜于欧洲，少年雄于地球，则国雄于地球。红日初升，其道大光。河出伏流，一泻汪洋。潜龙腾渊，鳞爪飞扬。乳虎啸谷，百兽震惶。鹰隼试翼，风尘吸张。奇花初胎，矞矞皇皇。干将发硎，有作其芒。天戴其苍，地履其黄。纵有千古，横有八荒。前途似海，来日方长。美哉，我少年中国，与天不老！壮哉，我中国少年，与国无疆！

李大钊

"今"

我以为世间最可宝贵的就是"今",最易丧失的也是"今",因为它最容易丧失,所以更觉得它可以宝贵。

为什么"今"最可宝贵呢?最好借哲人耶曼孙所说的话答这个疑问:"尔若爱千古,尔当爱现在。昨日不能唤回来,明天还不确实,尔能确有把握的就是今日。今日一天,当明日两天。"

为什么"今"最易丧失呢?因为宇宙大化,刻刻流转,绝不停留。时间这个东西,也不因为吾人贵它爱它稍稍在人间留恋。试问吾人说"今"说"现在",茫茫百千万劫,究竟哪一刹那是吾人的"今",是吾人的"现在"呢?刚刚说它是"今"是"现在",它早已风驰电掣的一般,已成"过去"了。吾人若要糊糊涂涂把它丢掉,岂不可惜?

有的哲学家说,时间但有"过去"与"未来",并无"现在"。有的又说,"过去""未来"皆是"现在"。我以为"过去未来皆是现在"的话倒有些道理。因为"现在"就是所有"过去"流入的世界,换句话说,所有"过去"都埋没于"现在"的里边。故一时代的思潮,不是单纯在这个时代所能凭空成立的,不晓得有几多"过去"时代的思潮,差不多可以说是由所有"过去"时代的思潮,一凑合而成的。

吾人投一石子于时代潮流里面,所激起的波澜声响,都向永远流动传播,不能消灭。屈原的《离骚》,永远使人人感泣。打击林肯头颅的枪声,呼应于永远的时间与空间。一时代的变动,绝不消失,仍遗留于次一时代,这样传演,至于无穷,在世界中有一贯相联的永远性。昨日的事件,与今日的事件,合构成数个复杂事件。此数个复杂事件,与明日的数个复杂事件,更合构成数个复杂事件。势力结合势力,问题牵起问题。无限的"过去",都以"现在"为归宿。无限的"未来",都以"现在"为渊源。"过去""未来"的中间,全仗有"现在"以成其连续,以成其永远,以成其无始无终的大实在。一掣现在的铃,无限的过去未来皆遥相呼应。这就是过去未来皆是现在的道理,这就是"今"最可宝贵的道理。

现时有两种不知爱"今"的人:一种是厌"今"的人,一种是乐"今"的人。

厌"今"的人也有两派。一派是对于"现在"一切现象都不满足,因起一种回顾"过去"的感想。他们觉得"今"的总是不好,古的都是好。政治、法律、道德、风俗,全是"今"不如古。此派人唯一的希望在复古。他们的心力全施于复古的运动。一派是对于"现在"一切现象都不满足,与复古的厌"今"派全同。但是他们不想"过去",但盼"将来"。盼"将来"的结果,往往流于梦想,把许多"现在"可以努力的事业都放弃不做,单是耽溺于虚无缥缈的空玄境界。这两派人都是不能助益进化,并且很足阻滞进化的。

乐"今"的人大概是些无志趣无意识的人,是些对于"现在"一切满足的人。他们觉得所处境遇可以安乐优游,不必再商进取,再为创造。这种人丧失"今"的好处,阻滞进化的潮流,同厌"今"派毫无区别。

原来厌"今"为人类的通性。大凡一境尚未实现以前,觉得此境有无限的佳趣,有无疆的福利;一旦身陷其境,却觉不过尔尔,随即起一种失望的念,厌"今"的心。又如吾人方处一境,觉得无甚可乐;而一旦其境变易,却又觉得其境可恋,其情可思。前者为企望"将来"的动机;后者为反顾"过去"的动机。但是回想"过去",毫无效用,且空耗努力的时间。若以企望"将来"的动机,而尽"现在"的势力,则厌"今"思想,却大足为进化的原动。乐"今"是一种惰性(inertia),须再进一步,了解"今"所以可爱的道理。全在凭它可以为创造"将来"的努力,决不在得它可以安乐无为。

热心复古的人,开口闭口都是说"现在"的境象若何黑暗,若何卑污,罪恶若何深重,祸患若何剧烈。要晓得"现在"的境象倘若真是这样黑暗,这样卑污,罪恶这样深重,祸患这样剧烈,也都是"过去"所遗留的宿孽,断断不是"现在"造的;全归咎于"现在",是断断不能受的。要想改变它,但当努力以回复"过去"。

照这个道理讲起来，大实在的瀑流，永远由无始的实在向无终的实在奔流。吾人的"我"，吾人的生命，也永远合所有生活上的潮流，随着大实在的奔流，以为扩大，以为继续，以为进转，以为发展。故实在即动力，生命即流转。

忆独秀先生曾于《一九一六年》文中说过，青年欲达民族更新的希望，"必自杀其一九一五年之青年，而自重其一九一六年之青年"。我尝推广其意，也说过人生唯一的蕲向，青年唯一的责任，在"从现在青春之我，扑杀过去青春之我；促今日青春之我，禅让明日青春之我"。"不仅以今日青春之我，追杀今日白首之我，并宜以今日青春之我，豫杀来日白首之我"。实则历史的现象，时时流转，时时变易，同时还遗留永远不灭的现象和生命于宇宙之间，如何能杀得？所谓杀者，不过使今日的"我"不仍旧沉滞于昨天的"我"。而在今日之"我"中，固明明有昨天的"我"存在。不止有昨天的"我"，昨天以前的"我"，乃至十年二十年百千万亿年的"我"，都俨然存在于"今我"的身上。然则"今"之"我"，"我"之"今"，岂可不珍重自将，为世间造些功德。稍一失脚，必致遗留层层罪恶种子于"未来"无量的人，即未来无量的"我"。永不能消除，永不能忏悔。

我请以最简明的一句话写出这篇的意思来：

吾人在世，不可厌"今"而徒回思"过去"，梦想"将来"，以耗误"现在"的努力；又不可以"今"境自足，毫不拿出"现在"的努力，谋"将来"的发展。宜善用"今"，以努力为"将来"之创造。由"今"所造的功德罪孽，永久不灭。故人生本务，在随实在之进行，为后人造大功德，供永远的"我"享受，扩张，传袭，至无穷极，以达"宇宙即我，我即宇宙"之究竟。

青年与人生

我今就现代青年活动的方向，稍有陈说，望我亲爱的青年垂听！

第一，现代的青年，应该在寂寞的方面活动，不要在热闹的方面活动。近来常听人说："我们青年要耐得过这寂寞日子。"我想这"寂寞日子"，并不是苦境，实在是一种乐境。我觉得世间一切光明，都从寂寞中发见出来。譬如天时，一年有一个冬季，是一年的寂寞日子。在此时间，万木枯黄，气象凋落，死寂，冷静，都是它的特色。可是那一年中最华美的春天，不是就从这个寂寞的冬天发见出来的么？一天有一个暗夜，也是一天的寂寞日子。在此时间，万种的尘嚣嘈杂，都有个一时片刻的安息。可是一日中最光耀的曙色，不是从这寂寞的暗夜发见出来的么？热闹中所含的，都是消沉，都是散灭；黑暗寂寞中所含的，都是发生，都是创造，都是光明。这样讲来，这寂寞日子，实在是有滋味、有趣意的日子，不是忍苦受罪的日子，我们实在乐得过，不是耐得过。况且耐得过的日子，必不长久。一个人若对于一种日子总觉得是耐得过，他的心中，必是认这寂寞日子，是一种苦境，是一种烦恼，那就很容易把它抛弃，去寻快乐日子过。因为避苦求乐，是人性的自然，勉强矜持的心，是靠不住的。譬如孀妇不再嫁，若是本着她自由的意思，那便是她的乐境，那种寂寞日子，她必乐得过到底。若是全因为受传说偶像的拘束，风俗名教的迫胁，才不去嫁，那真是人间莫大的苦境，那种寂寞日子，她虽天天耐得过，天天总有耐不得跟着。乐得过的是一种趣味，耐得过的是一种矜持。青年呵！我们在寂寞的方面活动，不可带着丝毫勉强矜持的意思，必须知道那里有一种真趣味，一种真光明，甘心情愿乐得过这寂寞日子，才能有这寂寞日子中寻出真趣味，获得真光明的一日。

第二，现代的青年，应该在痛苦的方面活动，不要在欢乐的方面活动。本来苦乐两境，是比较的，不是绝对的。哪个苦？哪个乐？全靠各人的主观去判定它，本没有一定标准的。我从前曾发过一种谬想，以为人生的趣味就在苦中求乐，受苦是人生本分，我们青年应该练忍苦的本领。后来觉得大错。避苦求乐，是人性的自然，背着自然去做，不是勉强，就是虚伪。这忍苦的人生观，是勉强的人生观，虚伪的人生观。那求乐的人生观，才是自然的人生观，真实的人生观。我们应该顺应自然，立在真实上，求得人生的光明，不可陷入勉强、虚伪的境界，把真正人生都归幻灭。但是，求乐虽是人性的自然，苦境总缘着这乐境发生，总来缠绕，这又当怎样摆脱呢？关于此点，我却有一个新见解，可是妥当与否，我自己还未敢自信。我觉得人生求乐的方法，最好莫过于尊重劳动。一切乐境，都可由劳动得来，一切苦境，都可由劳动解脱。劳动的人，自然没有苦境跟着他。这个道理，可以由精神的物质的两方面说。劳动为一切物质的富源，一切物品，都是劳动的结果。我们凭的几，坐的椅，写字用的纸笔墨砚，乃至吃的米，饮的水，穿的衣，没有一样不是从劳动中得来。这是很容易晓得的。至于精神的方面，一切苦恼，也可以拿劳动去排除它，解脱它。这一点一般人却是多不注意。一个人一天到晚，无所事事，这个境界的本身，已竟是大苦；而在无事的时间，一切不正当的欲望，没趣味的思索，都乘隙而生；疲敝陈惰的血分，周满于身心，一切悲苦烦恼，相因而至，于是要想个消遣的法子。这消遣的法子，除去劳动，便没有正当的法则。吃喝嫖赌，真是苦中苦的魔窟，把宝贵的人生，都消磨在这个中间，岂不可惜！岂不可痛！堕落在这里的人，都是不知道尊重劳动，不知道劳动中有无限的快乐，所以才误入迷途了。青年呵！你们要晓得劳动的人，实在不知道苦是什么东西。譬如身子疲乏，若去劳动一时半刻，顿得非常的爽快。隆冬的时候，若是坐着洋车出门，把浑身冻得战栗，若是步行走个十里五里，顿觉周身温暖。免苦的好法子，就是劳动。这叫作尊劳主义。这样讲来，社会上的人，若都本着这尊劳主义去达他们人生的目的，世间不就没有什么苦痛了吗？你为何又说要我们青年在苦痛方面活动呢？此问甚是。但是现在的社会，持尊劳主义的人很少，而且社会的组织不良，少数劳动的人，所得的结果，都被大多数不劳动的人掠夺一空。劳动的人，仍不免有苦痛，仍不免有悲惨，而且最苦痛最悲惨的人，恐怕就是这些劳动的人。所以我们要打起精神来，寻着那苦痛悲惨的声音走。我们要晓得痛苦的人，是些什么人？痛苦的事，是些什么事？痛苦的原因，在什么地方？要想解脱他们的苦痛,应该用什么方法?我们不能从苦痛里救出他们,还有谁何能救出他们,肯救出他们?常听假慈悲的人说,这个苦痛悲惨的地方,我们真是不忍去,不忍看。但是我们青年朋友们,却是不忍不去,不忍不看,不忍不援手,把他们提醒,大家一齐消灭这苦痛的原因呵!

  第三,现代的青年,也应在黑暗的方面活动,不要专在光明的方面活动。人生的努力,总向光明的方面走,这是人类向上的自然动机,但是世间果然到了光明的机运,无一处不是光明?我们在这光明中享尽人生之乐,岂不是一大幸事?无如世间的黑暗,仍旧遍在,许多的同胞,都陷溺到黑暗中间,我们焉能独自享受光明呢?同胞都在黑暗里面,我们不去援救他们,却自找一点不沾泥土的地方,偷去安乐,偷去清洁,那种光明,究竟能算得光明么?那种幸福,究竟能算得幸福么?旧时代的青年讲修养的,犹且有"先忧后乐"的话,新时代的青年,单单做到"独善其身"、"洁身自好"的地步,能算尽了责任的人么?俄国某诗人训告他们青年说:"毁了你的巢居,离开你的父母,你要独立自营,保信你心的清白与自然,那里有悲惨愁苦的声音,你到那里去活动。"这话真是现代青年的宝训,真是现代青年的警钟。我们睁开眼看!那些残杀同胞的兵士们,果真都是他们自己愿做这样残暴的事情么?杀人果真是他们的幸福么?他们就没有一段苦情不平,为一般人所不知道的么?他们的背后,果真没有什么东西逼他们去作杀人野兽么?那么倚门卖笑的娼妓们,果真都是她们自己愿做这样丑贱的事情么?卖笑果真是她们的幸福么?她们就没有一段苦情不平,为一般人所不知道的么?她们的背后,果真没有什么东西迫她们去作辱身的贱业么?那些监狱里的囚犯们,果真都是他们自己愿作罪恶的事么?他们做的犯法的事,果真是罪恶么?他们所受的刑罚,果真适当他们的罪恶么?他们就没有一段苦情不平,为一般人所不知道的么?他们的背后,果真没有什么东西逼他们陷于罪恶或是受了冤枉么?再看巷里街头老幼男女的乞丐们,冻馁的战抖在一堆,一种求爷叫奶的声音,最是可怜,一种秽垢惰丧的神气,最是伤心,他们果真愿作这可耻的态度丝毫不觉羞耻么?他们堕落到这个样子,果真都因为他们是天生的废材么?他们就没有一段苦情不平,为一般人所不知道的么?他们的背后,果真没有什么东西逼他们不得不如此么?由此类推,社会上一切陷于罪恶、堕落、秽污、黑暗的人,都不必全是他们本身的罪过。谁都是爹娘生的,谁都有不灭的人性,我们不可把他们看作洪水猛兽，远远地躲避他们。固然在黑暗的里面，潜藏着许多恶魔毒菌，但是防疫的医生，虽有被传染的危险，也是不能不在恶疫中奋斗。青年呵！只要把你的心放在坦白清明的境界，尽管拿你的光明去照澈大千的黑暗，就是有时困于魔境，或竟作了牺牲，也必有良好的效果，发生出来。只要你的光明永不灭绝，世间的黑暗，终有灭绝的一天。

白马湖之冬

夏丏尊

白马湖之冬

在我过去四十余年的生涯中，冬的情味尝得最深刻的要算十年前初移居的时候了。十年以来，白马湖已成了一个小村落，当我移居的时候，还是一片荒野，春晖中学的新建筑巍然矗立于湖的那一面，湖的这一面的山脚下是小小几间新平屋，住着我和刘君心如两家。此外两三里内没有人烟。一家人于阴历十一月下旬从热闹的杭州移居于这荒凉的山野，宛如投身于极带中。

那里的风，差不多日日有的，呼呼作响，好像虎吼，屋宇虽系新建，构造却极粗率，风从门窗隙缝中来，分外尖削，把门缝窗隙厚厚地用纸糊了，椽缝中却仍有透入。风刮得厉害的时候，天未夜就把大门关上，全家吃毕夜饭即睡入被窝里，静听寒风的怒号，湖水的澎湃。靠山的小后轩，算是我的书斋，在全屋子中是风最少的一间，我常把头上的罗宋帽拉得低低的在洋灯下工作至深夜。松涛如吼，霜月当窗，饥鼠吱吱在承尘上奔窜，我于这种时候，深感到萧瑟的诗趣，常独自拨划着炉灰，不肯就睡，把自己拟诸山水画中的人物，作种种幽邈的遐想。

现在白马湖到处都是整个儿的，从上山起直要照到下山为止。在太阳好的时候，只要不刮风，那真和暖得不像冬天。一家人都坐在庭间曝日，甚至于吃午饭也在屋外，像夏天的晚饭一样，日光晒到哪里就把椅凳移到哪里，忽然寒风来了，只好逃难似地各自带了椅凳逃入室中，急急把门关上。在平常的日子，风来大概在下午快要傍晚的时候，半夜即息，至于大风寒，那是整日夜狂吼，要两三日才止的。最严寒的几天，泥地看去惨白如水门汀，山色冻得发紫而黯，湖波泛深蓝色。

下雪原是我所不憎厌的，下雪的日子，室内分外明亮，晚上差不多不用燃灯。远山积雪，足供我半个月的观看，举头即可从窗中望见。可是究竟是南方，每冬下雪不过一两次，我在那里所日常领略的冬的情味，几乎都从风来。白马湖的所以多风，可以说是有着地理上的原因的，那里环湖原都是山，而北首却有一个半里阔的空隙，好像故意张了袋口欢迎风来的样子，白马湖的山水，和普通的风景地相差不远，唯有风却与别的地方不同。风的多和大，凡是到过那里的人都知道的。风在冬季的感觉中，自古占着重要的因素，而白马湖的风尤其特别。

现在，一家僦居上海多日了，偶然于夜深人静时听到风声的时候，大家就要提起白马湖来，说："白马湖不知今夜又刮得怎样厉害哩！"

幽默的叫卖声

住在都市里，从早到晚，从晚到早，不知要听到多少种类多少次数的叫卖声。深巷的卖花声是曾经入过诗的，当然富于诗趣，可惜我们现在实际上已不大听到。寒夜的"茶叶蛋""细沙粽子""莲心粥"等等，声音发沙，十之七八似乎是"老枪"的喉咙，困在床上听去颇有些凄清。每种叫卖声，差不多都有着特殊的情调。

我在这许多叫卖者中，发现了两种幽默家。

一种是卖臭豆腐干的。每日下午五六点钟，弄堂口常有臭豆腐干担歇着或是走着叫卖，担子的一头是油锅，油锅里现炸着臭豆腐干，气味臭得难闻。卖的人大叫"臭豆腐干！""臭豆腐干！"态度自若。

我以为这很有意思。"说真方，卖假药"，"挂羊头，卖狗肉"，是世间一般的毛病，以香相号召的东西，实际往往是臭的。卖臭豆腐干的居然不欺骗大众，自叫"臭豆腐干"，把"臭"作为口号标语，实际的货色真是臭的。言行一致，名副其实，如此不欺骗别人的事情，怕世间再也找不出来了吧！我想。

"臭豆腐干！"这呼声在欺诈横行的现世，俨然是一种愤世嫉俗的激越的讽刺！

还有一种是五云日升楼卖报者的叫卖声，那里的卖报的和别处不同，没有十多岁的孩子，都是些三四十岁的老枪瘪三，身子瘦得像腊鸭，深深的乱头发，青屑屑的烟脸，看去活像个鬼。早晨是看不见他们的，他们卖的总是夜报。傍晚坐电车打那儿经过，就会听到一片发沙的卖报声。

他们所卖的似乎都是两个铜板的东西，如《新夜报》《时报》《号外》之类。叫卖的方法很特别，他们不叫"刚刚出版××报"，却把价目和重要新闻标题连在一起，叫起来的时候，老是用"两个铜板"打头，下面接着"要看到"三个字，再下去是当日的重要的国家大事的题目，再下去是一个"哪"字。"两个铜板要看到十九路军反抗中央哪！"在福建事变起来的时候，他们就这样叫。"两个铜板要看到日本副领事在南京失踪哪！"藏本事件开始的时候，他们就这样叫。

在他们的叫卖声里任何国家大事都只要花两个铜板就可以看到，似乎任何国家大事都只值两个铜板的样子。我每次听到，总深深地感到冷酷的滑稽情味。

"臭豆腐干！""两个铜板要看到××××哪！"这两种叫卖者颇有幽默家的风格。前者似乎富于热情，像个矫世的君子；后者似乎鄙夷一切，像个玩世的隐士。

瞿秋白

一 种 云

　　天总是皱着眉头。太阳光如果还射得到地面上，也总是稀微的淡薄的。至于月亮，那更不必说，只是偶然露出半面，用它那惨淡的眼光看一看罪孽的人间，这是孤儿寡妇的眼光，眼睛里含着总算还没有流完的眼泪。受过不止一次封禅大典的山岳，至少有大半截是上了天，只留一点山脚给人看。黄河、长江……据说是中国文明的父母，也不知道怎么变了心，对于他们的亲生骨肉，都摆出一副冷酷的面孔。从春天到夏天，从秋天到冬天，这样一年年地过去，淫虐的雨、凄厉的风和肃杀的霜雪更番地来去，一点儿光明也没有。这样的漫漫长夜，已经二十年了。这都是一种云在作祟。那云为什么这样屡次三番地摧残光明？那云是从什么地方来的？这是太平洋上的大风暴吹过来的，这是大西洋上的狂飓吹过来的。还有那些模糊的血肉——榨床底下淌着的模糊的血肉蒸发出来的。那些会画符的人——会写借据，会写当票的人，就用这些符箓在呼召。那些吃泥土的土蜘蛛——虽然死了也不过只要六尺土地葬他的贵体，可是活着总要吃住这么一二百亩三百亩田地——这些土蜘蛛就用屁股在吐着。那些肚里装着铁心肝铁肚肠的怪物，又竖起了一根根的烟囱在喷着。狂飓风暴吹过来的，血肉蒸发出来的，符箓呼召来的，屁股吐出来的，烟囱喷出来的，都是这种云。这是战云。

　　难怪总是漫漫的长夜了！

　　什么时候才黎明呢？

　　看那刚刚发现的虹。祈祷是没有用的了。只有自己去做雷公公电闪娘娘那虹发现的地方，已经有了小小的雷电，打开了层层的乌云，让太阳重新照到紫铜色的脸。如果是惊天动地的霹雳——这可只有你自己做了雷公公电闪娘娘才办得到，如果那小小的雷电变成惊天动地的霹雳，那才拨得开满天的愁云惨雾。

邹韬奋

能 与 为

一人事业上之成就与其能力为正比例；且自文明进步，分工愈精，则能力之专门化亦愈密，能于此者未必亦能于彼，故与事业之成就为正比例的能力，尚须注意其所专者是否适合于其所为。果有相当的能力，而此相当的能力又适合于所做的事业，其效率之增高，业务之发展，实意中事，在社会方面之兴盛繁荣，全恃此种事业获得此种人才；在个人方面之感觉兴味与愉快，亦全恃此种人才有机会尽心竭力于此种事业。此即所谓"能其所为"与"为其所能"合而为一。故有志于某种事业者，与其临渊羡鱼，毋宁退而结网，结网无他，即当对于此某业所需要之能力先加以充分的准备。昔人所谓"水到渠成"，所谓"左右逢源"，都是有了充分准备以后的亲切写真。

能力之养成，常有待于实际应付问题与处理事务时之虚怀默察，及领悟窍诀。故"学"与"为"常可兼程并进，互有裨益。在此原则下，虽最初有所未能，或能而未精，只需肯存心学习，未尝不可由"为"而"能"，古往今来有不少对社会有重大贡献的人物，虽未有领受正式教育之机会，而犹能利用其天赋，由困知勉行而卓然有所树立者，都是由这条路上走出来的。不过要走得上这条路，一下走不到康庄大道，必须不厌曲径小路之麻烦；换句话说，即勿因事小而不屑为，当知"百尺高楼从地起"，天下决无一蹴即成之事，亦未有一学即能之业，无不从一点一滴的知识经验积聚而成，若小事尚不能为，安见其能为大事？

尤可悯者为虽"能"而不"为"，一种事业所以能有特殊超卓的成绩，全恃从事者以满腔热忱全副精力赴之。若因循苟且，敷衍暇逸，即有能力，无所表现，虽有能为之能，等于不能，虽有可能，永为不可能。这种毛病，不在相当知识之无有，实在良好品性之缺乏——尤其是服务的精神与忠于所业的态度。还有一个大病根，便是畏难。这种人仅见他人之成功，而不知他人之成功实经过无数次之失败，实尝过无数次之艰苦。常人但见成功之际之愉快，不见苦斗时代之紧张；但闻目前的欢声，岂知已往的慨叹？任何事业的成功史中必有一段伤心史，诚以艰苦困难实为成功必经的阶段，尤以创业者为甚，虽已有"能"，在创业时期中必须靠自己打出一条生路来，艰苦困难即此一条生路上必经之途径，一旦相遇，除迎头搏击外无他法，若畏缩退缩，即等于自绝其前进。

不能而妄为，其为害超过虽能而不为，盖一则消极的无所成而已，一则积极的闯祸。此类人既不屑学习，又不自量力，好虚荣而不顾实际，善大言而不知自惭，阻碍贤路，贻害社会，决无自省之日，徒有忮求之心，怨天尤人，永难觉悟。自知未能者尚可使其能，实际无能而自以为有能或甚至自以为有大能，轻举妄动，虽至失败而尚不知其致败之由，乃真无可救药。

自觉与自贱

自觉心是进步之母，自贱心是堕落之源，故自觉心不可无，自贱心不可有。本期沧波君自英通讯，提起我国驻外的公使馆领事馆，有的连牌子都不愿挂，国旗都不愿悬，这种习惯是否已普及于我国驻外的外交机关，虽不可知，但有此事实之发现，已足引起国人的注意。我们试分析这种心理，实含有自己看不起自己的祖国，自己不愿做中国人的意味。试再作进一步心理上的分析，便知道是发生了自觉心以后的自贱心。以堂堂代表一国的外交官，乃具有这种自贱心，已属可痛，而依默察一般人所得，深恐这种变态的心理不仅限于所谓外交官也者。这种潜伏的祸根，苟非铲除净尽，则我们的民族前途实祸多而福少，进步减少希望而堕落的路愈跑愈远。

所谓自觉心，简言之，即自觉有何长处，便当极力保存而更发扬光大；自觉有何短处，便当极力避免而更奋发有为。自觉心所以能成为进步之母者，即在乎此。若自觉有所短而存着自贱的心理，便是自甘永居卑劣的地位，所得的结果是颓废，不是进步。

我国在此混乱时代，当然有许多不满人意的地方，我们所该努力的方向是靠我们自己群策群力把不满意的地方使它变成满意，否则你尽管不愿做中国人，终究是中国人。不愿挂中国牌子不愿悬中国国旗的中国公使或领事，不见得就因此一跃而为其他什么特别出风头国家的大公使或大领事；不见得就因此可以获得别人的特殊尊重。想穿了这一点，我们自觉之后，只用得着自奋，用不着自贱。我们当光明磊落泰然坦然地做中国人，尽我们心力做肯求进步的中国人。无所用其自大，亦无所用其自贱。

无所不专的专家

天下无万能的人,也很少一无所能的人(除非自己糟蹋掉),倘知各就自己天赋能力的大小及趋向,加以培植,加以修养,加以学力,加以经验,各自用得其当,就所专攻的学识经验以从事专业而贡献于社会,在己则能使固有之天才获得最大限度之发展,在社会则能因此而获得最大限度的裨益,此专家之所以可贵。

但在我国往往产生许多无所不专的专家。试略回想从前的政界,有人今日做司法部长,隔几日时可以做教育总长,再隔几时又可以做内务总长……各部的什么长,在名称上似乎是各有所专,在别国要是选各自其所的专门人才充任,在我国则凡是做了大官的人就无长不可做;这是无所不专的官僚专家;到现在此种风气还是不免。这种风气之所由来,当然有很深远的历史背景。我国从前虽有所谓士农工商,但农工商是够不上受人尊崇的,只有"士"是受人尊崇的,所以一钻入私塾,就可听见什么"唯有读书高"的声浪,而所谓"士"者即是无所不专的专家,只要读过四书五经,什么事都可以干!"相"是文的,"将"是武的,而读书人却可以"出将入相",到了外面可以做将,一到了里面就可以一变而为了相!医生原是一种很专门的事业,但在"医"字之上却加一个"儒"字,称为"儒医",儒者是读书人也,于是读书人不但可以"出将入相",又可以由旁路一钻而做"医"!

到了现在,环境虽不无一部分的变异,而这种深入人心的"遗风馀韵"还暗中滋生着,于是往往虽受有专门的教育,而却不安其分,不肯专其所为,却喜欢掼出无所不专的虚浮的花样来,在社会上瞎混!有某君在文学上有了努力,并得到相当的名誉,却抛弃了他的特长和以往的经验而分心于别的不相干的事情。有某君在教育上有过相当的学职经验,不从这方面有所译述,忽然乱七八糟地发表些经济学上的译著、法学上的译著、政治学上的译著,反给真正有研究的人批评得焦头烂额。诸如此类的不经济的行为，不但于社会上是有害无益，而且把本人所固有的多少天赋，也随之埋没，未免可惜。

最好笑的是本国产生了鹜外虚浮的无所不专的专家，遇有外国的专家到了，往往也把这样的态度来对他。例如美国的克伯屈博士，他固然是美国教育界的名宿，但他的特殊贡献是在"教育法原理"，不是包办教育上的一切，而到了中国之后，我国的许多大教育家却分列日期，第几日要他讨论大学教育，第几日要他讨论中学教育，第几日要他讨论初等教育，第几日要他讨论职业教育，第几日要他……好像几十代祖宗在教育上未解决的一切问题都要请他来解决一下！我够不上做教育大家，当时未曾列席，不过我看报上发表了这样的日期表，念他未曾做到"中国特产的无所不专的专家"，颇替他担忧。后来在报上看见他对于各日讨论的无所不专的教育问题，所答的话里面好几处是说："这个问题，我不敢妄断，你们是要根据中国的特殊情形去解决的"，这不是这位专家"吃瘪"，实在是他未曾做到我国所崇拜的"无所不专的专家"资格！

中国"无所不专的专家"所以遍地皆是，阻碍真正事业的进步，他们本人不自量，无自知之明，及好出风头，固然是自己害自己，而社会却不能辞其咎，因为一个人无论你专了什么，一旦成了什么名人，社会上人便当你是万能。这里请你做校董，那里请你做董事；你的文章尽管狗屁不通，有人争先恐后地请你做广告；你的字尽管写成鬼样子，有人争先恐后地请你题签；甚至包医花柳病的文序上，也要拉你写一个尊姓大名！

无所不能的人实在是一无所能，无所不专的专家实在是一无所专，即有一知半解，决难有深入的研究与心得，更说不到对社会有真正实际的贡献，不过把浮薄的虚声，大家骗来骗去罢了。

天下无万能之人，人贵有自知之明，为己身事业计，为社会进步计，这个观念都有认清楚的必要。

有效率的乐观主义

凡是要做得好的事情，都不是随随便便就行的，都不是容易的。你自己要立于什么地位？要达到什么地步？情愿付什么代价？你所希望的地位或地步总在那里，不过必须先付足了代价的人，才能"如愿以偿"。沿着大成功的一条路上，有许多小失败排列着，最后的成功是在能用坚毅的精神，伶俐的眼光，从这许多小失败里面寻出教训，尽量的利用它，向前猛进。而这种"寻出"和"尽量的利用"，惟有抱乐观主义的人才能够办到。

牛顿发明地心吸力学说的时候，全世界人反对他；哈费（Harvey）发明血液循环学说的时候，全世界人反对他；达尔文宣布进化律的时候，全世界人反对他；白尔（Bell）第一次造电话的时候，全世界讥诮他；莱特（Wrihgt）初用苦工于制作飞机的时候，全世界人讥诮他。讲到孙中山先生，最初在南洋演讲革命救国的时候，有一次听的人只有三个。这许多人都是抱着乐观主义，极强烈的乐观主义，使他们能战胜全世界的糊涂、盲从、冷酷、恐怖、怨恨、反抗。而且工作愈伟大，所受的反抗也愈厉害，简直成为一种律令，对付这种厉害的反抗，最重要的工具是乐观主义。

有许多人以为乐观主义的人不过是"嘻皮笑脸"，"随随便便"，"一切放任"，"撒撒烂污"，"得过且过"，"唯唯诺诺"。请君切勿误信这种谬说。真正的乐观主义的人是用积极的精神向前奋斗的人，是战胜愁虑穷苦的人。这类的苦境，常人遇着，要"心胆俱碎"，"一蹶而不能复振"的；只有真正乐观主义的人才能努力奋斗，才敢努力奋斗！

办事上需要的几个条件

假定一个人对于他所办的事,已具有相当的知识技能,他在职务方面能否胜任,至少还要看有无两个最低限度的条件:第一是肯切实的负责,第二是有细密的精神。

求之我国历史上的人物,其负责精神最足令人感动者,殆莫过于诸葛亮。他原来是"臣本布衣,躬耕于南阳,苟全性命于乱世,不求闻达于诸侯",初不必负什么重要的责任,后来他因为"先帝不以臣卑鄙,猥自枉屈,三顾臣于草庐之中,谘臣以当世之事,由是感激,遂许先帝以驱驰",于是他不负责则已,既已负责,便毅然"受任于败军之际,奉命于危难之间",甚至不顾成败利钝,"鞠躬尽瘁,死而后已",其忠肝义胆,照耀千古,故"出师未捷身先死,长使英雄泪满襟",其感人之深一至于此,全在他的负责精神,刘备在时他负责,刘备死后他还是负责,生死不渝的负责。我们平常办事,固然用不着张大其辞,一来就说到"死而后已",但既受信托办理一事,在人面前随口承诺的答应了下来,一转身便马马虎虎,办得好不好不管,时间赶得上赶不上不管,推一步走一步,催一次快一点,你不留神督促查询,他便随意宕挨延误,或草率交卷,好像货出不退换,满不在乎!遇着这种宝贝,你一次或两次上了当,以后简直不敢领教。事业范围愈大,你个人的督察能力愈难,所需要肯负责的同志愈亟,但对自己私事肯切实负责的多得很,公事肯切实负责的实有如凤毛麟角。故肯切实负责的人,实为办事上最渴望而不易得的同志,因为只有这种人能使你放心,能分担你的责任。

其次最感缺乏的便是细密的精神。细密的对方便是粗忽,或是卤莽。姑舍大事而以小事为喻。有人替你誊写一封信,总要替你誊错几个字,使你非自己过眼总不能放心发出,其实只要于誊后细密地看一遍,便没有这个毛病。又如有人替你发信,也许把甲的信套进乙信封,把乙的信套进甲信封,弄得两边不接头，遇有重要的事件，时间上手续上的延误固不必说，有时信件内容有秘密之必要，他却如此替你公开起来！有时有附件要加入，他把这信发出，附件还附在他的办公桌上！小事如此，大事你便不敢交托他了。

　　以上两点是我们所可认为办事的最低条件，这都是可以用意志的力量和训练的工夫养成的。在"最低"之上，如再作进一步的要求，愚意以为还有一个条件，便是自动的精神和创造的能力，能就所负的责任范围及所做的细密工作上，想出更好的计划，定出更好的办法，精益求精，与时俱进。此则有超卓思想的异材，发展事业的柱石，不仅能不负所托而已。

王统照

"去"、"来"、"今"

感受，在事物时间的当前引起心情的抖动，不算生活的奢靡，也不算精神上的浪费。不见？小姑娘在高坡上撷得一枝山花便欣然地忘了疲苦，汗流浃背的劳人有时还得哼几句不成腔调的皮簧——他们绝不会因一枝山花、几句剧词，便容易忘怀了世间的痛苦，得到这一瞬间的享受也麻醉不了他们的灵魂，除非环境能给他们安排下只有快乐、没有悲苦激刺的人世。"夫有诅，有诅，有喜，有怒，然后有间而可入。"悲欢忧喜的交织，正是人间竞争奋进的机键，盈于此则缺于彼；有的承受便有的进展。是人生谁也逃不出自然的圈套，当然，其间有高下、好坏的分别相。

说过去的一切不值得追忆和怀想，像是勇者？当前！当前！再来一个当前！"逝者如斯"，在当前的催逼急迫之下你还有余暇，还有丢不掉的闲情向过去凝思？这是懦弱心理的表现。为未来，我们都为未来努力，冲上前去（或者换四个更动人的字是"迎头赶上"）！向回头看，对以往的足够还在联想上留一点点迟回的念头，那，你便是勇气不够，是落伍者。……对于这样"气盛言宜"的责备与鼓励，分辩不得，解说不了，除却低首无语外能有什么答复？不过"逝者如斯"，因有已逝的"过去"，才分外对正在逝的"现在"加意珍惜；加意整顿全神对它生发出甚深的感动；同时也加意倾向于不免终为逝者的"未来"。这正是一条韧力的链环，无此环彼环何能套牢，只有一个环根本上成不了有力的链子。打断"过去"，说现在只是现在，那么，这两个字便有疑义，对未来的信念亦易动摇。我们不能轻视了名词；有此名词它必有所附丽，无其事，无其意义，完全泯灭了痛迹，以为一切都像美猴王从石头缝里迸出来地，那么迅速，神奇，不可思议；以为我们凭空能创造出世间的奇迹？现在，现在，以为唯此二字是推动文化的法宝，那未免看得太容易了？

据说生活力基于物理学原则的原子运动。而为运动主因的则在原子中"牵引""反拨"两种力量的起伏。一方显露出成为现势力，一方隐藏着成为潜势力，而势力的总量始终不变。两者共同存在，共同作力之运动，方能形成生活现象。时间，在一切生活现象中谁能否认它那伟大的力量。"一弹指顷去来今"，先有所承，后有所启，不必讲什么演化的史迹，人类的精神作用，如果抹去了时间，那有作用的领域便有限得很；人类的思与感如果没有相当的刺激与反应，思与感是否还能存在？有欲望、兴趣的探索、推动，方能有努力地获得。他的"嗜好的灵魂"绝不是无因而至，要把这些欲望、兴趣引动起来，向"现在"深深投入，把握得住，对"未来"映现出一条光亮道路。我们无论怎样武断，哪能把隐藏的潜势力看做无足轻重，亚里士多德主张"宇宙的历程是一种实现的历程（Process of Realization）"，历程须有所经，讲实现岂能蔑视了已成"过去"的却仍在隐藏着的潜力。不过，这并非只主张保守一切与完全作骸骨迷恋的——只知过去不问现在者所可借口。

在明丽的光景中，"过去"曾给我的是一片生机，是欣欣向荣、奋发活动的兴趣。那刚从碧海里出浴的阳光；那四周都像忻忻微笑的面容；那在氛围中遏抑不住、掩藏不了的青春生活力的迸跃，过去么？年光不能倒流，无尽的时间中几个年头又是若何的迅速，短促！但轻烟柳影，啼鸟，绿林，海潮的壮歌，苍天的明洁，自然界与生物的黏着，密接，酝酿，融和，过去么？触于目，动于心，激奋的"嗜好的灵魂"中……一样把生力的跃动包住我的全身，挑起我的应感。

虽然，世局的变迁，人间的纠纷，几个年头要拢总来做一个总和，难道连一点"感慨山河艰难戎马"的真感都没有，只会发幻念里呆子的"妄想"？是的，朋友！只要我们不缺少生力的活跃，不处处时时只作徒然地"溅泪惊心"的空梦，在悲苦失望间把生力渐渐消沉，渐渐淡化了去——只凭焦灼，悲愁，未必便能增加多少向前冲去的力量吧？——对"过去"的印证还存有信心；"现在"的感受更提高了气力，"将来"，我们应分毫不迟疑，毫不犹豫地相信抓在我们的手中！何以故？因为还有我们生命力的存在；何以故？因为不曾丧失了我们的潜力；何以故？我们不消极地只是悲苦凄叹把日子空空度去！

在行道时，一样的残春风物却一样把过去的生命力在我的思念与感受中重交与我，他们正像是 Raised new mountains and spread delicious valleys for me（G. Eliot 的话），虽然说是"新的"，因为"过去"的印证却分外增强了我的认识与奋发。朋友，我希望不要用生活的奢靡与精神上的浪费两句来责备我。

我永远相信"去、来、今"三者是人间世一串有力的链环。

卢沟晓月

　　苍凉自是长安日，呜咽原非陇头水。

　　这是清代诗人咏卢沟桥的佳句，也许，长安日与陇头水六字有过分的古典气息，读去有点碍口？但，如果你们明了这六个字的来源，用联想与想象的力量凑合起，提示起这地方的环境、风物，以及历代的变化，你自然感到像这样"古典"的应用确能增加卢沟桥的伟大与美丽。

　　打开一本详明的地图，从现在的河北省、清代的京兆区域里你可找得那条历史上著名的桑干河。在外古的战史上，在多少吊古伤今的诗人的笔下，桑干河三字并不生疏。但，说到治水、㶟水、漯水这三个专名似乎就不是一般人所知了。还有，凡到过北平的人，谁不记得北平城外的永定河——即不记得永定河，而外城的正南门，永定门，大概可说是"无人不晓"吧。我虽不来与大家谈考证，讲水经，因为要叙叙卢沟桥，却不能不谈到桥下的水流。

　　治水，㶟水，漯水，以及俗名的永定河，其实都是那一道河流——桑干。

　　还有，河名不甚生疏，而在普通地理书上不大注意的是另外一道大流——浑河。浑河源出浑源，距离著名的恒山不远，水色浑浊，所以又有小黄河之称。在山西境内已经混入桑干河，经怀仁，大同，委弯曲折，至河北的怀来县。向东南流入长城，在昌平县境的大山中如黄龙似的转入宛平县境，二百多里，才到这条巨大雄壮的古桥下。

　　原非陇头水，是不错的，这桥下的汤汤流水，原是桑干与浑河的合流；也就是所谓治水，㶟水，漯水，永定河与浑河，小黄河，黑水河（浑河的俗名）的合流。

　　桥工的建造既不在北宋的时代，也不开始于蒙古人的占据北平。金人与南宋南北相争时，于大定二十九年六月方将这河上的木桥换了，用石料造成。

这是见之于金代的诏书，据说："明昌二年三月桥成，敕命名广利，并建东西廊以便旅客。"

马哥勃罗来游中国，服官于元代的初年，他已看见这雄伟的工程，曾在他的游记里赞美过。

经过元明两代都有重修，但以正统九年的加工比较伟大，桥上的石栏，石狮，大约都是这一次重修的成绩。清代对此桥的大工役也有数次，乾隆十七年与五十年两次的动工，确为此桥增色不少。

"东西长六十六丈，南北宽二丈四尺，两栏宽二尺四寸，石栏一百四十，桥孔十有一，第六孔适当河之中流。"

按清乾隆五十年重修的统计，对此桥的长短大小有此说明，使人（没有到过的）可以想象它的雄壮。

从前以北平左近的县分属顺天府，也就是所谓京兆区。经过名人题咏的，京兆区内有八种胜景：例如西山霁雪、居庸叠翠、玉泉垂虹等，都是很幽美的山川风物。芦沟不过有一道大桥，却居然也与西山居庸关一样刊入八景之一，便是极富诗意的"卢沟晓月"。

本来，"杨柳岸晓风残月"是最易引动从前旅人的感喟与欣赏的凌晨早发的光景；何况在远来的巨流上有这一道雄伟壮丽的石桥；又是出入京都的孔道，多少官吏、士人、商贾、农、工，为了事业，为了生活，为了游览，他们不能不到这名利所萃的京城，也不能不在夕阳返照，或东方未明时打从这古代的桥上经过。你想：在交通工具还没有如今迅速便利的时候，车马，担簦，来往奔驰，再加上每个行人谁没有忧、喜、欣、戚的真感横在心头，谁不为"生之活动"的精神上负一份重担？盛景当前，把一片壮美的感觉移入渗化于自己的忧喜欣戚之中，无论他是有怎样的观照，由于时间与空间的变化错综，面对着这个具有崇高美的压迫力的建筑物，行人如非白痴，自然以其鉴赏力的差别，与环境的相异，生发出种种的触感。于是留在他们的心中，或留在借文字绘画表达出的作品中，对于卢沟桥三字真有很多的酬报。

不过，单以"晓月"形容卢沟桥之美，据传说是另有原因：每当旧历的月尽头（晦日），天快晓时，下弦的钩月在别处还看不分明，如有人到此桥上，他偏先得清光。这俗传的道理是否可靠，不能不令人疑惑。其实，卢沟桥也不过高起一些，难道同一时间在西山山顶，或北平城内的白塔（北海山上）上，看那晦晓的月亮，会比卢沟桥上不如？不过，话还是不这么拘板说为妙，用"晓月"陪衬卢沟桥的实是一位善于想象而又身经的艺术家的妙语，本来不预备后人去作科学的测验。你想："一日之计在于晨"，何况是行人的早发。朝气清蒙，烘托出那钩人思感的月亮——上浮青天，下嵌白石的巨桥。京城的雉堞若隐若现，西山的云翳似近似远，大野无边，黄流激奔……这样光，这样色彩，这样地点与建筑，不管是料峭的春晨，凄冷的秋晓，景物虽然随时有变，但若无雨雪的降临，每月末五更头的月亮，白石桥，大野，黄流，总可凑成一幅佳画，泻染飘浮于行旅者的心灵深处，发生出多少样反射的美感。

你说：偏以"晓月"陪衬这"碧草卢沟"（清刘履芬的《鸥梦词》中有长亭怨一阕，起语是：叹销春间关轮铁，碧草卢沟，短长程接），不是最相称的"妙境"么？

无论你是否身经其地，现在，你对于这名标历史的胜迹，大约不止于"发思古之幽情"吧？其实，即以思古而论也尽够你深思，咏叹，有无穷的兴感！何况血痕染过那些石狮的鬈鬣，白骨在桥上的轮迹里腐化，漠漠风沙，鸣咽河流，自然会造成一篇悲壮的史诗。就是万古长存的"晓月"也必定对你惨笑，对你冷觑，不是昔日的温柔、幽丽，只引动你的"清念"。

桥下的黄流，日夜呜咽，泛挹着青空的灏气，伴守着沉默的郊原。……

他们都等待着有明光大来与洪涛冲荡的一日——那一日的清晓。

青岛素描

从北平来，从上海来，从中国任何的一个都市中到青岛来，你会觉得有另一种的滋味。北平的尘土，旧风俗的围绕，古老中国的社会，使你沉静，使你觉到匆忙中的闲适，小趣味的享受。在上海，是处处模仿着美国式的摩天楼，耀目的红绿光灯，街市中不可耐的噪音；各种人民的竞猎，凌乱，繁杂忙碌，狡诈，是表现着帝国主义殖民地的威风派头。然而青岛，却在中国的南方与北方的都会中独自表现着另一副面目。

"青山，碧海，红瓦，绿树。"康有为的批评青岛色彩的八个字，久已悬悬于一般旅行者的记忆之中。讲青岛的表现色，这几个形容字自然不可移易。初到那边的人一定会亲切地感到。

我早有几次的经验，不是初来此地的生客。然而这一个春季，我特别在这个美丽的地方借住于友人的家中，过了几个月。有许多很好的机会，使我看到以前所未留心的事物。

这地方的道路，花木，房屋的建筑，曾经有不少的人写过游记，似乎不必详谈。然而从另一种的观察上看去，这里一切的情形是混合着德国人的沉重，日本人的小巧，中国固有的朴厚。经过重要街道，你如果是个留心的观察者，可以从街头所有的表现上看得出。

譬如就建筑上来说，这是最能显示一国的民风与其文化的。青岛在荒凉的渔村时代，什么也没有。自从世界上震惊于德国兵舰强占胶州湾以后，一年一年的过去，这里完全变象了。为了德人强修胶济铁路，沿铁路线的强悍的山东农民作了暴征的牺牲者，人数并不很少；可是在另一方面，为了金钱，为了新生路的企图，靠近胶州湾几县的农民、工人，用他们的汗血与聪明，在德国人的指挥之下，把青岛完全改观。深入大海中的石壁码头，平山，开道，由一砖、一木，造成美好坚固德国风的高大楼房。他们有的因此得了奇怪的机会，由一个苦工后来变为有钱有势的人物，有的挣得一份小家私，不在乡间过活，也有的一无所得，或者伤了生命。但青岛的建设事业如其说是凭了德国人的头脑，还不如说是胶东穷民的血汗。自然，一般人都颂扬德国人的魄力。然而我看到这几十年前的海滨渔场，现在居然变为四十多万人口的中等都市，这期间的辛苦经营，除掉西方的机器文化以外，我们能忍心把中国一般苦工的力量全个抛去？

欧战之后，乖巧的日本人承袭了德国人强占的军港，于是太阳旗子，木屐的响声，到处都是；于是又一番的辟路，盖屋；又一番的指挥，压迫。无量的日本货物随着他们的足迹踏遍山东的全境。而一般在这个地方辗转求生的中国人，只好把以前学会的德语抛却，从新学得日本言语、文字，再来做一次的奴隶。

这是有什么法子！"在人矮檐下，怎敢不低头！"于是中国人的心目中觉得这回非前时可比了。德国人像一只掠空的鸷鹰，他单拣地面上随时可以取得的肥鸡，跑兔；至于小小虫豸则不足饱他的口腹。他是情愿把小小的恩惠赏给奴隶们的。可是××人却不然了。挟与俱来的：街头的小贩，毒品的制造者，浪人，红裙队，什么都来了。一批一批的男女由大阪、神户向这个新殖民地分送。于是以前觉得尚有微利可求的中国居民也渐渐感到恐慌。因为对××人的诅恨，更感到德国人的优容。直到现在，与久居青市的人民谈起话来，说到这两位临时主人，总说："德国人好得多，××最下三烂！"这是两句到处可以听到的话。

主人是换过了，虽然待遇不比从前好，怎么样呢？因为各种事业的开展仍然最需要苦工。而山东各县的景况恰与这新开辟的都市成了反比例。连年内战，土地跌价，一般农民都想从码头上找生路。于是蓝布短衣，腰掖竹烟管、戴围笠的乡民也如一般××的找机会的平民一样，一批一批地由铁路，由小帆船运到这可以憧憬着什么的地方中来。

从那时起，军港的青岛一变而为纯粹的商港。聪明的××人知道这里还不是久居之地。也不作军港的企图。把德人的修船坞拖回他们的国内，德人费过经营的沿海要塞的炮台，内部完全破坏，只要有利可图，能够继续占有德人在沿铁道的企业，如煤矿、林业、房舍，种种，他们一心一意来做买卖。直待至太平洋会议时，摆了许多架子，在种种苛刻的条件下，算是把这片土地付还中国。

　　历史，自有不少的聪明历史家可以告诉后人的，现在我要单从建筑上谈一谈青岛的混合性。

　　看一个国家或是一个地方的文化，善于观察者从一方面即可推知其全体。即就建筑上说，很明显的如爱司基摩人的雪屋，热带地方人住的树皮草叶的小屋，近而如日本人好建木板房子，而中国北方就有火炕。由于气候、习惯，建筑遂千差万别。从这上面最易分别出一国家一地方的民性。至于更高尚的，如东方西方古代的建筑，何以意大利有许多辉煌奇异的教堂，而埃及则有金字塔？正如中国有著名的长城一样。所以有此的缘故，并不简单，要与其一国的地理、历史、风尚、人民的性质俱有关系。这不是几句话可以说明的。

　　德国的建筑移植到中国来，当然青岛是一个重要地方。在初时一般人只知道德国人在大清府（这是一个不见于历史的名词，乃是山东胶东一带人民在二十年前叫青岛的一个自造专名词，到底是大青还是大清，却无从知道。）盖洋楼，自然是在几层上面，有尖角，有石柱，有雕刻，有突出嵌入的种种凉台、窗子，统名之曰洋式而已。实在直到现在，凡是留心的人还能由这些先建的洋楼上，看出德国人的沉鸷刚勇的气概。例如青岛著名的建筑物，现在的市政府与迎宾馆，以及当年德国人的军营，现在的山东大学与市立中学校。那些建筑物，除掉具备坚固、方正、匀称、高大的种种相之外，你在它们旁边经过，就觉得德国人凡事要立根很深的国民性有点可怕！同时也还有其可爱之点。当初他们对这个港口实在是花过本钱的。究竟不知是多少万马克汇来东方，经营着山路、海堤森林、铁路，一切事他们早打定了永久的计划，所以都从根本上着想。建筑也是如此。现在凡过青市生活略久一点的人，走到街上，单凭看惯的眼光，便能指出这所房子是德国人盖的，那是××的玩意，是中国式房子，十有八九错不了。自然的分别，就譬如眼见各人的面目不同一样。

　　有形势与作风，自古代，建筑是与音乐、绘画，并列入文艺之内的。因为它表现着时代精神与人民生活性的全体，而愈长久的建筑物却愈能代表那一个国家一个地方的最高文化。端庄中具有稳静的姿态，严重形势上包含着条理与整齐。不以小巧见长，同时也不很平板。恰好与日本人的建筑物相反。日本在维新以后，初时处处唯德国是仿，然而连形式也不对。由日本占青市后建造的神社及其他住房上看,很清楚,他们只在玲珑、清秀上作打扮。是一个清瘦精细的女孩,而没有"硕人顾顾"的神态。至于完全出自中国人的意匠所盖的房屋,除却照例的二三层商店房式之外,其他的住房多半是整齐、方正,很能在新形式中仍存有固有的风姿。近年也有几处从上海移植来的所谓立体建筑物。

青岛的建筑是这样混杂着。可以由此推知以前的青岛是如何受了外国的影响。

"不错,这名称不是空负的。据我所到的地方,就连德国说在内,像这么美丽适于居住的城市也不多。"

正是一个春末的黄昏,我的亲戚C君——他是一个留德的医学博士——在凉台告诉我,因为我们又谈到这东方花园的问题。

"我爱这边的幽静,而又不缺乏什么,可是有人说这边没有中国文化,但怎么讲呢?文化两个字解释起来怕也费劲!自然许多人在热心拥护古老的文化精神,是什么呢?你说……"我呷着一口清茶望着电灯微明下的波光慢慢地说:"哼!文化!中国的古老文化不是上茶馆,抽水烟,到处有的杂货摊?什么东西只要古香古色的那就是!……至于说真正的中国固有文化的精神,你以为在哪里?难道在北平,在济南,在各个大都会里?我们到那些地方也只看到古老文化的渣滓,真正可爱的古文化的精神在哪里?……"

"所以啦,我以为在这里反倒清静些……"他感慨地叹着,又加上一句断语。

"本来我对这一句话也认为有点难讲。这地方没有中国古老的文化,也许容易造成一个崭新的地方。因为以前没的可保守,所以一切事都容易重新做起。虽然是否能造成另一种更好的文化还不可知,然而至少要把那些文化的没用的渣滓去掉,也并不难——我知道这边的人民诚实,朴厚,做起事来又认真,虽然不十分灵活,可是凡到本处来的人却很能了解。又配上这么幽静而又有待发展的地方,在国内,青岛的将来是不缺少好希望的。"

C君因为我的乐观,便在小桌上用手指敲一下道:

"你可不要忘记了××人!"

这是每个在青岛住得久稍有点知识的人时时容易想到这一个严重问题。××人,虽然似乎大量地把这个地方奉还原主,然而铁路的价值、保留的房产、沿铁道线的种种利权，依然都在他们的掌握之中。兵舰是朝发夕至，对于这个好地方的未来，谁也怕××人再来伸手！

"你想这边××的余势还有多少？重要商业与航运的便利，几乎全被他们所操纵。现在青岛的平和能维持到哪一年，天知道！——可是这也不必多虑了。想不了那一些！另外我可告诉你，为什么近十年来这海边小都会人口渐渐加多？不是做生意的人说不好么？不景气么？然而各县各乡村中的不安定较这里更利害，就使吃饭便好，那些用手脚来谋生的人往外跑，一年比一年多，各处一例。所以在这里也看出人口增多，而事业并不见大发展的缘故。"

他怕我不明白这种情形，所以尽力地解释，但是我正在靠山面海的凉台上向四方看去。稀稀疏疏的电灯光映着那些一堆一撮高下错落的楼房，海边就在我们坐的楼下。银色的波涛有节奏似的撞着石堆作响。静静的海面只有几只不知哪国的军舰，静静地停泊着。黑暗中海面的胸衣慢慢起落。在安闲平静中却包藏着什么中国，日本，农村，商业的重大问题。这时我另有所思，答复C君道：

"唉！这人间的苦恼，永久的争斗，从古时到现在，没有演奏完了的时候，今夕何夕？你看，这么好听的涛声，这样好的境界之中！……"

"你是'想今夕只可谈风月！'哈哈……"

"……"

"是的，本来人是在环境中容易被征服的动物。刺激愈重，动力愈大，从前在德日帝国主义者的铁骑下的中国居民，虽然是被保护者，可是他们究竟还感到压迫的不安。现在大家除却作个人的生活竞争之外，在这幽静的新都市中住惯了的人，差不多随了环境也都染上一种悠闲的性质。就以生活较苦的人力车夫来作比，你看他们与上海、天津、汉口、北平各处他们的同行可一样？"

"不同，不同。青岛市的车夫穿得整齐，他们争坐也不像别的地方那么厉害，甚至吵骂，挥拳头。差得多这是谁都看得出来的。"

"原因？……原因就在这里的钱较容易赚，虽然生活程度并不低于别的都会。外国人多一点，贫苦生活的竞争是有的，然而比别的都会也还差些。"

我听了C君的结论，不敢十分相信，然而也无可以驳他的理由。我忽然注目到凉台下面的几棵樱花树，电光下摇动她的花瓣落在青草地上。

"啊！是了。这几天我只从街道旁边看过樱花，没曾专往公园的樱花路上去观观光。……"

"这还是日本风的遗留。自从日本人占了此地之后，栽植上不少的樱花树，每年还有一个樱花节在四月中举行几天，与在日本一样。现在这节日自然是取消了，可是每年花开的时候，车马游人依然是十分热闹。春季与盛夏是青岛最佳的时候——所以无论如何，青岛的居民是谈不到秋冬令的感受与刺激的！"

C君很俏皮地这么说，我也明白他也有点别感，话并不直率。可是我一心要拉着他外出游观，便与他订明于第二天一早出发往公园与青岛市外。

沿着海岸的太平路、莱阳路，随了汽车队的穿行，这真给我以重游的满足。一面是碧波明净的大海，一面是山上参差的楼台。汇泉一带的新建筑与团团的一大片草场那么柔又那么绿。未到公园以前便看见比乡镇赛会热闹得多的游众。公园的玩意很多：水果摊、咖啡店、照相处、小饭店，都在花光树影下叫卖着。不是看花，简直是"人市"。

实在这广大的中山公园的美点并不止在这几百株的樱花身上，有许多植物从德人管理时移植过来，名目繁多，大可供学植物者的参考：据说因为德人要试验这半岛上究竟宜种何种植物，便尽量地撒布下各种植物的种子。……再则是最娇美的海棠在这边也成了一条路，路两侧全是丽红粉白的花朵，其实比满树烂漫的樱花好看。

剪平的圆草地，有小花围绕的喷水池，难于一一说出名字的各种松柏类的植物，熏人欲醉的暖风，每个人都很欣乐地在这自然的美景中游逛，说笑。我因此记起了C君夜来的谈话，不禁使自己也有点惘然之惑！

因为太喧闹了，我们便离开这里往清静的海浴场去。

还不到海浴的时候，一大片沙滩上只有那些各种颜色的木板屋，空虚地呆立着。没有特制大布伞，没有儿童的叫嚷，没有女人的大腿与红帽。静静地看，由这处，那处，一层层泛荡过来的层波，轻柔地在沙边吞噬着。恰巧这不是上潮的一天，浅水，明沙，分外显得有趣。我们脱了鞋袜用海水洗过脚，在沙滩上来回地走着。看这片深碧色浮映着一种可爱的明光的圆镜，斜对面的青岛山，小小的山峰孤立在那里，披上春天的薄衣。小的浪花疲倦地，迟迟地，似一个春困的少女的呼吸，由不知何处来的那股冲动的力量使她觉到不安，可又不能作有力的挣扎。沙是太柔软了，脚踏下去比在波斯织的毛毯上还舒适。是那么微荡地又熨帖地使脚心的皮肤感到又麻又痒的一种快感。

风从海面斜掠过来，夹着微有咸湿的气味，并不坏，因为一点也不干燥。

空中呢，在这海边的天空是最可爱的，尤其是春秋的时候，晴天的日子那么多，高高的空中，明丽的蔚蓝色，像一片彩色的蓝宝石将这个海边的都市全罩住，云是常有的，然而是轻松的，片段的，流动的彩云在空中时时作翩翩的摆舞，似乎是微笑，又似乎是微醉的神态。绝少有板起青铅色的面孔要向任何人示威的样儿。而且色彩的变化朝晚不同。如有点稍稍闲暇的工夫，在海边看云，能够平添一个人的许多思感，与难于捉摸的幻想。映着初出海面的太阳淡褐色的微绛色的云片轻轻点缀于太空中。午间，有云，晴天时便如一团团白絮随意流荡。午后到黄昏，如果你是一个风景画家，便可以随时捉到新鲜、奇丽的印象。从云彩，从落日的渲染，从海对面的山色上，使你的画笔可以有无穷的变化。

这上午我同 C 君在沙滩上被什么引诱似的坐了许久的时候，时时听到岸上，车马来回的响声。

C 君为要另给我一种印象，叫了一部马车把我们载到东西镇去。

那像青岛市中心的首，尾。东镇在以前是与市区隔着一条荒凉的马路，两旁还是野田。这些年那条路却成了日本居留民的中心地带。由日本神社的下面往东走，好长的一条辽宁路，两旁的生意至少有一半是挂着日文的招牌。这是公共汽车与各处长途汽车向市外走的要道。东镇原是一个小小的村庄，现在成了工人小贩的居住区。自然，马路、电话、汽车，哪样都有，可是旧式的黑板门，红门对，小店铺的陈设，冷摊的叫卖者，仿佛到了中国较大的乡村一样。这里很少摩登的式样。有不少的短衣破鞋的男子，与乱拢着髻子仍然穿着旧式衣裤的女人。小孩子光着屁股在街上打架。拾蚌螺的贫女提着柳条筐子从海边回来。这便是青岛的贫民窟么？不对，究竟得算高一级的。不过当我们的马车经过几条冷落的小街道时，看见矮矮的瓦檐下，门口便是土灶，有的还有些豆梗、高粱，似是预备作燃料用的。窄窄的红对联不免有"一元复始，万象更新"的吉利话。三个两个穿红裤子蓝布裀的女人，明明是乡间的农妇，可是满脸厚涂着铅粉、胭脂，向街上时用搜索的眼光找人。经过C君的告诉，我才知道这是最低等的卖淫者，大约是几角钱的代价吧。这边有的是普通工人，干粗活的，拉大车的，有一种需要的消费，便有供给的商品。

"你没看见那些门上有一盏玻璃罩的煤油灯？那便是标识，经过上捐的手续，她们便可在晚上点灯，正式营业——其实这些事谁还管是夜里，白天！"

C君即速催着马车走过，我疑心他这位医学家是怕有什么病菌在空中传布吧。

由东镇再转出去，便是著名工厂地带的四方。触目所见全是整齐的红砖房子。银月，大康等日本人的纱厂都在这里。男女工人在上工放工时，沿四方到东镇的马路上，全是他们的足迹。山东全省人民日常穿的粗衣原料，这里便是整批的供给处。不错，几万的工人在这到处不景气氛围中，似乎容易发生失业的问题。在青岛却差得多，生意与一切便宜的关系，横竖各个乡村谁不需要一件洋布衣服穿，价廉而又广泛的推销贩卖，这个地方的各个大机器很少有停止运行的时候。

四方这地方就因为若干大工厂的关系，变为工人居住的区域。又加上胶济铁路的机厂也在这里，所以我们在这一带所见到的便是短衣密扣的壮年男子，梳辫剪发的花布衣裳的姑娘，煤灰，马路上的尘土，并且可以听到各种机件的响声。

西镇是紧接着青市的中心市区，除了经过火车道上面的一条大桥之外，并无什么界限。虽然也似乎杂乱，却较东镇整齐得多。小商店，与一般职员的住房很多。

日落时马车转到青市的最西偏处。那是著名的马虎窝。海岸上的木板屋与草棚，中间有不少的家庭在这荒凉的地方度日。

"这才是青岛的贫民窟。你瞧：与南海岸的高大楼房相比，以为如何？……"C君问我。

"哪个都市不是这样！到处都是一律。但我总想不到在这美丽的都市也还有这么苦的地方。"

"傻人！愈是都市愈得需要苦力。没有他们怎么能造成各种享受的事物。一手，一足的力量是一切最需要的。而上级的人士他们宝贵他们的头脑，更宝贵他们的手足。机械还不能支配一切，于是苦力便需要了。所以你以为东镇的小屋是最低等，瞧这儿？……"

我在车中不停地注视。矮矮的木屋，有的盖上几十片薄瓦，有的简直是用草坯。鸡栅便在屋旁，疲卧的小狗瞪不起警视的眼睛，与西洋女人身后的狼犬不可比量！全是女人，孩子，她们的男子这时正在赚馒头吃的地方工作，还没有回来。

澎湃的涛声在这片荒凉的海岸下响着单调的音乐，向东望，几处高高矗立的烟突，如同一些高大的警察在空中俯瞰着一切。

"平民的房屋现在正在建筑着，然而怎么能够用。这不是一个问题？"C君说。

我没回答他。马车穿过这里，一些黄瘦污脏垂着鼻涕的孩子前前后后地待着。

渐走渐近，不到半点钟而市中心的红绿光商标已经放射出刺激视觉的光彩，而流行的爵士音乐，与"我爱你"的小调机片声音，也可以听得到了。

夜间，我独自在南海岸的杂花道上逛了一会，想着往海滨公园，太远了，便斜坐在栈桥北头小公园的铁桥上面前看。新建成的栈桥，深入海中的亭子，像一座灯塔。水声在桥下面响得格外有力。有几个游人都很安闲地走着，听不到什么言语，弯曲的海岸远远地点缀着灯光，与桥北面的高大楼台的相映是一种夜色的对称。

一天重游的所见，很杂乱地在我的脑中映现。我想：不错，这么静美而又清洁，一切并不比大都市缺乏什么好的地方，无怪许多人到此来的很难离开。可是从另一方面说，还不是一样，也有中国都市的缺陷。或者少点？虽然静美，却使人感到并不十分强健。理想的境界本来难找，可是除却沉醉于静美的环境中，想一想中国都市的病象，竟差不多！譬如这里，已比别处好得多，然而有什么更好的方法可以使这个静美的地方更充实与健康呢？

我又想了，这个问题是普遍于各大都市之中的。……

郑振铎

向光明走去

谁都喜爱光明的。虽然也许有些人和动物常要躲在黑暗之中，以便实行他们的阴险计划的，但那是贼，是恶人，是鸱，是蝙蝠，是狐。凡是人，是正直的人或物，总是喜爱光明，总是要向光明走去的。

黑漆漆的夜，独自走在路上，一点的星光、月光、灯光都没有，我们心里真有些怕。夏天的暴雨之前，天都乌黑了，无论孩子大人，心里也总多少有些凛凛然的，好像天空要有什么异样的变动。山寺的幽斋中，接连地落了几天的雨，天空是那样的灰暗，谁都要感到些凄楚之意。

但是太阳终于来了。接着夜而来的是白昼，接着暴雨而来的是晴光，接着灰暗之天空的是蔚蓝色的天空。那时，不知不觉地会有一阵慰安快乐的感觉，渗入每个人的心里，会有一种勇往活泼的精神，笼罩在每个人的脸上。

在黑暗中走着的人，在夏雨中的人，在灰暗的天空之下的人，总要相信光明的必定到来。因为继于夜之后的一定是白昼。夜来了，白昼必定不远的。继于阴雨之后的，一定是阳光之天。雨来了，太阳必定是已躲在雨云之后的。

那些只相信有阴雨之天，只相信有夜的人，且让他们去。我们是相信着白昼，相信着阳光之必定到来的。

现在，我们是什么样的时代呢？我猜一定不会错，每个人一听到这句问话，都必定要皱着眉头，在心里叹着气答道："黑暗时代！"

是的，是的，现在是黑暗时代。

政治上，社会上，国际上，家庭上，有多少浓厚的阴影罩着！且不必多说，这许多。许多黑暗的事实，一时也诉说不尽。

但是"光明"已躲在这些"黑暗"之后了！我们要相信光明一定会到来。

我们不仅相信，我们还要迎着光明走去！譬如黑夜独行，坐在路旁等天亮，那是很可羞；如果惧怕黑夜而躲进小岩洞或小屋之内，那更是可耻。

我们相信光明必定会到来，我们迎上去，我们向着它走去！

在黑夜里，踽踽地走着，到了天亮时，我们走到目的地了，那是多么快慰的事呀！

那些见黑暗而惧怕，而失望的，让他们永躲在黑暗里吧；那些只相信有黑暗而不相信有光明的，也让他们的生活于黑暗之洞里吧。我们如果是相信"光明"的，我们便要鼓足了勇气，不怖不懈，向着光明走去。

我们不彷徨，我们不回顾。人类是永续不断的一条线，人间社会是永续不断的努力的结果。我们虽住在黑暗之中，我们应努力在黑暗中进行，但也许我们自身，是见不到光明的。人类全体永续不断地向着光明走去，光明是终于会到来的。

走去，走去，向着光明走去。

光明终于是要到来的！

海　燕

乌黑的一身羽毛，光滑漂亮，积伶积俐，加上一双剪刀似的尾巴，一对劲俊轻快的翅膀，凑成了那样可爱的活泼的一只小燕子。当春间二三月，轻飔微微地吹拂着，如毛的细雨无因地由天上洒落着，千条万条的柔柳，齐舒了它们的黄绿的眼，红的白的黄的花，绿的草，绿的树叶，皆如赶赴市集者似的奔聚而来，形成了烂漫无比的春天时，那些小燕子，那么伶俐可爱的小燕子，便也由南方飞来，加入了这个隽妙无比的春景的图画中，为春光平添了许多的生趣。小燕子带了它的双剪似的尾，在微风细雨中，或在阳光满地时，斜飞于旷亮无比的天空之上，唧的一声，已由这里稻田上，飞到了那边的高柳之下了。再几只却隽逸地在粼粼如縠纹的湖面横掠着，小燕子的剪尾或翼尖，偶沾了水面一下，那小圆晕便一圈一圈地荡漾了开去。那边还有飞倦了的几对，闲散地憩息于纤细的电线上——嫩蓝的春天，几支木杆，几痕细线连于杆与杆间，线上是停着几个粗而有致的小黑点，那便是燕子，是多么有趣的一幅图画呀！还有一家家的快乐家庭，他们还特为我们的小燕子备了一个两个小巢，放在厅梁的最高处，假如这家有了一个匾额，那匾后便是小燕子最好的安巢之所。第一年，小燕子来住了，第二年，我们的小燕子，就是去年的一对，它们还要来住。

"燕子归来寻旧垒。"

还是去年的主，还是去年的宾，他们宾主间是如何的融融泄泄呀！偶然的有几家，小燕子却不来光顾，那便很使主人忧戚，他们邀召不到那么隽逸的嘉宾，每以为自己运命的蹇劣呢。

这便是我们故乡的小燕子，可爱的活泼的小燕子，曾使几多的孩子们欢呼着，注意着，沉醉着，曾使几多的农人们市民们忧戚着，或舒怀地指点着，且曾平添了几多的春色，几多的生趣于我们的春天的小燕子！

海　燕

如今，离家是几千里！离国是几千里！托身于浮宅之上，奔驰于万顷海涛之间，不料却见着我们的小燕子。

这小燕子，便是我们故乡的那一对，两对么？便是我们今春在故乡所见的那一对，两对么？

见了它们，游子们能不引起了，至于是轻烟似的，一缕两缕的乡愁么？

海水是皎洁无比的蔚蓝色，海波是平稳得如春晨的西湖一样，偶有微风，只吹起了绝细绝细的千万个粼粼的小皱纹，这更使照晒于初夏之太阳光之下的、金光灿烂的水面显得温秀可喜。我没有见过那么美的海！天上也是皎洁无比的蔚蓝色，只有几片薄纱似的轻云，平贴于空中，就如一个女郎，穿了绝美的蓝色夏衣，而颈间却围绕了一段绝细绝轻的白纱巾。我没有见过那么美的天空！我们倚在青色的船栏上，默默地望着这绝美的海天；我们一点杂念也没有，我们是被沉醉了，我们是被带入晶天中了。

就在这时，我们的小燕子，两只，三只，四只，在海上出现了。它们仍是隽逸地从容地在海面上斜掠着，如在小湖面上一样；海水被它的似剪的尾与翼尖一打，也仍是连漾了好几圈圆晕。小小的燕子，浩莽的大海，飞着飞着，不会觉得倦么？不会遇着暴风疾雨么？我们真替它们担心呢！

小燕子却从容地憩着了。它们展开了双翼，身子一落，落在海面上了，双翼如浮圈似的支持着体重，活是一只乌黑的小水禽，在随波上下地浮着，又安闲，又舒适。海是它们那么安好的家，我们真是想不到。

在故乡，我们还会想象得到我们的小燕子是这样的一个海上英雄么？

海水仍是平贴无波，许多绝小绝小的海鱼，为我们的船所惊动，群向远处窜去；随了它们飞蹿着，水面起了一条条的长痕，正如我们当孩子时之用瓦片打水漂在水面所划起的长痕。这小鱼是我们小燕子的粮食么？

小燕子在海面上斜掠着，浮憩着。它们果是我们故乡的小燕子么？

啊，乡愁呀，如轻烟似的乡愁呀！

宴 之 趣

虽然是冬天，天气却并不怎么冷，雨点淅淅沥沥地滴个不已，灰色云是弥漫着；火炉的火是熄下了，在这样的秋天似的天气中，生了火炉未免是过于燠暖了。家里一个人也没有，他们都出外"应酬"去了。独自在这样的房里坐着，读书的兴趣也引不起，偶然地把早晨的日报翻着，翻着，看看它的广告，忽然想起去看《Merry Widow》吧。于是独自地上了电车，到派克路跳下了。

在黑漆的影戏院中，乐队悠扬地奏着乐，白幕上的黑影，坐着，立着，追着，哭着，笑着，愁着，怒着，恋着，失望着，决斗着，那还不是那一套，他们写了又写，演了又演的那一套故事。

但至少，我是把一句话记住在心上了：

"有多少次，我是饿着肚子从晚餐席上跑开了。"

这是一句隽妙无比的名句；借来形容我们宴会无虚日的交际社会，真是很确切的。

每一个商人，每一个官僚，每一个略略交际广了些的人，差不多他们的每一个黄昏，都是消磨在酒楼菜馆之中的。有的时候，一个黄昏要赶着去赴三四处的宴会。这些忙碌的交际者真是妓女一样，在这里坐一坐，就走开了，又赶到另一个地方去了，在那一个地方又只略坐一坐，又赶到再一个地方去了。他们的肚子定是不会饱的，我想。有几个这样的交际者，当酒阑灯榭，应酬完毕之后，定是回到家中，叫底下人烧了稀饭来堆补空肠的。

我们在广漠繁华的上海，简直是一个村气十足的"乡下人"；我们住的是乡下，到"上海"去一趟是不容易的，我们过的是乡间的生活，一月中难得有几个黄昏是在"应酬"场中度过的。有许多人也许要说我们是"孤介"，那是很清高的一个名词，但我们实在不是如此，我们不过是不惯征逐于酒肉之场,始终保持着不大见世面的"乡下人"的色彩而已。

  偶然的有几次,承一两个朋友的好意,邀请我们去赴宴。在座的至多只有三四个熟人,那一半生客,还要主人介绍或自己去请教尊姓大名,或交换名片,把应有的初见面的应酬的话讷讷地说完了之后,便默默地相对无言了。说的话都不是有着落,都不是从心里发出的,泛泛的,是几个音声,由喉咙头溜到口外的而已。过后自己想起那样的敷衍的对话,未免要为之失笑。如此的,说是一个黄昏在繁灯絮语之宴席上度过了,然而那是如何没有生趣的一个黄昏呀!

  有几次,席上的生客太多了,除了主要之外,没有一个是认识的;请教了姓名之后,也随即忘记了。除了和主人说几句话之外,简直的无从和他们谈起。不晓得他们是什么行业,不晓得他们是什么性质的人,有话在口头也不敢随意地高谈起来。那一席宴,真是如坐针毡;精美的羹菜,一碗碗地捧上来,也不知是什么味儿。终于忍不住了,只好向主人撒一个谎,说身体不大好过,或说是还有应酬,一定要去的——如果在谣言很多的这几天当然是更好托辞了,说我怕戒严提早,要被留在华界之外——虽然这是无礼貌的,不大应该的,虽然主人是照例地殷勤地留着。然而我却不顾一切地不得不走了。这个黄昏实在是太难挨得过去了!回到家里以后,买了一碗稀饭,即使只有一小盏萝卜干下稀饭,反而觉得舒畅,有意味。

  如果有什么友人做喜事,或寿事,在某某花园、某某旅社的大厅里,大张旗鼓地宴客,不幸我们是被邀请了,更不幸我们是太熟的友人,不能不到,也不能道完了喜或拜完了寿,立刻就托辞溜走的,于是这又是一个可怕的黄昏。常常地张大了两眼,在寻找熟人,好容易找到了,一定要紧紧地和他们挤在一起,不敢失散。到了坐席时,便至少有两三人在一块儿可以谈谈了,不至于一个人独自地局促在一群生面孔的人当中,惶恐而且空虚。当我们两三个人在津津地谈着自己的事时,偶然抬起眼来看着对面的一个坐客,他是凄然无侣地坐着;大家酒杯举了,他也举着;菜来了,一个人说"请,请",同时把牙箸伸到盘边,他也说"请,请",也同样地把牙箸伸出。除了吃菜之外,他没有目的,菜完了,他便局促地独坐着。我们见了他,总要代他难过,然而他终于能够终了席方才起身离座。

  宴会之趣味如果仅是这样的,那么,我们将咒诅那第一个发明请客的人;

喝酒的趣味如果仅是这样的，那么，我们也将打倒杜康与狄奥尼修士了。

然而又有的宴会却幸而并不是这样的；我们也还有别的可以引起喝酒的趣味的环境。

独酌，据说，那是很有意思的。我少时，常见祖父一个人执了一把锡的酒壶，把黄色的酒倒到白磁小杯里，举了杯独酌着；喝了一小口，真正一小口，便放下了，又使起筷子来夹菜。因此，他食得很慢，大家的饭碗和筷子都已放下了，且已离座了，而他却还在举着酒杯，不匆不忙地喝着。他的吃饭，尚在再一个半点钟之后呢。而他喝着酒，颜微酡着，常言叫道："孩子，来。"而我们便到了他的跟前。他夹了一块只有他独享着的菜蔬放在我们口中，问道："好吃么？"我们往往以点点头答之，在孙男与孙女中，他特别地喜欢我，叫我前去的时候尤多。常常的，他把有了短髭的嘴吻着我的面颊，微微有些刺痛，而他的酒气从他的口鼻中直喷出来。这是使我很难受的。

这样的，他消磨过了一个中午和一个黄昏。天天都是如此。我没有享受过这样的乐趣。然而回想起来，似乎他那时是非常的高兴。他是陶醉着，为快乐的雾所围着，似乎他的沉重的忧郁都从心上移开了，这里便是他的全个世界，而全个世界也便是他的。

别一个宴之趣，是我们近几年所常常领略到的。那就是集合了好几个无所不谈的朋友，全座没有一个生面孔，在随意地喝着酒，吃着菜，上天下地地谈着。有时说着很轻妙的话，说着很可发笑的话，有时是如火如剑的激动的话，有时是深切的论学谈艺的话，有时是随意地取笑着，有时是面红耳热地争辩着，有时是高妙的理想在我们的谈锋上触着，有时是恋爱的遇合与家庭的与个人的身世使我们谈个不休。每个人都把他的心胸赤裸裸地袒开了，每个人都把他的向来不肯给人看的面孔显露出来了；每个人都谈着，谈着，谈着，只有更兴奋地谈着，毫不觉得"疲倦"是怎么一个样子。酒是喝得干了，菜是已经没有了，而他们却还是谈着，谈着，谈着。那个地方，即使是很喧闹的，很湫狭的，向来所不愿意多坐的，而这时大家却都忘记了这些事，只是谈着，谈着，谈着，没有一个人愿意先说起告别的话。要不是为了戒严或家庭的命令，竟不会有人想走开的。虽然这些闲谈都是琐屑之至的，都是无意味的，而我们却已在其间得到宴之趣了——其实在这些闲谈中，我们是时时可发现许多珠宝的；大家都互相地受着影响，大家都更进一步了解他的同伴，大家都可以从那里得到些教益与利益。

"再喝一杯，只要一杯，一杯。"

"不，不能喝了，实在的。"

不会喝酒的人每每这样的被强迫着而喝了过量的酒。面部红红的，映在灯光之下，是向来所未有的壮美的风采。

"圣陶，干一杯，干一杯。"我往往的举起来对着他说，我是很喜欢一口一杯地喝酒的。

"慢慢的，不要这样快，喝酒的趣味，在于一小口一小口地喝，不在于'干杯'。"圣陶反抗似的说，然而终于他是一口干了。一杯又是一杯。

连不会喝酒的愈之、雁冰，有时，竟也被我们强迫地干了一杯。于是大家哄然地大笑，是发出于心之绝底的笑。

再有，佳年好节，合家团团地坐在一桌上，放了十几双的红漆筷子，连不在家中的人也都放着一双筷子，都排着一个座位。小孩子笑孜孜地闹着吵着，母亲和祖母温和地笑着，妻子忙碌着，指挥着厨房中厅堂中仆人们的做菜，端菜，那也是特有一种融融泄泄的乐趣，为孤独者所妒羡不止的，虽然并没有和同伴们同在时那样的宴之趣。

还有，一对恋人独自在酒店的密室中晚餐；还有，从戏院中偕了妻子出来，同登酒楼喝一两杯酒；还有，伴着祖母或母亲在熊熊的炉火旁边，放了几盏小菜，闲吃着消夜的酒，那都是使身临其境的人心醉神怡的。

宴之趣是如此的不同呀！

林觉民

与妻书

意映卿卿如晤：吾今以此书与汝永别矣！吾作此书时，尚是世中人；汝看此书时，吾已成为阴间一鬼。吾作此书，泪珠和笔墨齐下，不能竟书而欲搁笔，又恐汝不察吾衷，谓吾忍舍汝而死，谓吾不知汝之不欲吾死也，故遂忍悲为汝言之。

吾至爱汝，即此爱汝一念，使吾勇于就死也。吾自遇汝以来，常愿天下有情人终成眷属；然遍地腥云，满街狼犬，称心快意，几家能够？司马青衫，吾不能学太上之忘情也。语云：仁者"老吾老以及人之老，幼吾幼以及人之幼"。吾充吾爱汝之心，助天下人爱其所爱，所以敢先汝而死，不顾汝也。汝体吾此心，于啼泣之余，亦以天下人为念，当亦乐牺牲吾身与汝身之福利，为天下人谋永福也。汝其勿悲！

汝忆否？四五年某夕，吾尝语曰："与使吾先死也，毋宁汝先吾而死。"汝初闻言而怒，后经吾婉解，虽不谓吾言为是，而亦无词相答。吾之意盖谓以汝之弱，必不能禁失吾之悲，吾先死留苦与汝，吾心不忍，故宁请汝先死，吾担悲也。嗟夫！谁知吾卒先汝而死乎？吾真真不能忘汝也！回忆后街之屋，入门穿廊，过前后厅，又三四折，有小厅，厅旁一屋，为吾与汝双栖之所。初婚三四个月，适冬之望日前后，窗外疏梅筛月影，依稀掩映；吾与（汝）并肩携手，低低切切，何事不语？何情不诉？及今思之，空余泪痕。又回忆六七年前，吾之逃家复归也，汝泣告我："望今后有远行，必以告妾，妾愿随君行。"吾亦既许汝矣。前十余日回家，即欲乘便以此行之事语汝，及与汝相对，又不能启口，且以汝之有身也，更恐不胜悲，故唯日日呼酒买醉。嗟夫！当时余心之悲，盖不能以寸管形容之。

与妻书

吾诚愿与汝相守以死，第以今日事势观之，天灾可以死，盗贼可以死，瓜分之日可以死，奸官污吏虐民可以死，吾辈处今日之中国，国中无地无时不可以死，到那时使吾眼睁睁看汝死，或使汝眼睁睁看我死，吾能之乎？抑汝能之乎？即可不死，而离散不相见，徒使两地眼成穿而骨化石，试问古来几曾见破镜能重圆？则较死为苦也，将奈之何？今日吾与汝幸双健。天下人之不当死而死与不愿离而离者，不可数计，钟情如我辈者，能忍之乎？此吾所以敢率性就死不顾汝也。吾今死无余憾，国事成不成自有同事者在。依新已五岁，转眼成人，汝其善抚之，使之肖我。汝腹中之物，吾疑其女也，女必像汝，吾心甚慰。或又是男，则亦教其以父志为志，则我死后尚有二意洞在也。甚幸，甚幸！吾家后日当甚贫，贫无所苦，清静过日而已。

吾今与汝无言矣。吾居九泉之下遥闻汝哭声，当哭相和也。吾平日不信有鬼，今则又望其真有。今人又言心电感应有道，吾亦望其言是实，则吾之死，吾灵尚依依傍汝也，汝不必以无侣悲。

吾平生未尝以吾所志语汝，是吾不是处；然语之，又恐汝日日为吾担忧。吾牺牲百死而不辞，而使汝担忧，的的非吾所忍。吾爱汝至，所以为汝谋者唯恐未尽。汝幸而偶我，又何不幸而生今日之中国！吾幸而得汝，又何不幸而生今日之中国！卒不忍独善其身。嗟夫！巾短情长，所未尽者，尚有万千，汝可以模拟得之。吾今不能见汝矣！汝不能舍吾，其时时于梦中得我乎！一恸！辛亥三月念六夜四鼓，意洞手书。

家中诸母皆通文，有不解处，望请其指教，当尽吾意为幸。

梁遇春

又是一年春草绿

　　一年四季，我最怕的却是春天。夏的沉闷，秋的枯燥，冬的寂寞，我都能够忍受，有时还感到片刻的欣欢。灼热的阳光，惟悴的霜林，浓密的乌云，这些东西跟满目疮痍的人世是这么相称，真可算作这出永远演不完的悲剧的绝好背景。当个演员，同时又当个观客的我虽然心酸，看到这么美妙的艺术，有时也免不了陶然色喜，传出灵魂上的笑涡了。坐在炉边，听到呼呼的北风，一页一页翻阅一些畸零人的书信或日记，我的心境大概有点像人们所谓春的情调吧。可是一看到阶前草绿，窗外花红，我就感到宇宙的不调和，好像在弥留病人的榻旁听到少女的清脆的笑声，不，简直好像参加婚礼时候听到凄楚的丧钟。这到底是恶魔的调侃呢，还是垂泪的慈母拿几件新奇的玩物来哄临终的孩子呢？每当大地春回的时候，我常想起《哈姆雷特》里面那位姑娘戴着鲜花圈子，唱着歌儿，沉到水里去了。这真是莫大的悲剧呀，比哈姆雷特的命运还来得伤，叫人们啼笑皆非，只好朦胧地徜徉于迷途之上，在谜的空气里以度过鲜血染着鲜花的一生了。坟墓旁年年开遍了春花，宇宙永远是这样二元，两者错综起来，就构成了这个杂乱下劣的人世了。其实不单自然界是这样子安排颠倒遇颠连，人事也无非如此白莲与污泥相接，在卑鄙坏恶的人群里偏有些雪白晶清的魂，可是旷世的伟人又是三寸名心未死，落个白玉之玷了。天下有了伪君子，我们虽然亲眼看见美德，也不敢贸然去相信了；可是极无聊、极不堪的下流种子有时却磊落大方，一鸣惊人，情愿把自己牺牲了。席勒说："只有错误才是活的，真理只好算做个死东西罢了。"可见连抽象的境界里都不会有个称心如意的事情了。"可哀唯有人间世"，大概就是为着这个原因吧。

我是个常带笑脸的人，虽然心绪凄苦的时候居多。可是我的笑并不是百无聊赖时的苦笑，假使人生单使我们觉得无可奈何，"独闭空斋画大圈"，那么这个世界也不值得一笑了。我的笑也不是世故老人的冷笑，忙忙扰扰的哀乐虽然尝过了不少，鬼鬼祟祟的把戏虽然也窥破了一二，我却总不拿这类下流的伎俩放在眼里，以为不值得尊称为世故的对象，所以不管我多么焦头烂额，立在这片瓦砾场中，我向来不屑对于这些加之以冷笑。我的笑也不是哀莫大于心死以后的狞笑。我现在最感到苦痛的就是我的心太活跃了，不知怎的，无论到哪儿去，总有些触目伤心、凄然泪下的意思，大有失恋与伤逝冶于一炉的光景，怎么还会狞笑呢。我的辛酸心境并不是年轻人常有的那种累带诗意的感伤情调，那是生命之杯盛满后溅出来的泡花，那是无上的快乐呀，释迦牟尼佛所以会那么陶然，也就是为着他具了那个清风朗月的慈悲境界吧。走入人生迷园而不能自拔的我怎么会有这种的闲情逸致呢！我的辛酸心境也不是像丁尼生所说的"天下最沉痛的事情莫过于回忆起欣欢的日子"。这位诗人自己却又说道："曾经亲爱过，后来永诀了，总比绝没有亲爱过好多了。"我是没有过这么一度的鸟语花香，我的生涯好比没有绿洲的空旷沙漠，好比没有棕榈的热带国土，简直是挂着蛛网，未曾听过管弦声的一所空屋。我的辛酸心境更不是像近代仕女们脸上故意贴上的"黑点"，朋友们看到我微笑着道出许多伤心话，总是不能见谅，以为这些娓娓酸语无非拿来点缀风光，更增生活的妩媚罢了。"知己从来不易知"，其实我们也用不着这样苛求，谁敢说真知道了自己呢，否则希腊人也不必在神庙里刻上"知道你自己"那句话了，可是我就没有走过芳花缤纷的蔷薇的路，我只看见枯树同落叶；狂欢的宴席上排了一个白森森的人头固然可以叫古代的波斯人感到人生的倏忽而更见沉醉，骷髅搂着如花的少女跳舞固然可以使荒山上月光里的撒旦摇着头上的两角哈哈大笑，但是八百里的荆棘岭总不能算做愉快的旅程吧；梅花落后，雪月空明，当然是个好境界，可是牛山濯濯的峭壁上一年到底只有一阵一阵的狂风瞎吹着，那就会叫人思之欲泣了。这些话虽然言之过甚，缩小来看，也可以映出我这个无可为欢处的心境了。

在这个无时无地都有哭声回响着的世界里年年偏有这么一个春天；在这

个满天澄蓝、泼地草绿的季节，毒蛇却也换了一套春装睡眼朦胧地来跟人们做伴了，禁闭于层冰底下的秽气也随着春水的绿波传到情侣的身旁了。这些矛盾恐怕就是数千年来贤哲所追求的宇宙本质吧！蕞尔的我大概也分了一份上帝这笔礼物吧。笑涡里贮着泪珠儿的我活在这个乌云里夹着闪电，早上彩霞暮雨凄凄的宇宙里，天人合一，也可以说是无憾了，何必再去寻找那个无根的解释呢。"满眼春风百事非"，这般就是这般。

"过去"的人生

来信中很含着"既有今日，何必当初"的意思。这差不多是失恋人的口号，也是失恋人心中最苦痛的观念。我很反对这种论调，我反对，并不是因为我想打破你的烦恼同愁怨。一个人的情调应当任它自然地发展，旁人更不当来用话去压制它的生长，使他堕到一种莫明其妙的烦闷网子里去。真真同情于朋友忧愁的人，绝不会残忍地去扑灭他朋友怀在心中的幽情。他一定是用他的情感的共鸣使他朋友得点真同情的好处，我总觉"既有今日，何必当初"这句话对"过去"未免太藐视了。我是个恋着"过去"的骸骨同化石的人，我深切感到"过去"在人生的意义，尽管你讲什么"从前种种譬如昨日死，以后种种譬如今日生"同 Let bygones be bygones；"从前"是不会死的。就算形质上看不见，它的精神却还是一样地存在。"过去"也不至于烟消火灭般过去了；它总留了深刻的足迹。理想主义者看宇宙一切过程都是向一个目的走去的，换句话就是世界上物事都是发展一个基本的意义的。他们把"过去"包在"现在"中间一齐往"将来"的路上走，所以 Emerson 讲"只要我们能够得到'现在'，把'过去'拿去给狗子罢了"。这可算是诗人的幻觉。这么漂亮的肥皂泡子不是人人都会吹的。我们老爱一部一部地观察人生，好像舍不得这样猪八戒吃人参果般用一个大抽象概念解释过去。所以我相信要深深地领略人生的味的人们，非把"过去"当作有它独立的价值不可，千万不要只看作"现在"的工具。由我们生来不带乐观性的人看来，"将来"总未免太渺茫了，"现在"不过一刹那，好像一个没有存在的东西似的，所以只有"过去"是这不断时间之流中站得住的岩石。我们只好紧紧抱着它，才免得受漂流无依的苦痛。"过去"是个美术化的东西，因为它同我们隔远看不见了，它另外有一种缥缈不实之美。她像一块风景近看瞧不出好来，到远处一望，就成个美不胜收的好景了。为的是已经物质上不存在，只在我们心境中憧憬着，所以"过去"又带了神秘的色彩。对于我们含有 Melancholy 性质的人们"过去"更是个无价之宝。Howthorne 在他《古屋之苔》书中说："我对我往事的记忆，一个也不能丢了。就是错误同烦恼，我也爱把它们记着。一切的回忆同样地都是我精神的食料。现在把它们都忘丢，就是同我没有活在世间过一样。"不过"过去"是很容易被人忽略去的。而一般失恋人的苦恼都是由忘记"过去"，太重"现在"的结果。实在讲起来失恋人所丢失的只是一小部分现在的爱情。他们从前已经过去的爱情是存在"时间"的宝库中，绝对不会失丢的。在这短促的人生，我们最大的需求同目的是爱，过去的爱同现在的爱是一样重要的。因为现在的爱丢了就把从前之爱看得一个大也不值，这就有点近视眼了。只要从前你们曾经真挚地互爱过，这个记忆已很值得好好保存起来，作这千灾百难人生的慰藉，所以我意思是，"今日"是"今日"，"当初"依然是"当初"，不要因为有了今日这结果，把"当初"一切看作都是镜花水月白费了心思的。爱人的目的是爱情，为了目前小波浪忽然舍得将几年来两人辛辛苦苦织好的爱情之网用剪子铰得粉碎，这未免是不知道怎样去多领略点人生之味的人们的态度了。我劝你将这网子仔细保护着，当你感到寂寞或孤栖的时候，把这网子慢慢张开在你心眼的前面，深深地去享受它的美丽，好像吃过青果后回甘一般，那也不枉你们从前的一场要好了。

途　中

其实我是个最喜欢在十丈红尘里奔走道路的人，我现在每天在路上的时间差不多总在两点钟以上，这是已经有好几月了，我却一点也不生厌，天天走上电车，老是好像开始蜜月旅行一样。电车上和道路上的人们彼此多半是不相识的，所以大家都不大拿出假面孔来，比不得讲堂里，宴会上，衙门里的人们那样彼此拼命地一味敷衍。公园，影戏院，游戏场，馆子里面的来客个个都是眉开眼笑的，最少也装出那么样子，墓地，法庭，医院，药店的主顾全是眉头皱了几十纹的，这两下都未免太单调了，使我们感到人世的平庸无味，车子里面和路上的人们却具有万般色相，你坐在车里，只要你睁大眼睛不停在观察了卅分钟，你差不多可以在所见的人们脸上看出人世一切的苦乐感觉同人心的种种情调。你坐在位子上默默地鉴赏，同车的客人们老实地让你从他们的形色举止上去推测他们的生平同当下的心境，外面的行人一一现你眼前，你尽可恣意瞧着，他们并不会晓得，而且他们是这么不断地接连走过，你很可以拿他们来彼此比较，这种普通人的行列的确是比什么赛会都有趣得多，路上源源不绝的行人可说是上帝设计的赛会，当然胜过了我们佳节红红绿绿的玩意儿了。并且在路途中我们的心境是最宜于静观的，最能吸收外界的刺激的。我们通常总是有事干，正经事也好，歪事也好，我们的注意免不了特别集中在一点上，只有路途中，尤其走熟了的长途，在未到目的地以前，我们的方寸是悠然的，不专注于一物，却是无所不留神的，在匆匆忙忙的一生里，我们此时才得好好地看一看人生的真况。所以无论从哪一方面说起，途中是认识人生最方便的地方。车中，船上同人行道可说是人生博览会的三张入场券，可惜许多人把它们当做废纸，空走了一生的路。我们有一句古话："读万卷书，行万里路"，所谓行万里路自然是指走遍名山大川，通都大邑，但是我觉得换一个解释也是可以。一条的路你来往走了几万遍，凑成了万里这个数目,只要你真用了你的眼睛,你就可以算是懂得人生的人了。俗语说道:"秀才不出门,能知天下事",我们不幸未得入泮,只好多走些路,来见见世面罢!对于人生有了清澈的观照,世上的荣辱祸福不足以扰乱内心的恬静,我们的心灵因此可以获到永久的自由,可见个个的路都是到自由的路,并不限于罗素先生所钦定的;所怕的就是面壁参禅,目不窥路的人们,他们自甘沦落,不肯上路,的确是无法可办。读书是间接地去了解人生,走路是直接地去了解人生,一落言诠,便非真谛,所以我觉得万卷书可以搁开不念,万里路非放步走去不可。

　　了解自然,便是非走路不可。但是我觉得有意的旅行倒不如通常的走路那样能与自然更见亲密。旅行的人们心中只惦着他的目的地,精神是紧张的。实在不宜于裕然地接受自然的美景。并且天下的风光是活的,并不拘于一谷一溪,一洞一岩,旅行的人们所看的却多半是这些名闻四海的死景,人人莫名其妙地照例赞美的胜地。旅行的人们也只得依样葫芦一番,做了万古不移的传统的奴隶。这又何苦呢?并且只有自己发现出的美景对着我们才会有贴心的亲切感觉,才会感动了整个心灵,而这些好景却大抵是得之偶然的,绝不能强求。所以有时因公外出,在火车中所瞥见的田舍风光会深印在我们的心坎里,而花了盘川,告了病假去赏玩的名胜倒只是如烟如雾地浮动在记忆的海里。今年的春天同秋天,我都去了一趟杭州,每天不是坐在划子里听着舟子的调度,就是跑山,恭敬地聆着车夫的命令,一本薄薄的指南隐隐地含着无上的威权,等到把所谓胜景一一领略过了,重上火车,我的心好似去了重担。当我再继续过着我通常的机械生活,天天自由地东瞧西看,再也不怕受了舟子,车夫,游侣的责备,再也没有什么应该非看不可的东西,我真快乐得几乎发狂。西泠的景色自然是渐渐消失得无影无迹,可惜消失得太慢,起先还做了我几个噩梦的背境。当我梦到无私的车夫,带我走着崎岖难行的宝石山或者光滑不能住足的往龙井的石路,不管我怎样求免,总是要迫我去看烟霞洞的烟霞同龙井的龙角。谢谢上帝,西湖已经不再浮现在我的梦中了。而我生平所最赏心的许多美景是从到西乡的公共汽车的玻璃窗得来的。我坐在车里,任它一上一下,一左一右地跳荡,看着老看不完的十八世纪长篇小说,有时闭着书随便望一望外面天气,忽然觉得青翠迎人,遍地散着香花,晴天现出不可描摹的蓝色。我顿然感到春天已到大地,这时我真是神魂飞在九霄云外了。再去细看一下，好景早已过去，剩下的是闸北污秽的街道，明天再走到原地，一切虽然依旧，总觉得有所不足，与昨天是不同的，于是乎那天的景色永留在我的心里。甜蜜的东西看得太久了也会厌烦，真真的好景都该这样一瞬即逝，永不重来。婚姻制度的最大毛病也就是在于日夕聚首：将一切好处都因为太熟而化成坏处了。此外在热狂的夏天，风雪载途的冬季我也常常出乎意料地获到不可名言的妙境，滋润着我的心田。会心不远，真是陆放翁所谓的："何处楼台无月明"。自己培养有一个易感的心境，那么走路的确是了解自然的捷径。

"行"不单是可以使我们清澈地了解人生同自然，它自身又是有诗意的，最浪漫不过的。雨雪霏霏，杨柳依依，这些境界只有行人才有福享受的。许多奇情逸事也都是靠着几个人的漫游而产生的。《西游记》，《镜花缘》，《老残游记》，Cervantes 的《唐吉诃德先生》（Don Quixote），Swift 的《海外轩渠录》（Gulliver's Travels），Bunyar 的《天路历程》（Pilgrim's Progress），Cowper 的《痴汉骑马歌》（John Giplin），Dickens 的 Pickwick Papers，Byron 的 Childe Harold's Pilgrimage，Fielding 的 Joseph Andrews，Gogols 的 Dead Souls 等不可一世的杰作没有一个不是以"行"为骨子的，所说的全是途中的一切，我觉得文学的浪漫题材在爱情以外，就要数到"行"了。陆放翁是个豪爽不羁的诗人，而他最出色的杰作却是那些纪行的七言。我们随便抄下两首，来代我们说出"行"的浪漫性罢！

剑南道中遇微雨
衣上征尘杂酒痕，远游无处不销魂。
此身合是诗人未，细雨骑驴入剑门。

南定楼遇急雨
行遍梁州到益州，今年又作度泸游，
江山重复争供眼，风雨纵横乱入楼，
人语朱离逢峒獠，棹歌欸乃下吴州，
天涯住稳归心懒，登览茫然却欲愁。

因为"行"是这么会勾起含有诗意的情绪的，所以我们从"行"可以得到极愉快的精神快乐，因此"行"是解闷消愁的最好法子，将濒自杀的失恋人常常能够从漫游得到安慰，我们有时心境染了凄迷的色调，散步一下，也可以解去不少的忧愁。Howthoren 同 Edgar Allen Poe 最爱描状一个心里感到空虚的悲哀的人不停在城里的各条街道上回复地走了又走，以冀对于心灵的饥饿能够暂时忘却，Dostoivsky 的《罪与罚》里面的 Raskolinkow 犯了杀人罪之后，也是无目的到处乱走，仿佛走了一下，会减轻了他心中的重压。甚至于有些人对于"行"具有绝大的趣味，把别的趣味一齐压下了，Stevenson 的《流浪汉之歌》就表现出这样的一个人物，他在最后一段里说道："财富我不要，希望，爱情，知己的朋友，我也不要；我所要的只是上面的青天同脚下的道路。"

> Wealth ask not, hope nor love,
> Nor a friend to know me; All I ask, the heaven above
> And the road below me.

Walt Whitman 也是一个歌颂行路的诗人，他的《大路之歌》真是"行"的绝妙赞美诗，我就引他开头的雄浑诗句来做这段的结束罢！

> A foot and light—hearted I take to the openroad,
> Healthy, free, the morld before me,
> The long brown path before me leading wherever
> I choose.

我们从摇篮到坟墓也不过是一条道路，当我们正寝以前，我们可说是老在途中。途中自然有许多的苦辛，然而四周的风光和同路旅人都是极有趣的，值得我们跋涉这程路来细细鉴赏。除开这条悠长的道路外，我们并没有别的目的地，走完了这段征程我们也走出了这个世界，重回到起点的地方了。科学家说我们就归于毁灭了，再也不能重走上这段路途，主张灵魂不灭的人们以为来日方长，这条路我们还能够一再重走了几千万遍。将来的事，谁去管它，也许这条路有一天也归于毁灭。我们还是今天有路今天走罢，最要紧的是不要闭着眼睛，朦朦一生，始终没有看到世界。

天真与经验

天真和经验好像是水火不相容的东西。我们常以为只有什么经验也没有的小孩子才会天真，他那位饱历沧桑的爸爸是得到经验，而失掉天真了。可是：天真和经验实在并没有这样子不共戴天，它们俩倒很常是聚首一堂。英国最伟大的神秘诗人勃来克著有两部诗集：《天真的诗》(Songs of Innocence) 同《经验的歌》(Songs of Experience)。在天真的歌里，他无忧无虑地信口唱出晶莹甜蜜的诗句，他简直是天真的化身，好像不晓得世上是有龌龊的事情的。然而在经验的歌里，他把人情的深处用简单的辞句表现出来，真是找不出一个比他更有世故的人了，他将伦敦城里扫烟囱的小孩子的穷苦，娼妓的厄运说得辛酸凄迷，可说是看尽人间世的烦恼。可是他始终仍然是那么天真，他还是常常亲眼看见天使；当他的工作没有做得满意的时候，他就同他的妻子双双跪下，向上帝祈祷。他快死的前几天，那时他结婚已经有四十五年了，一天他看着他的妻子，忽然拿起铅笔叫道："别动，在我眼里你一向是一个天使；我要把你画下。"他就立刻画出她的相貌。这是多么天真的举动。尖酸刻毒的斯惠夫特写信给他那两位知心的女人时候，的确是十足的孩子气，谁去念 The Journal to Stella 这部书信集，也不会想到写这信的人就是 Gulliver's Travels 的作者。斯蒂芬生在他的小品文集《贻青年少女》(Virginibus Puerisque) 中，说了许多世故老人的话，尤其是对于婚姻，讲有好些叫年青的爱人们听着会灰心的冷话。但是他却没有丢失他的童心，他能够用小孩子的心情去叙述海盗的故事，他又能借小孩子的口气，著出一部《小孩的诗园》(A Child's Garden of Verese)，里面充满着天真的空气，是一本儿童文学的杰作。可见确然吃了知识的果，还是可以在乐园里逍遥到老。我们大家并不是个个人都像亚当先生那么不幸。

也许有人会说，这班诗人们的天真是装出来的，最少总有点做作的痕迹，不能像小孩子的天真那么浑脱自然，毫无机心。但是，我觉得小孩子的天真是靠不住的，好像个很脆的东西，经不起现实的接触。并且当他们才发现出人情的险诈同世路的崎岖时候，他们会非常震惊，因此神经过敏地以为世上除开计较得失利害外是没有别的东西的，柔嫩的心或者就这么麻木下去，变成个所谓值得父兄赞美的少年老成人了。他们从前的天真是出于无知，值不得什么赞美的，更值不得我们欣羡。桌子是个一无所知的东西，它既不晓得骗人，更不会去骗人，为什么我们不去颂扬桌子的天真呢？小孩子的天真跟桌子的天真并没有多大的分别。至于那班已坠世网的人们的天真就大不同了。他们阅历尽人世间的纷扰，经过了许多得失哀乐，因为看穿了鸡虫得失的无谓，又知道在太阳底下是难逢笑口的，所以肯将一切利害的观念丢开，来任口说去，任性做去，任情去欣赏自然界的快乐。他们以为这样子痛快地活着才是值得的。他们把机心看做是无谓的虚耗，自然而然会走到忘机的境界了。他们的天真可说是被经验锻炼过了，仿佛像在八卦炉里蹲过，做了火眼金睛的孙悟空。人世的波涛再也不能将他们的天真卷去，他们真是"世路如今已惯，此心到处悠然"，这种悠然的心境既然成为习惯，习惯又成天然，所以他们的天真也是浑脱一气，没有刀笔的痕迹了。这个建在理智上面的天真绝非无知的天真所可比拟的，从无知的天真走到这个超然物外的天真，这就全靠着个人的生活艺术了。

  忽然记起我自己去年的生活了，那时我同G常作长夜之谈，有一晚电灯灭后，蜡烛上时，我们搓着睡眼，重新燃起一斗烟来，就谈着年青人所最爱谈的题目——理想的女人。我们不约而同地说道最可爱的女子是像卖解，女优，歌女这班风尘人物里面的痴心人。她们流落半生，透了一切世态，学会了万般敷衍的办法，跟人们好似是绝不会有情的，可是若使她们真真爱上了一个情人，她们的爱情比一般的女子是强万万倍的。她们不像没有跟男子接触过的女子那样盲目，口是心非的甜言蜜语骗不了她们，暗地皱眉的热烈接吻瞒不过她们的慧眼，她们一定要得到了个一往情深的爱人，才肯来永不移情地心心相托。她们对于爱人所以会这么苛求，全因为她们自己是恳挚万分。至于那班没有经验的女子，她们常常只听到几句无聊的卿卿我我，就以为了不得了，她们的爱情轻易地结下，将来也就轻易地勾销，这那里可以算做生生死死的深情。不出闺门的女子只有无知，很难有颠扑不破的天真，同由世故的熔炉里铸炼出来的热情。数十年来我们把女子关在深闺里，不给她们一个得到经验的机会，既然没有经验来锻炼，她们当然不容易有个强毅的性格，我们又来怪她们的杨花水性，说了许多混话，这真是太冤枉了。我们把无知误解做天真，不晓得从经验里突围而出的天真才是可贵的，因此上造了这九洲大错，这又要怪谁呢？

  没有尝过穷苦的人们是不懂得安逸的好处，没有感到人生的寂寞的人们是不能了解爱的价值的，同样地未曾有过经验的孺子是不知道天真之可贵的。小孩子一味天真，糊糊涂涂地过日，对于天真并未曾加以认识，所以不能做出天真的诗歌来，笨大的爸爸们尝遍了各种滋味，然后再洗涤俗虑，用锻炼过后的赤子之心来写诗歌，却做出最可喜的儿童文学，在这点上就可以看出人世的经验对于我们是最有益的东西了。老年人所以会和蔼可亲也是因为他们受过了经验的洗礼。必定要对于人世上万物万事全看淡了，然后对于一二件东西的留恋才会倍见真挚动人。宋诗里常有这种意境。欧阳永叔的"棋罢不知人换世，酒阑无奈客思家"同苏长公的"存亡惯见浑无泪，乡井难忘尚有心"全能够表现出这种依依的心情。虽然把人世存亡全置之度外，漠然不动于衷。但是对于客子的思家同自己的乡愁仍然是有些牵情。这种惆怅的情怀是多么清新可喜，我们读起来觉得比处处留情的才子们的滥情是高明得多，这全因为他们的情绪受了一次蒸馏。从经验里出来的天真会那么带着诗情也是为着同样的缘故。

无情的多情和多情的无情

情人们常常觉得他俩的恋爱是空前绝后的壮举,跟一切芸芸众生的男欢女爱绝不相同。这恐怕也只是恋爱这场黄金好梦里面的幻影罢。其实通常情侣正同博士论文一样地平淡无奇。为着要得博士而写的论文同为着要结婚而发生的恋爱大概是一样没有内容罢。通常的恋爱约略可以分做两类:无情的多情和多情的无情。

一双情侣见面时就倾吐出无限缠绵的话,接吻了无数万次,欢喜得淌下眼泪,分手时依依难舍,回家后不停地吟味过去的欣欢——这是正打得火热的时候,后来时过境迁,两人不得不含着满泡眼泪离散了,彼此各自有个世界,旧的印象逐渐模糊了,新的引诱却不断地现在当前。经过了一段若即若离的时期,终于跟另一爱人又演出旧戏了。此后也许会重演好几次。或者两人始终持当初恋爱的形式,彼此的情却都显出离心力,向外发展,暗把种种盛意搁在另一个人身上了。这般人好像天天都在爱的旋涡里,却没有弄清真是爱哪一个人,他们外表上是多情,处处花草颠连,实在是无情,心里总只是微温的。他们寻找的是自己的享乐,以"自己"为中心,不知不觉间做出许多残酷的事,甚至于后来还去赏鉴一手包办的悲剧,玩弄那种微酸的凄凉情调,拿所谓痛心的事情来解闷消愁。天下有许多的眼泪流下来时有种快感,这般人却顶喜欢尝这个精美的甜味。我们爱上了爱情,为爱情而恋爱,所以一切都可以牺牲,只求始终能尝到爱的滋味而已。他们是拿打牌的精神踱进情场,"玩玩罢"是他们的信条。他们有时也假装诚恳,那无非因为可以更玩得有趣些。他们有时甚至于自己也糊涂了,以为真是以全生命来恋爱,其实他们的下意识是了然的。他们好比上场演戏,虽然兴高采烈时忘了自己,居然觉得真是所扮的角色了,可是心中明知台后有个可以洗去脂粉,脱下戏衫的化妆室。他们拿人生最可贵的东西:爱情来玩弄。跟人生开玩笑,真是聪明得近乎大傻子了。这般人我们无以名之,名之为无情的多情人,也就是洋鬼子所谓 Sentimental 了。

上面这种情侣可以说是走一程花草缤纷的大路，别一种情侣却是探求奇怪瑰丽的胜境，不辞跋涉崎岖长途，缘着悬岩峭壁屏息而行，总是不懈本志，从无限苦辛里得到更纯净的快乐。他们常拿难题来试彼此的挚情，他们有时现出冷酷的颜色。他们觉得心心既相印了，又何必弄出许多虚文呢？他们心里的热情把他们的思想毫发毕露地照出，他们的感情强烈得清晰有如理智。天下抱定了成仁取义的决心的人干事时总是分寸不乱，行若无事的，这般情人也是神情清爽，绝不慌张的，他们始终是朝一个方向走去，永久抱着同一的深情，他们的目标既是如皎日之高悬，像大山一样稳固，他们的步伐怎么会乱呢？他们已从默默相对无言里深深了解彼此的心曲，他们哪里用得着绝不能明白传达我们意思的言语呢？他们已经各自在心里矢誓，当然不作无谓的殷勤话儿了。他们把整个人生搁在爱情里，爱存则存，爱亡则亡，他们怎么会拿爱情做人生的装饰品呢？他们自己变为爱情的化身，绝不能再分身跳出圈外来玩味爱情。聪明乖巧的人们也许会嘲笑他们态度太严重了，几十个夏冬急水般的流年何必如是死板板地过去呢；但是他们觉得爱情比人生还重要，可以情死，绝不可为着贪生而断情。他们注全力于精神，所以忽于形迹，所以好似无情，其实深情，真是所谓"多情却似总无情"。我们把这类恋爱叫做多情的无情，也就是洋鬼子所谓 Passionate 了。

但是多情的无情有时渐渐化作无情的无情了。这种人起先因为全借心中白热的情绪，忽略外表，有时却因为外面惯于冷淡，心里也不知不觉地淡然了。人本来是弱者，专靠自己心中的魄力，不知道自己魄力的脆弱，就常因太自信了而反坍台。好比那深信具有坐怀不乱这副本领的人，随便冒险，深入女性的阵里，结果常是冷不防地陷落了。拿宗教来做比喻罢，宗教总是有许多仪式，但是有一般人觉得我们既然虔信不已，又何必这许多无谓的虚文缛节呢，于是就将这道传统的玩意儿一笔勾销，但是精神老是依着自己，外面无所附着，有时就有支持不起之势，信心因此慢慢衰颓了。天下许多无谓的东西所以值得保存，就因为它是无谓的，可以做个表现各种情绪的工具。老是扯成满月的弦不久会断了，必定有弛张的时候。睁着眼睛望太阳反见不到太阳，眼睛倒弄晕眩了，必定斜着看才行。老子所谓"无"之为用，也就是在这类地方。

戴望舒

在一个边境的车站上

　　夜间十二点半从鲍尔陀开出的急行列车，在清晨六点钟到了法兰西和西班牙的边境伊隆。在朦胧的意识中，我感到急骤的速率宽弛下来，终于静止了。有人在用法西两国语言报告着："伊隆，大家下车！"

　　睁开睡眼向车窗外一看，呈在我眼前的只是一个像法国一切小车站一样的小车站而已。冷清清的月台，两三个似乎还未睡醒的搬运夫，几个态度很舒闲地下车去的旅客。我真不相信我已到了西班牙的边境了，但是一个声音却在更响亮地叫过来："伊隆，大家下车！"

　　匆匆下了车，我第一个感到的就是有点寒冷。是侵晓的气冷呢，是新秋的薄寒呢，还是从比雷奈山间夹着雾吹过来的山风？我翻起了大氅的领，提着行囊就往出口走。

　　走出这小门就是一间大敞间，里面设着一圈行李检查台和几道低木栅，此外就没有什么别的东西。这是法兰西和西班牙的交界点，走过了这个敞间，那便是西班牙了。我把行李照别的旅客一样地放在行李检查台上，便有一个检查员来翻看了一阵，问我有什么报税的东西，接着在我的提箱上用粉笔划了一个字，便打发我走了。再走上去是护照查验处。那是一个像车站上卖票处一样的小窗洞。电灯下面坐着一个留着胡子的中年人。单看他的炯炯有光的眼睛和他手头的那本厚厚的大册子，你就会感到不安了。我把护照递给了他。他翻开来看了看里昂西班牙领事的签字，把护照上的照片看了一下，向我好奇地看了一眼，问了我一声到西班牙的目的，把我的姓名录到那本大册子中去，在护照上捺了印；接着，和我最初的印象相反地，他露出微笑来，把护照交还了我，依然微笑着对我说："西班牙是一个可爱的地方，到了那里你会不想回去呢。"

真的，西班牙是一个可爱的地方，连这个护照查验员也有他的固有的可爱的风味。

这样地，经过了一重木栅，我踏上了西班牙的土地。过了这一重木栅，便好像一切都改变了：招纸，揭示牌，都用西班牙文写着，那是不用说的，就是刚才在行李检查处和搬运夫用沉浊的法国南部语音开着玩笑的工人型的男子，这时也用清朗的加斯谛略语和一个老妇人交谈起来。天气是显然地起了变化，暗沉沉的天空已澄碧起来，而在云里透出来的太阳，也驱散了刚才的薄寒，而带来了温煦。然而最明显的改变却是在时间上。在下火车的时候，我曾经向站上的时钟望过一眼：六点零一分。检查行李、验护照等事，大概要花去我半小时，那么现在至少是要六点半了吧。并不如此。在西班牙的伊隆站的时钟上，时针明明地标记着五点半。事实是西班牙的时间和法兰西的时间因为经纬度的不同而相差一小时，而当时在我的印象中，却觉得西班牙是永远比法兰西年轻一点。

因为是五点半，所以除了搬运夫和洒扫工役已开始活动外，车站上还是冷清清的。卖票处、行李房、兑换处、书报摊、烟店等等都没有开，旅客也疏朗朗地没有几个。这时，除了枯坐在月台的长椅上或在站上往来躞蹀以外，你是没有办法消磨时间的。到浦尔哥斯的快车要在八点二十分才开。到伊隆镇上去走一圈呢，带着行李究竟不大方便，而且说不定要走多少路。再说，这样大清早就是跑到镇上也是没有什么多大意思的。因此，把行囊散在长椅上，我便在这个边境的车站上踱起来了。

如果你以为这个国境的城市是一个险要的地方，扼守着重兵，活动着国际间谍，压着国家的、军事的大秘密，那么你就错误了。这只是一个消失在比雷奈山边的西班牙的小镇而已。

提着筐子，筐子里盛着鸡鸭，或是肩着箱笼，三三两两地来乘第一班火车的，是头上裹着包头布的山村的老妇人，面色黝黑的农民，白了头发的老匠人，像是学徒的孩子。整个西班牙小镇的灵魂都可以在这些小小的人物身上找到。而这个小小的车站，它也何尝不是十足西班牙的呢？灰色的砖石，黰黑的木柱子，已经有点腐蚀了的洋船遮檐，贴在墙上在风中飘着的斑驳的招纸，停在车站尽头处的铁轨上的破旧的货车：这一切都向你说着西班牙的式微，安命，坚忍。西德（Cid）的西班牙，侗黄（DonJuon）的西班牙，吉诃德（Quixote）的西班牙，大仲马或梅里美心目中的西班牙，现在都已过去了，或者竟可以说本来就没有存在过。

的确，西班牙的存在是多方面的。第一是一切旅行指南和游记中的西班牙，那就是说历史上的和艺术上的西班牙。这个西班牙浓厚地渲染着釉彩，充满了典型人物。在音乐上、绘画上、舞蹈上、文学上，西班牙都在这个面目之下出现于全世界，而做着它的正式代表。一般人对于西班牙的观念，也是由这个代表者而引起的。当人们提起了西班牙的时候，你立刻会想到蒲尔哥斯的大伽蓝、格腊拿达的大食故宫、斗牛、当歌舞（Tango）、侗黄式的浪子、吉诃德式的梦想者、塞赖丝谛拿（La Celestina）式的老虔婆、珈尔曼式的吉卜赛女子、扇子、披肩巾、罩在高冠上的遮面纱等等，而勉强西班牙人做了你的想象的受难者；而当你到了西班牙而见不到那些开着悠久的岁月的绣花的陈迹，传说中的人物，以及你心目中的西班牙固有产物的时候，你会感到失望而作"去年白雪今安在"之喟叹。然而你要知道这是最表面的西班牙，它的实际的存在是已经在一片迷茫的烟雾之中，而行将只在书史和艺术作品中赓续它的生命了。西班牙的第二个存在是更卑微一点，更穆静一点。那便是风景的西班牙。的确，在整个欧罗巴洲之中，西班牙是风景最胜最多变化的国家。恬静而笼着雾和阴影的伐斯各尼亚，典雅而充溢着光辉的加斯谤拉，雄警而壮阔的昂达鲁西亚，煦和而明朗的伐朗西亚，会使人"感到心被窃获了"的清澄的喀达鲁涅。在西班牙，我们几乎可以看到欧洲每一个国家的典型。或则草木葱茏，山川明媚；或则大山岁巅，峭壁幽深；或则古堡荒寒，困焦幽独；或则千园澄碧，百里花香……这都是能使你目不暇给，而至于流连忘返的。这是更有实际的生命，具有易解性（除非是村夫俗子）而容易取好于人的西班牙。因为它开拓了你对于自然之美的爱好之心，而使你衷心地生出一种舒徐的、悠长的、寂寥的默想来。然而最真实的，最深沉的，因而最难以受人了解的却是西班牙的第三个存在。这个存在是西班牙的底蕴，它蕴藏着整个西班牙，用一种静默的语言向你说着整个西班牙，代表着它的每日的生活，象征着它的永恒的灵魂。这个西班牙的存在是卑微至于闪避你的注意，静默至于好像绝灭。可是如果你能够留意观察，用你的小心去理解，那么你就可以把握住这个卑微而静默的存在，特别是在那些小城中。这是一个式微的、悲剧的、现实的存在,没有光荣,没有梦想。现在,你在清晨或是午后走进任何一个小城去吧。你在狭窄的小路上,在深深的平静中徘徊着。阳光从静静的闭着门的阳台上坠下来,落着一个砌着碎石的小方场。什么也不来搅扰这寂静;街坊上的叫卖声在远处寂灭了,寺院的钟声已消沉下去了。你穿过小方场,经过一个作坊,一切任何作坊,铁匠的、木匠的或羊毛匠的。你伫立一会儿,看着他们带着那一种的热心、坚忍和爱操作着;你来到一所大屋子前面:半开着的门已朽腐了,门环上满是铁锈,涂着石灰的白墙已经斑驳或生满黑霉了,从门间,你望见了里面被野草和草苔所侵占了的院子。你当然不推门进去,但是在这墙后面,在这门里面,你会感到有苦痛、沉哀或不遂的愿望静静地躺着。你再走上去,街路上依然是沉静的,一个喷泉淙淙地响着,三两只鸽子振羽作声。一个老妇扶着一个女孩佝偻着走过。寺院的钟迟迟地响起来了,又迟迟地消歇了。……这就是最深沉的西班牙,它过着一个寒伧、静默、坚忍而安命的生活,但是它却具有怎样的使人充塞了深深的爱的魅力啊。而这个小小的车站呢,它可不是也将这奥秘的西班牙呈显给我们看了吗?

当我在车站上来往蹀躞着的时候,我心中这样地思想着。在不知不觉之中,车站中已渐渐地有生气起来了。卖票处,兑换处,烟摊,报摊,都已陆续地开了门,从镇上来的旅客们,也开始用他们的嘈杂的语音充满了这个小小的车站了。

我从我的沉思中走了出来,去换了些西班牙钱,到卖票处去买了里程车票,出来买了一份昨天的《太阳报》(El Sol),一包烟,然后回到安放着我的手提箱的长椅上去。

长椅上已有人坐着了,一个老妇人和几个孩子。一个,两个,三个,四个……一共是四个孩子。而且最大的一个十二岁的孩子,已经在开始一张一张地撕去那贴在我箱上的各地旅馆的贴纸了。我移开箱子坐了下来。这时候,便有两个在我看来很别致的人物出现了。

那是邮差、军人和京戏上所见的文官这三种人物的混合体。他们穿着绿色的制服,佩着剑,头面上却戴着像乌纱帽一般的黑色漆布做的帽子。这制服的色彩和灰暗而笼罩着阴阴的伐斯各尼亚的土地以及这个寒伧的小车站显着一种异样的不调和,那是不用说的;而就是在一身之上,在这制服、佩剑和帽子之间,也表现着绝端的不一致。"这是西班牙固有的驳杂的一部分吧。"我这样想。

七点钟了。开到了一列火车,然而这是到桑当德尔(Santanter)去的。火车开了,车站一时又清冷起来,要等到八点二十分呢。

我静穆地望着铁轨,目光随着那在初阳之下闪着光的两条铁路的线伸展过去,一直到了迷茫的天际;在那里,我的神思便飘举起来了。

山 居 杂 缀

山　风

　　窗外，隔着夜的帡幪，迷茫的山岚大概已把整个峰峦笼罩住了吧。冷冷的风从山上吹下来，带着潮湿，带着太阳的气味，或是带着几点从山涧中飞溅出来的水，来叩我的玻璃窗了。

　　敬礼啊，山风！我敞开窗门欢迎你，我敞开衣襟欢迎你。

　　抚过云的边缘，抚过崖边的小花，抚过有野兽躺过的岩石，抚过缄默的泥土，抚过歌唱的泉流，你现在来轻轻地抚我了。说啊，山风，你是否从我胸头感到了云的飘忽，花的寂寞，岩石的坚实，泥土的沉郁，泉流的活泼？你会不会说：这是一个奇异的生物！

雨

　　雨停止了，檐溜还是叮叮地响着，给梦拍着柔和的拍子，好像在江南的一只乌篷船中一样。"春水碧如天，画船听雨眠"，韦庄的词句又浮到脑中来了。奇迹也许突然发生了吧，也许我已被魔法移到苕溪或是西湖的小船中了吧……

　　然而突然，香港的倾盆大雨又降下来了。

树

　　路上的列树已斩伐尽了，疏疏朗朗地残留着可怜的树根。路显得宽阔了一点，短了一点，天和人的距离似乎更接近了。太阳直射到头顶上，雨直淋到身上……是的，我们需要阳光，但是我们也需要阴荫啊！早晨鸟雀的啁啾声没有了，傍晚舒徐的散步没有了。空虚的路，寂寞的路！

离门前不远的地方，本来有一棵合欢树，去年秋天，我也还采过那长长的荚果给我的女儿玩的。它曾经娉婷地站立在那里，高高地张开它的青翠的华盖一般的叶子，寄托了我们的梦想，又给我们以清阴。而现在，我们却只能在虚空之中，在浮着云片的碧空的背景上，徒然地描画它的青翠之姿了。像现在这样的夏天的早晨，它的鲜绿的叶子和火红照眼的花，会给我们怎样的一种清新之感啊！它的浓荫之中藏着雏鸟小小的啼声，会给我们怎样的一种喜悦啊！想想吧，它的消失对于我们是怎样地可悲啊！

抱着幼小的孩子，我又走到那棵合欢树的树根边来了。锯痕已由淡黄变成黝黑了，然而年轮却还是清清楚楚的，并没有给苔藓或是芝菌侵蚀去。我无聊地数着这一圈圈的年轮，四十二圈！正是我的年龄。它和我度过了同样的岁月，这可怜的合欢树！

树啊，谁更不幸一点，是你呢，还是我！

失去的园子

跋涉的挂虑使我失去了眼界的辽阔和余暇的寄托。我的意思是说，自从我怕走漫漫的长途而移居到这中区的最高一条街以来，我便不再能天天望见大海，不再拥有一个小圃了。屋子后面是高楼，前面是更高的山；门临街路，一点隙地也没有。从此，我便对山面壁而居，而最使我怅惘的，特别是旧居中的那一片小小的园子，那一片由我亲手拓荒，耕耘，施肥，播种，灌溉，收获过的贫瘠的土地。那园子临着海，四周是苍翠的松树，每当耕倦了，抛下锄头，坐在松树下面去，迎着从远处渔帆上吹来的风，望着辽阔的海，就已经使人心醉了。何况它又按着季节，给我们以意外丰富的收获呢？

可是搬到这里来以后，一切都改变了。载在火车上和书籍一同搬来的耕具：锄头，铁耙，铲子，尖锄，除草耙，移植铲，灌溉壶等等，都冷落地被抛弃在天台上，而且生了锈。这些可怜的东西！它们应该像我一样地寂寞吧。

好像是本能地，我不时想着："现在是种番茄的时候了"，或是"现在玉蜀黍可以收获了"，或是"要是我能从家乡弄到一点蚕豆种就好了！"我把这种思想告诉了妻，于是她就提议说："我们要不要像邻居那样，叫人挑泥到天台上去，在那里辟一个园地？"可是我立刻反对，因为天台是那么小，而且阳光也那么少，给四面的高楼遮住了。于是这计划打消了，而旧园的梦想却仍旧继续着。

大概看到我常常为这样思想困恼着吧，妻在偷偷地活动着。于是，有一天，她高高兴兴地来对我说了："你可以有一个真正的园子了。你不看见我们对邻有一片空地吗？他们人少，种不了许多地，我已和他们商量好，划一部分地给我们种，水也很方便。现在，你说什么时候开始吧。"

她一定以为会给我一个意外的喜悦的，可是我却含糊地应着，心里想："那不是我的园地，我要我自己的园地。"可是，为了不使妻太难堪，我期期地回答她："你不是劝我不要太疲劳吗？你的话是对的，我需要休息。我们把这种地的计划打消了吧。"

林徽因

窗子以外

话从哪里说起？等到你要说话，什么话都是那样渺茫地找不到个源头。

此刻，就在我眼帘底下坐着是四个乡下人的背影：一个头上包着黝黑的白布，两个褪色的蓝布，又一个光头。他们支起膝盖，半蹲半坐的，在溪沿的短墙上休息。每人手里一件简单的东西：一个是白木棒，一个篮子，那两个在树荫底下我看不清楚。无疑地他们已经走了许多路，再过一刻，抽完一筒旱烟以后，是还要走许多路的。兰花烟的香味频频随着微风，袭到我官觉上来，模糊中还有几段山西梆子的声调，虽然他们坐的地方是在我廊子的铁纱窗以外。

铁纱窗以外，话可不就在这里了。永远是窗子以外，不是铁纱窗就是玻璃窗，总而言之，窗子以外！

所有的活动的颜色、声音、生的滋味，全在那里的，你并不是不能看到，只不过是永远地在你窗子以外罢了。多少百里的平原土地，多少区域的起伏的山峦，昨天由窗子外映进你的眼帘，那是多少生命日夜在活动着的所在；每一根青的什么麦黍，都有人流过汗；每一粒黄的什么米粟，都有人吃去；其间还有的是周折，是热闹，是紧张！可是你则并不一定能看见，因为那所有的周折，热闹，紧张，全都在你窗子以外展演着。

在家里罢，你坐在书房里，窗子以外的景物本就有限。那里两树马缨，几棵丁香；榆叶梅横出疯杈的一大枝；海棠因为缺乏阳光，每年只开个两三朵——叶子上满是虫蚁吃的创痕，还卷着一点焦黄的边；廊子幽秀地开着扇子式，六边形的格子窗，透过外院的日光，外院的杂音。什么送煤的来了，偶然你看到一个两个被煤炭染成黔黑的脸；什么米送到了，一个人捎着一大口袋在背上,慢慢踱过屏门;还有自来水、电灯、电话公司来收账的,胸口斜挂着皮口袋,手里推着一辆自行车;更有时厨子来个朋友了,满脸的笑容,"好呀,好呀!"地走进门房;什么赵妈的丈夫来拿钱了,那是每月一号一点都不差的,早来了你就听到两个人唧唧哝哝争吵的声浪。那里不是没有颜色,声音,生的一切活动,只是他们和你总隔个窗子,——扇子式的,六边形的,纱的,玻璃的!

你气闷了把笔一搁说,这叫做什么生活!你站起来,穿上不能算太贵的鞋袜,但这双鞋和袜的价钱也就比——想它做什么,反正有人每月的工资,一定只有这价钱的一半乃至于更少。你出去雇洋车子,拉车的嘴里所讨的价钱当然是要比例价高得多,难道你就傻子似地答应下来?不,不,三十二子,拉就拉,不拉,拉倒!心里也明白,如果真要充内行,你就该说,二十六子,拉就拉——但是你好意思争!

车开始辗动了,世界仍然在你窗子以外。长长的一条胡同,一个个大门紧紧地关着。就是有开的,那也只是露出一角,隐约可以看到里面有南瓜棚子,底下一个女的,坐在小凳上缝缝做做的;另一个,抓住还不能走路的小孩子,伸出头来喊那过路卖白菜的。至于白菜是多少钱一斤,那你是听不见了,车子早已拉得老远,并且你也无需乎知道的。在你每月费用之中,伙食是一定占去若干的。在那一笔伙食费里,白菜又是多么小的一个数。难道你知道了门口卖的白菜多少钱一斤,你真把你哭丧着脸的厨子叫来申斥一顿,告诉他每一斤白菜他多开了你一个"大子儿"?

车越走越远了,前面正碰着粪车,立刻你拿出手绢来,皱着眉,把鼻子蒙得紧紧的,心里不知怨谁好。怨天做的事太古怪;好好的美丽的稻麦却需要粪来浇!怨乡下人太不怕臭,不怕脏,发明那么两个篮子,放在鼻前手车上,推着慢慢走!你怨市里行政人员不认真办事,如此脏臭不卫生的旧习不能改良,十余年来对这粪车难道真无办法?为着强烈的臭气隔着你窗子还不够远,因此你想到社会卫生事业如何还办不好。

路渐渐好起来,前面墙高高的是个大衙门。这里你简直不止隔个窗子,这一带高高的墙是不通风的。你不懂里面有多少办事员,办的都是什么事;多少浓眉大眼的,对着乡下人做买卖的吆喝诈取;多少个又是脸黄黄的可怜虫,混半碗饭分给一家子吃。自欺欺人,里面天天演的到底是什么把戏?但是如果里面真有两三个人拼了命在那里奋斗，为许多人争一点便利和公道，你也无从知道！

到了热闹的大街了，你仍然像在特别包厢里看戏一样，本身不会，也不必参加那出戏；倚在栏杆上，你在审美的领略，你有的是一片闲暇。但是如果这里洋车夫问你在哪里下来，你会吃一惊，仓卒不知所答。生活所最必需的你并不缺乏什么，你这出来就也是不必需的活动。

偶一抬头，看到街心和对街铺子前面那些人，他们都是急急忙忙地，在时间金钱的限制下采办他们生活所必需的。两个女人手忙脚乱地在监督着店里的伙计称秤。二斤四两，二斤四两的什么东西，且不必去管，反正由那两个女人的认真的神气上面看去，必是非同小可，性命交关的货物。并且如果称得少一点时，那两个女人为那点吃亏的分量必定感到重大的痛苦；如果称得多时，那伙计又知道这年头那损失在东家方面真不能算小。于是那两边的争持是热烈的，必需的，大家声音都高一点；女人脸上呈块红色，头发披下了一缕，又用手抓上去；伙计则维持着客气，口里嚷着：错不了，错不了！

热烈的，必需的，在车马纷纭的街心里，忽然由你车边冲出来两个人；男的，女的，各各提起两脚快跑。这又是干什么的，你心想，电车正在拐大弯。那两人原就追着电车，由轨道旁边擦过去，一边追着，一边向电车上卖票的说话。电车是不容易赶的，你在洋车上真不禁替那街心里奔走赶车的担心。但是你也知道如果这趟没赶上，他们就可以在街旁站个半点来钟，那些宁可望穿秋水不雇洋车的人，也就是因为他们的生活而必需计较和节省到洋车同电车价钱上那相差的数目。

此刻洋车跑得很快，你心里继续着疑问你出来的目的，到底采办一些什么必需的货物。眼看着男男女女挤在市场里面，门首出来一个进去一个，手里都是持着包包裹裹，里边虽然不会全是他们当日所必需的，但是如果当中夹着一盒稍微奢侈的物品，则亦必是他们生活中间闪着亮光的一个愉快！你不是听见那人说么？里面草帽，一块八毛五，贵倒贵点，可是"真不赖"！他提一提帽盒向着打招呼的朋友，他摸一摸他那剃得光整的脑袋，微笑充满了他全个脸。那时那一点迸射着光闪的愉快，当然的归属于他享受，没有一点疑问，因为天知道，这一年中他多少次地克己省俭，使他赚来这一次美满的，大胆的奢侈！

那点子奢侈在那人身上所发生的喜悦,在你身上却完全失掉作用,没有闪一星星亮光的希望!你想,整年整月你所花费的,和你那窗子以外的周围生活程度一比较,严格算来,可不都是非常靡费的用途?每奢侈一次,你心上只有多难过一次,所以车子经过的那些玻璃窗口,只有使你更惶恐,更空洞,更怀疑,前后徬徨不着边际。并且看了店里那些形形色色的货物,除非你真是傻子,难道不晓得它们多半是由那一国工厂里制造出来的!奢侈是不能给你愉快的,它只有要加增你的戒惧烦恼。每一尺好看点的纱料,每一件新鲜点的工艺品!

你诅咒着城市生活,不自然的城市生活!检点行装说,走了,走了,这沉闷没有生气的生活,实在受不了,我要换个样子过活去。健康的旅行既可以看看山水古刹的名胜,又可以知道点内地纯朴的人情风俗。走了,走了,天气还不算太坏,就是走他一个月六礼拜也是值得的。

没想到不管你走到哪里,你永远免不了坐在窗子以内的。不错,许多时髦的学者常常骄傲地带上"考察"的神气,架上科学的眼镜,偶然走到哪里一个陌生的地方瞭望,但那无形中的窗子是仍然存在的。不信,你检查他们的行李,有谁不带着罐头食品,帆布床,以及别的证明你还在你窗子以内的种种零星用品,你再摸一摸他们的皮包,那里短不了有些钞票;一到一个地方,你有的是一个提梁的小小世界。不管你的窗子朝向哪里望,所看到的多半则仍是在你窗子以外,隔层玻璃,或是铁纱!隐隐约约你看到一些颜色,听到一些声音,如果你私下满足了,那也没有什么,只是千万别高兴起说什么接触了,认识了若干事物人情,天知道那是罪过!洋鬼子们的一些浅薄,千万学不得。

你是仍然坐在窗子以内的,不是火车的窗子,汽车的窗子,就是客栈逆旅的窗子,再不然就是你自己无形中习惯的窗子,把你搁在里面。接触和认识实在谈不到,得天独厚的闲暇生活先不容你。一样是旅行,如果你背上捐的不是照相机而是一点做买卖的小血本,你就需要全副的精神来走路:你得留神投宿的地方;你得计算一路上每吃一次烧饼和几颗沙果的钱;遇着同行的战战兢兢的打招呼,互相捧出诚意,遇着困难时好互相关照帮忙,到了一个地方你是真带着整个血肉的身体到处碰运气,紧张的境遇不容你不奋斗,不与其他奋斗的血和肉的接触,直到经验使得你认识。

前日公共汽车里一列辛苦的脸，那些谈话，里面就有很多生活的分量。陕西过来做生意的老头和那旁坐的一股客气，是不得已的；由交城下车的客人执着红粉包纸烟递到汽车行管事手里也是有多少理由的，穿棉背心的老太婆默默地挟住一个蓝布包袱，一个钱包，是在用尽她的全副本领的，果然到了冀村，她错过站头，还亏别个客人替她要求车夫，将汽车退行两里路，她还不大相信地望着那村站，口里噜苏着这地方和上次如何两样了。开车的一面发牢骚一面爬到车顶替老太婆拿行李，经验使得他有一种涵养，行旅中少不了有认不得路的老太太，这个道理全世界是一样的，伦敦警察之所以特别和蔼，也是从迷路的老太太孩子们身上得来的。

话说了这许多，你仍然在廊子底下坐着，窗外送来溪流的喧响，兰花烟气味早已消失，四个乡下人这时候当已到了上流"庆和义"磨坊前面。昨天那里磨坊的伙计很好笑的满脸挂着面粉，让你看着磨坊的构造；坊下的木轮，屋里旋转着的石碾，又在高低的院落里，来回看你所不经见的农具在日影下列着。院中一棵老槐、一丛鲜艳的杂花、一条曲曲折折引水的沟渠，伙计和气地说闲话。他用着山西口音，告诉你，那里一年可出五千多包的面粉，每包的价钱约略两块多钱。又说这十几年来，这一带因为山水忽然少了，磨坊关闭了多少家，外国人都把那些磨坊租去做他们避暑的别墅。惭愧的你说，你就是住在一个磨坊里面，他脸上堆起微笑，让面粉一星星在日光下映着，说认得认得，原来你所租的磨坊主人，一个外国牧师，待这村子极和气，乡下人和他还都有好感情。

这真是难得了，并且好感的由来还有实证。就是那一天早上你无意中出去探古寻胜，这一省山明水秀，古刹寺院，动不动就是宋辽的原物，走到山上一个小村的关帝庙里，看到一个铁铎，刻着万历年号，原来是万历赐这村里庆成王的后人的，不知怎样流落到卖古董的手里。七年前让这牧师买去，晚上打着玩，嘹亮的钟声被村人听到，急忙赶来打听，要凑原价买回，情辞恳切。说起这是他们吕姓的祖传宝物，决不能让它流落出境，这牧师于是真个把铁铎还了他们，从此便在关帝庙神前供着。

这样一来你的窗子前面便展开了一张浪漫的图画，打动了你的好奇，管它是隔一层或两层窗子，你也忍不住要打听点底细，怎么明庆成王的后人会姓吕！这下子文章便长了。

如果你的祖宗是皇帝的嫡亲弟弟，你是不会，也不愿，忘掉的。据说庆成王是永乐的弟弟，这赵庄村里的人都是他的后代。不过就是因为他们记得太清楚了，另一朝的皇帝都有些老大不放心，雍正间诏命他们改姓，由姓朱改为姓吕，但是他们还有用二十字排行的方法，使得他们不会弄错他们是这一脉子孙。

这样一来你就有点心跳了，昨天你雇来那打水洗衣服的不也是赵庄村来的，并且还姓吕！果然那土头土脑圆脸大眼的少年是个皇裔贵族，真是有失尊敬了。那么这村子一定穷不了，但事实上则不见得。

田亩一片，年年收成也不坏。家家户户门口有特种围墙，像个小小堡垒——当时防匪用的。屋子里面有大漆衣柜衣箱，柜门上白铜擦得亮亮；炕上棉被红红绿绿也颇鲜艳。可是据说关帝庙里已有四年没有唱戏了，虽然戏台还高巍巍地对着正殿。村子这几年穷了，有一位王孙告诉你，唱戏太花钱，尤其是上边使钱。这里到底是隔个窗子，你不懂了，一样年年好收成，为什么这几年村子穷了，只模模糊糊听到什么军队驻了三年多等，更不懂是，村子向上一年辛苦后的娱乐，关帝庙里唱唱戏，得上面使钱？既然隔个窗子听不明白，你就通气点别尽管问了。

隔着一个窗子你还想明白多少事？昨天雇来吕姓倒水，今天又学洋鬼子东逛西逛，跑到下面养有鸡羊，上面挂有武魁匾额的人家，让他们用你不懂得的乡音招呼你吃菜，炕上坐，坐了半天出到门口，和那送客的女人周旋客气了一回，才恍然大悟，她就是替你倒脏水洗衣裳的吕姓王孙的妈，前晚上还送饼到你家来过！

这里你迷糊了。算了算了！你简直老老实实地坐在你窗子里得了，窗子以外的事，你看了多少也是枉然，大半你是不明白也不会明白的。

一片阳光

放了假,春初的日子松弛下来。将午未午时候的阳光,澄黄的一片,由窗棂横浸到室内,晶莹地四处射。我有点发怔,习惯地在沉寂中惊讶我的周围。我望着太阳那湛明的体质,像要辨别它那交织绚烂的色泽,追逐它那不着痕迹的流动。看它洁净地映到书桌上时,我感到桌面上平铺着一种恬静,一种精神上的豪兴,情趣上的闲逸;即或所谓"窗明几净",那里默守着神秘的期待,漾开诗的气氛。那种静,在静里似可听到那一处琤琮的泉流,和着仿佛是继续的琴声,低诉着一个幽独者自娱的音调。看到这同一片阳光射到地上时,我感到地面上花影浮动,暗香吹拂左右,人随着晌午的光霭花气在变幻,那种动,柔谐婉转有如无声音乐,令人悠然轻快,不自觉地脱落伤愁。至多,在舒扬理智的客观里使我偶一回头,看看过去幼年记忆步履所留的残迹,有点儿惋惜时间;微微怪时间不能保存情绪,保存那一切情绪所曾流连的境界。

倚在软椅上不但奢侈,也许更是一种过失,有闲的过失。但东坡的辩护:"懒者常似静,静岂懒者徒",不是没有道理。如果此刻不倚榻上而"静",则方才情绪所兜的小小圈子便无条件地失落了去!人家就不可惜它,自己却实在不能不感到这种亲密的损失的可哀。

就说它是情绪上的小小旅行吧,不走并无不可,不过走走未始不是更好。归根说,我们活在这世上到底最珍惜一些什么?果真珍惜万物之灵的人的活动所产生的种种,所谓人类文化?这人类文化到底又靠一些什么?我们怀疑或许就是人身上那一撮精神同机体的感觉,生理心理所共起的情感,所激发出的一串行为,所聚敛的一点智慧,——那么一点点人之所以为人的表现。宇宙万物客观的本无所可珍惜,反映在人性上的山川草木禽兽才开始有了秀丽，有了气质，有了灵犀。反映在人性上的人自己更不用说。没有人的感觉，人的情感，即便有自然，也就没有自然的美，质或神方面更无所谓人的智慧，人的创造，人的一切生活艺术的表现！这样说来，谁该鄙弃自己感觉上的小小旅行？为壮壮自己的胆子，我们更该相信惟其人类有这类情绪的驰骋，实际的世间才赓续着产生我们精神所寄托的文物精萃。

此刻我竟可以微微一咳嗽，乃至于用播音的圆润口调说：我们既然无疑的珍惜文化，即尊重盘古到今种种的艺术——无论是抽象的思想的艺术，或是具体的驾驭天然材料另创的非天然形象，——则对于艺术所由来的渊源，那点点人的感觉，人的情感智慧（通称人的情绪），又当如何地珍惜才算合理？

但是情绪的驰骋，显然不是诗或画或任何其他艺术建造的完成。这驰骋此刻虽占了自己生活的若干时间，却并不在空间里占任何一个小小位置！这个情形自己需安全明了。此刻它仅是一种无踪迹的流动，并无栖身的形体。它或含有各种或可捉摸的质素，但是好奇地探讨这个质素而具体要表现它的差事，无论其有无意义，除却本人外，别人是无能为力的。我此刻为着一片清婉可喜的阳光，分明自己在对内心交流变化的各种联想发生一种兴趣的注意，换句话说，这好奇与兴趣的注意已是我此刻生活的活动。一种力量又迫着我来把握住这个活动，而设法表现它，这不易抑制的冲动，或即所谓艺术冲动也未可知！只记得冷静的杜工部散散步，看看花，也不免会有"江上被花恼不彻，无处告诉只颠狂"的情绪上一片紊乱！玲珑煦暖的阳光照人面前，那美的感人力量就不减于花，不容我生硬地自己把情绪分划为有闲与实际的两种，而权其轻重，然后再决定取舍的。我也只有情绪上的一片紊乱。

情绪的旅行本偶然的事，今天一开头并为着这片春初晌午的阳光，现在也还是为着它。房间内有两种豪侈的光常叫我的心绪紧张如同花开，趁着感觉的微风，深浅零乱于冷智的枝叶中间。一种是烛光，高高的台座，长垂的烛泪，熊熊红焰当帘幕四下时各处光影掩映。那种闪烁明艳，雅有古意，明明是画中景象，却含有更多诗的成分。另一种便是这初春晌午的阳光，到时候有意无意的大片子洒落满室，那些窗棂栏板几案笔砚浴在光霭中，一时全成了静物图案；再有红蕊细枝点缀几处，室内更是轻香浮溢，叫人俯仰全触到一种灵性。

　　这种说法怕有点会发生误会，我并不说这片阳光射入室内，需要笔砚花香那些儒雅的托衬才能动人，我的意思倒是：室内顶寻常的一些供设，只要一片阳光这样又幽娴又洒脱地落在上面，一切都会带上另一种动人的气息。

　　这里要说到我最初认识的一片阳光。那年我六岁，记得是刚刚出了水珠以后——水珠即寻常水痘，不过我家乡的话叫它做水珠。当时我很喜欢那美丽的名字，忘却它是一种病，因而也觉到一种神秘的骄傲。只要人过我窗口问问出"水珠"么？我就感到一种荣耀。那个感觉至今还印在脑子里。也为这个缘故，我还记得病中奢侈的愉悦心境。虽然同其他多次的害病一样，那次我仍然是孤独的被囚禁在一间房屋里休养的。那是我们老宅子里最后的一进房子；白粉墙围着小小院子，北面一排三间，当中夹着一个开敞的厅堂。我病在东头娘的卧室里。西头是姊姊的住房。娘同姊永远要在祖母的前院里行使她们女人们的职务的，于是我常是这三间房屋惟一留守的主人。

　　在那三间屋子里病着，那经验是难堪的。时间过得特别慢，尤其是在日中毫无睡意的时候。起初，我仅集注我的听觉在各种似脚步，又不似脚步的上面。猜想着，等候着，希望着人来。间或听听隔墙各种琐碎的声音，由墙基底下传达出来又消敛了去。过一会，我就不耐烦了——不记得是怎样的，我就蹑着鞋，捱着木床走到房门边。房门向着厅堂斜斜地开着一扇，我便扶着门框好奇地向外探望。

　　那时大概刚是午后两点钟光景，一张刚开过饭的八仙桌，异常寂寞地立在当中。桌下一片由厅口处射进来的阳光，泄泄融融地倒在那里。一个绝对悄寂的周围伴着这一片无声的金色的晶莹，不知为什么，忽使我六岁孩子的心里起了一次极不平常的振荡。

　　那里并没有几案花香，美术的布置，只是一张极寻常的八仙桌。如果我的记忆没有错，那上面在不多时间以前，是刚陈列过咸鱼，酱菜一类极寻常俭朴的午餐的。小孩子的心却呆了。或许两只眼睛倒张大一点，四处地望，似乎在寻觅一个问题的答案。为什么那片阳光美得那样动人？我记得我爬到房内窗前的桌子上坐着，有意无意地望望窗外，院里粉墙疏影同室内那片金色和煦绝然不同趣味。顺便我翻开手边娘梳妆用的旧式镜箱，又上下摇动那小排状抽屉，同那刻成花篮形的小铜坠子，不时听雀跃过枝清脆的鸟语。心里却仍为那片阳光隐着一片模糊的疑问。

时间经过二十多年，直到今天，又是这样一泄阳光，一片不可捉摸，不可思议流动的而又恬静的瑰宝，我才明白我那问题是永远没有答案的。事实上仅是如此：一张孤独的桌，一角寂寞的厅堂。一只灵巧的镜箱，或窗外断续的鸟语，和水珠——那美丽小孩子和病名——便凑巧永远同初春静沉的阳光整整复斜斜地成了我回忆中极自然的联想。